*NARRATORI MODERNI*

*SANDRA BONZI*

# NOVE GIORNI E MEZZO

Garzanti

Prima edizione: aprile 2022
Prima ristampa: giugno 2022

*Per essere informato sulle novità del Gruppo editoriale Mauri Spagnol visita:*
www.illibraio.it

Pubblicato in accordo con MalaTesta Lit. Ag. Milano

ISBN 978-88-11-00045-7



Printed in Italy

www.garzanti.it

# NOVE GIORNI E MEZZO

*Ai miei figli,*
*Alice e Federico.*

«Le ossa possono essere dei rompicapo,
ma non mentono mai.»

DOTTOR CLYDE SNOW,
FONDATORE DELL'EQUIPO ARGENTINO
DE ANTROPOLOGÍA FORENSE

«L'amore è sempre un rompicapo.»

ANONIMO

# VENERDÌ

# 1.

– Posso lavarle assieme?!? A che temperatura?

La domanda può apparire innocua. Non se inviata con WhatsApp nel cuore della notte. Men che meno se, prima la vibrazione, poi un deciso squillo di tromba irrompe nel silenzio tombale della camera da letto di Elena ed Ettore, una coppia di genitori con figli poco più che adolescenti che, da qualche mese, non vivono più sotto quel tetto.

Ecco, in quel caso, gli effetti possono essere dirompenti.

«Oddio, cos'è?»

Elena – panico, fiato corto e cuore a mille – balza come una molla sul letto, cerca come un'ossessa l'interruttore dell'abat-jour sul comodino e afferra il cellulare.

Ettore grugnisce.

«Possibile che tu non possa trovare una suoneria più umana?»

Per lui il sonno è sacro. Otto ore, qualsiasi cosa succeda. Da sempre. Un'interruzione alle tre di notte mal si concilia con quella che ritiene essere una routine irrinunciabile. Di sicuro non a un passo dalle sessanta candeline che nel giro di dodici mesi gli toccherà spegnere. Perché Elena su quello non transige. Le candeline ci devono essere. Altrimenti non è un vero compleanno.

«Oddio, è Anna...»

Avere una figlia di ventun anni che da un mese è a Londra a fare l'Erasmus, può essere un modo per rientrare nelle statistiche dei cervellini in (potenziale) fuga oppure l'ennesima conferma di quanto si sia rimpicciolito il mondo e ampliati gli orizzonti dei millennials. Non per Elena. Per lei è innanzitutto fonte di ansia. Un neurone del suo cervello non stacca mai. E, con lui, nemmeno il cellulare. Che, dalla partenza di Anna, è diventato una sorta di appendice dalla quale lei non si separa. Mai. Nemmeno la notte. A onor del vero, quel filo di inquietudine, sempre presente nelle sue giornate (e notti), non è imputabile in toto all'assenza di Anna, ma anche alla partenza del secondo figlio, Marco. Il diciannovenne, infatti, terminato il liceo, con certosina ostinazione aveva individuato l'unica facoltà non presente a Milano. Il DAMS. E aveva fatto le valigie per Bologna.

La chiamano sindrome del nido vuoto.

Quando i ragazzi erano partiti, dopo un primo momento di sollievo, Elena aveva accusato un dolore fisico, simile a quello che sperimenta chi ha subito l'amputazione di un arto. Aveva passato giorni a macerarsi nella tristezza. L'aveva aiutata la voce roca di Vasco, uno che di malinconia e tempo che passa se ne intende. Elena aveva sentito con netta precisione che quello era, senza possibilità d'appello, un definitivo cambio pagina, il salto nella terza parte della sua vita. Tutta da pensare e da reinventare. Sia a livello individuale sia di coppia. Perché quello era l'altro tema: lei ed Ettore tornavano a essere coppia.

Aiuto.

Oltre trent'anni di vita comune, di cui ventuno da genitori. E adesso, di nuovo coppia. Ma diversa da quella delle origini. Non solo per una questione di età. Anche quella conta, certo. Ma quel che Elena sente è il peso di un ennesimo necessario cambio di marcia, di pelle, di coordinate.

Il processo per diventare madre era stato lungo e faticoso. Gli aggiustamenti non erano sempre stati morbidi. Gli strappi, soprattutto nei primi anni di Anna e Marco, erano stati numerosi. E avevano lasciato il segno. Calarsi in quel ruolo, indossare quei panni, aveva mosso rabbie, frustrazioni e tonnellate di sensi di colpa. Causato rinunce. Aveva richiesto di accettare una responsabilità verso altri esseri umani, preteso un pensiero allargato che includesse i figli, le loro esigenze, i loro tempi. Aveva modificato il DNA del suo frigorifero, dilatato il tempo passato in cucina, reso il suo sonno un delicato soffio, trasformato il suo cervello in un efficientissimo organizer attivo h24.

E aveva pure modificato la sua relazione con Ettore.

Il processo era stato lento, ma ineluttabile. Sopraffatto dalla routine, dal quotidiano, dagli infiniti bisogni di cui – esplicitamente o meno – i figli chiedono soddisfazione da subito, fin da quando sono più simili a piccoli roastbeef che a esseri umani, il loro rapporto era senza dubbio cambiato, in modo sottile, ma profondo. Elena deve ammettere di non averci fatto troppo caso. Le era mancato il tempo per registrare, passo dopo passo, le piccole variazioni che alla lunga avevano portato a una metamorfosi. O, meglio, le era mancata l'energia. Perché quella che non le avevano succhiato i due ragazzi, era stata assorbita dal suo lavoro. E dalla fatica di tenere tutto assieme.

Chissà Ettore.

Perché in tutti quegli anni anche lui avrà fatto dei pensieri. Anche lui avrà percepito quel mutamento. Ma da quanto tempo non parlavano tra loro di sé stessi? Parlare, veramente. Ascoltandosi. Quando si erano interrotte le lunghe chiacchiere in cui Elena aveva sentito di essere in contatto profondo? Le nottate in cui il tempo smetteva di esistere, le parole assumevano quasi sostanza fisica e lei sentiva che quello, come anni dopo avrebbe cantato Jovanotti, era il loro «ombelico del mondo»?

Elena non lo sa.

Sa per certo che per un po' di anni quel loro modo aveva resistito al tornado bambini. Quando lei rientrava la sera dalla redazione, i figli erano già a letto. Ci aveva pensato Ettore a sfamarli, lavarli e ninnarli. Poi lui l'aspettava per mangiare un boccone, bere un bicchiere di rosso e raccontarsi la vita, come avevano sempre fatto da quando, anni prima, erano andati a vivere assieme. Con il passare del tempo le stanchezze reciproche avevano prevalso e quell'appuntamento era scemato sempre più. Fino a scomparire del tutto.

Ettore era diventato sempre più silenzioso. Accondiscendente, presente, collaborativo. Ma distante. Elena lo aveva sentito chiudersi in sé, nel suo lavoro e nelle sue piccole manie che, secondo lei, erano diventate sempre meno scardinabili. Va detto che lui non era mai stato un uomo imprevedibile, uno di quelli che non stanno mai fermi, che mille ne fanno e altrettante ne pensano. No. Ma dopo una sequela di uomini improbabili, che l'avevano trascinata sulle montagne russe del cuore, la placidità di Ettore le era sembrata un dono del cielo. Anche perché bastava poco per convincerlo a mettere da parte razionalità e pacatezza. Ettore era estremamente disponibile a seguirla nelle sue fughe in avanti. Andava solo coinvolto. Era una roccia disponibile a farsi sabbia leggerissima. Ed Elena non chiedeva altro.

Era questo che le era sempre piaciuto di lui.

Anche il sesso era venuto naturale da subito. Il suo essere lì, in modo totale. La sua capacità di ascoltare il corpo di lei, di toccarlo fino a farlo fremere come nessuno aveva fatto prima. Quella fame che sembrava non placarsi mai. Quel suo farla sentire bella. Quel desiderio che nutriva il suo. Quel ritmo che aveva immediatamente riconosciuto come proprio. Quella totale mancanza di pudore che all'inizio l'aveva lasciata senza fiato, perché creava uno spazio in cui tutto era possibile, anche le fantasie che lei non aveva mai confessato a sé stessa, figurarsi agli altri uomini che l'avevano accompagnata per un pezzo di vita.

Avevano passato anni in cui per loro non era possibile dormire assieme senza toccarsi, senza respirarsi la pelle, senza perdersi nel corpo dell'altro. Poi anche questo era cambiato. Avevano dovuto fare i conti con la mancanza di intimità e l'invasione del loro letto da parte dei due bimbi che fino ai quattro anni non avevano fatto pace con la notte. Poi con la stanchezza, quella che non conosce tregua perché si accumula senza possibilità di recupero. Poi con le reciproche tensioni e rabbie, per le parole non dette, per quelle pronunciate senza pensarci, per quelle dette al momento sbagliato. Poi con l'ansia, quella che avvolge le notti di genitori con figli adolescenti che non parlano, non rispettano gli orari e non rispondono al cellulare. E poi? Poi con la consuetudine. Quella di due corpi che si conoscono fin troppo bene e che, dandosi per scontati e acquisiti, si maneggiano con affettuosa distrazione, senza la necessaria fame, la dovuta gratitudine e l'indispensabile attenzione.

Ma torniamo a venerdì notte. E a quel messaggio.

– Posso lavarle assieme?!? A che temperatura?

Elena guarda e riguarda il messaggio. Non ci può credere. Sono le tre di notte e Anna manda un WhatsApp con tanto di foto per chiedere se lenzuola bianche e felpa rossa possano essere lavate assieme. Lentamente il cuore riprende a battere a un ritmo normale. E la consapevolezza dello scampato pericolo lascia spazio a una sottile irritazione.

– A quest'ora?!?

– È il mio turno-lavatrice... Era l'unico slot libero...

Gioie e dolori dei pensionati studenteschi. Tre lavatrici per quattrocento ragazzi.

«I britannici sanno come temprare la *meglio gioventù.*» Ettore non è mai stato un uomo di molte parole. E a quest'ora meno che mai. Assodato che la prole non è in pericolo e che la moglie non dà segni di infarto, si rigira nel letto e riprende a dormire. Fra qualche ora dovrà andare all'università per affrontare una lunga e noiosissima sessione di esami. E senza le sue otto ore di sonno non è pensabile che possa reggere le improbabili risposte che sa dovrà sorbirsi dalla maggioranza degli studenti. Questa generazione lo lascia senza parole: nonostante i mezzi che ha a disposizione per informarsi, approfondire e fare ricerca, sembra non aver sviluppato la capacità critica per maneggiare la complessità, fare collegamenti e quindi interpretare il presente alla luce del passato. Sembra che viva in una bolla di eterno presente. Eravamo anche noi così? Forse. A lui sembra di no. Sta invecchiando e il mondo gli appare sempre meno leggibile. Ma forse è solo l'orario.

Elena invece è sveglia come un grillo. E digita istruzioni via WhatsApp. Non ce la fa a sottrarsi. Dovrebbe lasciarli fare, concedergli di sbagliare, perché lo sa che solo così i suoi figli possono crescere e acquisire autonomia, quella vera. Ma non ce la fa. È più forte di lei. È ovvio che è un modo per mantenere il controllo, per non sentirsi tagliata completamente fuori dalla loro vita. Ma è altrettanto vero che è un cappio, per lei e per loro. A mano a mano che digita, sente crescere dentro di lei l'irritazione. Nei confronti di Anna che entra a gamba tesa senza mai chiedere il permesso. Nei confronti di sé stessa, perché sa che sta sbagliando. Ma soprattutto nei confronti di Ettore che, tempo un nanosecondo, si è riaddormentato. Anzi, adesso russa. Perché gli uomini, dopo una certa età, russano. Evidentemente c'è un collegamento tra prostata e sistema respiratorio. Però questo non incide sulle sue notti, ma solo su quelle di Elena che sono ormai diventate fragili come un filo di seta. Non era sempre stato così. Il suo sonno per anni era stato a prova di bomba. Durante il mitico Interrail della maturità fatto con la sua compagna di banco e amica del cuore Claudia, per risparmiare avevano dormito ovunque, prevalentemente sui treni, viaggiando di notte. A un certo punto, quando i soldi avevano iniziato a scarseggiare, avevano addirittura chiesto ospitalità a tre ragazzi olandesi che viaggiavano con una canadese piccolissima. Be', l'unica che era riuscita a dormire come un sasso era stata lei, Elena. A pensarci bene, quella volta Claudia non aveva proprio voluto dormire, dato che si era infatuata di quel biondino slavato dal nome impronunciabile. Elena non aveva sentito nulla, ma gli altri due sì. Non l'avevano mai confessato, ma i musi lunghissimi avevano parlato per loro. Bei tempi quelli. Quando le si era rotto il sonno? Elena lo sa. Con la nascita dei figli. Poi, negli ultimi anni, il crollo degli ormoni aveva dato la mazzata definitiva alle sue notti.

Già. Perché nella vita di Elena c'era stato pure quel cambiamento lì. La menopausa. Che lei aveva affrontato senza condividerla con Ettore. Non in modo esplicito. Certo, qualche segnale glielo aveva mandato. Come il piumone allontanato con rabbia nel cuore della notte che per lei, storicamente freddolosa, era un'evidente comunicazione dei terremoti ormonali che stavano rivoluzionando il suo corpo e la sua vita. Ma Ettore non aveva fatto domande. Per distrazione? Per rispetto? Elena non lo aveva mai verificato e aveva gestito quel processo in silenziosa solitudine. Forse perché parlarne lo avrebbe fatto diventare più reale? Forse. Fatto sta che quel silenzio non aveva aiutato Ettore a comprendere e non aveva nemmeno reso quelle trasformazioni del corpo e del desiderio meno reali. Anzi. Le aveva trasformate in una quotidiana lotta che Elena combatteva con sé stessa a furia di tisane, integratori, bicchieroni di acqua bollita e limone, melatonina, CBD Oil, ovuli, gel, yoga e pure pilates per il controllo del benedetto perineo. Un corpo a corpo reso ancora più faticoso da articoli e dibattiti nei quali si dichiarava di voler togliere il velo ipocrita sul tema della menopausa, ma che in realtà creavano narrazioni che quel velo lo cementavano. E poi c'erano le foto e le interviste ad attrici, show-girl ed ex modelle sue coetanee che, a differenza di lei, allegre squittivano di reggere quell'onda d'urto con pancia piatta e felice nonchalance e – soprattutto – rivendicavano una rinnovata vita molto sesso-droga-rockandroll. Insomma, le *fab-fifties* (per non parlare delle *wonder-sixties*...) non l'avevano aiutata. Per niente. Al contrario, avevano contribuito a farla sentire ancora più inadeguata.

Nel frattempo si sono fatte le quattro. Adesso deve riuscire a dormire. Alle undici ha appuntamento con il suo caporedattore. L'idea sarebbe quella di arrivarci riposata, con il capello in ordine, un filo di trucco che metta in risalto gli occhi e il vestito blu che scivola bene sui fianchi e maschera la maledetta pancetta che da qualche anno non riesce più a buttare giù. Sempre stata magra come un chiodo. Pancia piatta. Il suo vanto. Fino a quando le ovaie non avevano raggiunto quota cento. Olé. Va a finire che dal capo si presenta con le occhiaie. Bel modo per accogliere la sua investitura. È vero, non gliel'ha detto, ma lui va in pensione e la redazione chi la può prendere in mano, se non lei? È lei quella con l'anzianità più elevata: sono quasi trent'anni che lavora lì. Quando era arrivata c'erano ancora le macchine da scrivere. Un rumore infernale. Una fatica a tenere assieme i pensieri, a scrivere senza perdere il filo logico. Adesso le sembra impossibile di aver lavorato per anni in quelle condizioni. Vent'anni di cronaca. Conosce la macchina, ha costruito le relazioni che servono per recuperare informazioni solide. Le principali inchieste portano la sua firma. Non ha mai bucato una notizia, nemmeno quando i bambini erano piccoli e tenere assieme tutto richiedeva doti da acrobata. Tutti quelli che sono arrivati con lei o se ne sono andati altrove o hanno fatto carriera. Ovvio. Erano tutti uomini. Adesso tocca a lei, no?

# 2.

«Ho deciso. Lo lascio. Non ne posso più. Non posso sprecare i miei ultimi anni di vita con uno che beve il caffè facendo il risucchio. Ho retto abbastanza. Vieni ad aiutarmi con il trasloco?»

Sono le sei e mezzo del mattino. Ed essere svegliata da un insistente e potente squillo di tromba, dopo essere riuscita da forse un'ora a riprendere faticosamente il sonno interrotto, non è assolutamente bello. Anzi. È una di quelle esperienze da inserire – assieme a traslochi e divorzi – nella lista degli eventi da augurare solo a un nemico. Se poi la voce che ti sveglia ha il ritmo di un treno ad alta velocità e sfiora i decibel prodotti da un trapano pneumatico, non c'è speranza: le fondamenta per un prossimo infarto sono costruite.

«Scu… Scusi ma chi parla?»

«Come chi parla? *Testina!* Non mi riconosci?! Sono tua madre! Non starai ancora dormendo, vero?»

Effettivamente poteva essere solo lei, Margherita. Ottant'anni portati con la grinta e la determinazione dei primi pionieri del West. Nulla l'ha mai fermata e nulla la fermerà adesso che ha l'età che alcuni di noi, quando la raggiungono, considerano prateria di frontiera, terra al di fuori di qualsiasi legge. Umana o divina che sia.

Elena aveva sempre saputo che per sfuggire a quella furia umana, che non conosceva altro modo di vivere la vita se non cavalcandola al galoppo, avrebbe dovuto tentare di costruirsi un'esistenza altrove. Terra del Fuoco, Nuova Zelanda o Groenlandia, insomma molto molto altrove. Ma l'amore, il lavoro e – soprattutto – la consapevolezza che forse solo Marte le avrebbe assicurato un altrove sufficientemente «altrove», l'avevano portata a desistere. Oltretutto Elena è figlia unica e quel legame e quella responsabilità lì, passata l'adolescenza, si erano fatti sentire, con tutto il bagaglio di sensi di colpa che nemmeno anni di analisi erano riusciti a scalfire.

«Sono le sei e mezza, mamma! Ovvio che dor...»

«Te l'ho sempre detto che il mattino ha l'oro in bocca. Ma tu niente. Mai che mi dai retta, *crapuna*. Per questo sei ancora lì a servizio!»

«Mamma, non sono a servizio: sono caposervizio della cro...»

«Ohlàlà! Complimenti vivissimi... Sono quasi trent'anni che sei lì a occuparti di gatti smarriti e incidenti stradali!»

L'idea che Margherita ha del giornalismo è incarnata solo da un nome: Oriana Fallaci. Tutto il resto, per lei, è noia. Quando Elena le aveva comunicato che quello era il mestiere che voleva fare, Margherita si era organizzata mentalmente per diventare a breve la madre di una famosissima corrispondente di guerra. Si era comprata un paio di completini per essere pronta a quelle che aspettava come le prime due cerimonie che l'avrebbero vista protagonista assieme all'insigne reporter: l'imminente convocazione al Quirinale e, soprattutto, la cerimonia di consegna del Premio Pulitzer. A niente era servito spiegarle che quel premio lì è appannaggio esclusivo di giornalisti e scrittori statunitensi. Per tutta risposta, Margherita le aveva regalato zaino, elmetto e giubbotto antiproiettile. E da quel momento aveva iniziato ad aspettare che la CNN trasmettesse le immagini della figlia che, incurante di bombardamenti e cecchini, inseguiva e documentava i conflitti nel mondo. Ciò non era accaduto. Da un lato perché quello non era il sogno di Elena, ma quello di Margherita (anche se, per riuscire a vederlo in modo chiaro, Elena era dovuta ricorrere a una sfinente analisi freudiana), dall'altro perché a lei, più che la storia, sono sempre interessate le storie, quelle con la esse minuscola, quelle racchiuse nella vita delle persone. Elena si era mossa, quindi, nell'ambito della cronaca della città, al massimo della provincia. E questo Margherita non glielo aveva mai perdonato.

«Allora?»

«Cosa, mamma?»

«Passi a prendermi?»

«In che senso?»

«Io qui non ci voglio più stare!»

«Ma sei impazzita? Che succede?»

«*Omen e donn quand metten su la vera, comencen a fa la vita da galera.*»

«Ma se l'anno prossimo festeggiate le nozze di diamante...»

«Non hai capito: io qui non ci sto più.»

«Mamma per favore calmati... Dov'è papà?»

«Ma dove vuoi che sia? Qui, ovvio! Qui che pigola e cerca di prendermi il telefono perché vuole parlarti!»

In effetti, Mario era lì che s'aggirava non sapendo bene che fare. Intontito come se avesse appena sperimentato una scossa tellurica di magnitudo 8, si muoveva per casa in pigiama e pantofole, tallonando Margherita nel tentativo di raggiungere il cellulare, come se fosse l'unica cosa che potesse metterlo in salvo. Era sempre stato un uomo gentile e accomodante che in giovane età era rimasto colpito e affondato da quella ragazza che sapeva sempre esattamente cosa voleva da sé e soprattutto dagli altri e che, quello che più conta, non si faceva alcun problema a ottenerlo. Una forza vitale che lo aveva ingoiato. Un'energia dalla quale si era fatto sopraffare senza opporre alcuna resistenza. Margherita aveva sempre parlato e deciso anche per lui. Per certi versi una comodità. A patto di cedere il volante della propria vita, camminare rasente ai muri, ricavarsi un piccolo spazio al riparo dai venti e lentamente chiudersi in un mondo fatto del proprio lavoro e di infinite fughe mentali. Così facendo, Mario era riuscito a passare attraverso gli anni senza troppi danni. Aveva sicuramente perso molto, ma aveva guadagnato un'esistenza ben organizzata, una figlia e un matrimonio che durava da quasi sessant'anni. Appunto, quasi.

«Elena, sono papà…»

«Papà, tranquillo… Ma che succede?»

«Ti prego, vieni e fai ragionare tua madre…»

«Ragionare?!? Io ragiono benissimo! Non ho mai ragionato meglio!»

«Restituisci il telefono a papà, ti prego, mam…»

«Basta storie, Elena. Vieni! Adesso. Ciao.»

In confronto, il tono risoluto di Margherita avrebbe fatto apparire persino l'ordine del capitano De Falco a Schettino un educato e paziente invito.

## 3.

Tocca alzarsi. Il bagno è occupato da Ettore che, svegliato non tanto dallo squillo del cellulare di Elena quanto dal volume della voce di Margherita che senza alcuno sforzo era riuscito ad arrivare fino a lui, borbottando si era alzato dal letto costretto a iniziare la sua giornata con almeno mezz'ora d'anticipo rispetto a quanto aveva previsto. Spazzola di crine su tutto il corpo, poi doccia calda-fredda per stimolare la circolazione, shampoo contro la caduta dei capelli, barba rigorosamente fatta con schiuma e pennello, crema corpo energizzante, controllo ed eventuale eliminazione della peluria che da qualche anno aveva iniziato a palesarsi nelle narici e nelle orecchie, primo lavaggio denti (il secondo dopo colazione). Un percorso spa che negli anni era diventato una vera e propria routine che amava sbrigare indisturbato. Anche perché per lui, parlare di primo mattino, era sempre stato un problema. Figurarsi dopo una notte disturbata come quella.

Elena, invece, non riesce nemmeno a immaginarsi di poter essere sfiorata da una goccia d'acqua prima del rito della colazione: bicchiere di acqua bollita e limone, caffè, fette biscottate e marmellata, preferibilmente di arance amare. Il tutto avvolto da una casa silenziosa e accompagnato dalla lettura dei quotidiani su iPad. Questa mattina, lo sa, i giornali dovranno attendere e l'inizio di giornata dovrà essere più veloce del solito. Ma Margherita, che già è riuscita a buttarla giù dal letto grazie a un risveglio nazista, non riuscirà a toglierle completamente il piacere della sua colazione.

Lei non lo sa, ma ci riuscirà Marco.

«Ciao, ma'!»

Varcata la soglia di casa, infatti, l'ex piccolo di famiglia, oggi un metro e ottanta di leggerezza, senza soluzione di continuità molla un borsone di biancheria sporca ai piedi di Elena, la bacia velocemente sulla guancia, intercetta la fetta biscottata con marmellata che la madre stava per addentare – «Arance amare? Ma cambiare ogni tanto, no?» –, le ruba il caffè, si sfila le sneakers lanciandole qualche metro più in là (per la precisione, esattamente a venti centimetri dai piedi di Elena) e sospirando si allunga sulla poltrona sbadigliando rumorosamente.

«*Noso rtòmo!*»

E qui serve un inciso per spiegare la frase di Marco: «*Noso rtòmo,* sono morto». In casa nessuno si ricorda esattamente quando e come sia nata la cosa, fatto sta che la famiglia, di tanto in tanto, adotta un linguaggio suo. Probabilmente tutto aveva avuto inizio come un gioco quando i bambini erano piccoli, un divertente escamotage per avere un codice esclusivo, segreto. Poi quel modo di invertire le sillabe, conosciuto come gergo della mala, o *verlan* per i francesi, era diventato negli anni più difficili dell'adolescenza una possibilità per dirsi ciò che non ci si riusciva a dire, se non con durezza. E anche adesso, che le dimensioni dei corpi si sono invertite e che in famiglia di bambini non ce n'è più ombra, nelle sintetiche comunicazioni di Marco riaffiora di tanto in tanto qualche scampolo di quel linguaggio, traccia indelebile di legami, affetti e di un tempo che tutti loro hanno incisi nell'anima.

«"Buongiorno, mamma, tutto bene? Come sta papà? Potrei avere un goccio di caffè? E magari una fetta biscottata con quella magnifica marmellata che a te piace tanto?..." Che ne dici Marco di riprovare l'entrata? Così, giusto per sorprendermi una volta tanto...»

«Eddai, *drema,* quanto la fai lunga! Abbi pietà. Ho fatto *after.* Adesso voglio solo fiondarmi a letto.»

Quando qualche mese prima Marco se n'era andato a

studiare a Bologna, aveva messo in chiaro di non illudersi di vederlo spesso e di non contare su una frequenza di rientri a casa superiore a un weekend mensile. Peccato che da allora fosse rientrato tutti i weekend e sempre con questa modalità. Venerdì mattina, fresco di *after* (che dopo un po' Elena aveva capito voler dire aver passato la notte in bianco), con una valigiata di biancheria da lavare e (possibilmente) stirare. Inizialmente Elena, orfana d'un botto di tutti e due i suoi figli, era stata troppo felice di sentire il nido ripopolarsi di voci e musica per lamentarsi e intavolare un dibattito. È vero, la casa si riempiva anche di scarpe puzzolenti, il frigo veniva saccheggiato e, tempo un paio d'ore, sembrava fosse passato uno tsunami. Ma quello era ciò che lei conosceva, che le mancava da morire, che le faceva sentire che il tempo forse non stava correndo in avanti alla velocità della luce. Solo che adesso la cosa stava diventando un'abitudine e andava arginata. Quindi Elena si ripromette di parlargliene prima della sua partenza.

Il suo cervello, nel frattempo, si è messo in modalità organizer e mentre guarda il borsone ai suoi piedi per decidere se caricare una lavatrice prima di andare dai suoi genitori, si rende conto che questa volta le dimensioni sono notevolmente superiori al solito.

«Conosciuto qualcuno?» chiede Elena con finta noncuranza.

«*Sascu?*» domanda sospettoso Marco che quel tono della madre lo conosce benissimo.

«No, dico... Hai una nuova ragazza?»

«Perché?»

«La pila di roba è aumentata. Deduco ti stia lavando e cambiando più spesso. Ergo...»

«*Drema*, che palle... Quante volte ti ho detto di smetterla di cercare lo scoop con me?»

«Ma ci ho visto giusto o no?»

«No comment.»

E mentre Marco, chiuso in un rigidissimo silenzio stampa, se ne va a rintanarsi in camera – «Ciao, *drepa*!» –, Ettore entra in cucina vestito di tutto punto. Pronto per la colazione. Che da qualche anno prevede tè verde e qualche biscotto. Il tutto preceduto da un centrifugato. Il caffè lo prenderà poi, al bar di fronte all'università.

Ettore non è quel che si potrebbe definire un salutista, ma alla soglia dei sessant'anni si è fatto più attento. Niente di strano. Succede a tutti. A un certo punto sembra che il nostro sguardo, molto simile a un binocolo, sempre rivolto al futuro e alle passioni che muovono il mondo, si trasformi in un microscopio, concentrato sull'oggi e su noi stessi. O meglio, sull'attento monitoraggio del funzionamento di quella macchina perfetta che è il nostro corpo e che ci ha portati fin qui. Ecco, Ettore è a quel punto della vita in cui il suo funzionamento, le sue risposte, la sua affidabilità non si danno più per scontati. È sempre stato piuttosto soddisfatto del suo fisico. Mai stato un patito di muscoli e addominali, ma l'ha sempre curato con discrezione. Ha fatto karate, un po' di palestra, giochicchiato a calcio. E negli ultimi anni ha scoperto il piacere della bicicletta da strada, che usa per andare al lavoro e per esplorare colli e paesini che circondano la casa in campagna. Un *buen retiro* immerso nel verde che, lentamente, lui ed Elena hanno ristrutturato con amore e dove lui sente di voler passare sempre più tempo. Di tutto ciò, però, non ha parlato apertamente con Elena. Non è convinto che lei condivida questo suo desiderio. Lei ha sempre amato Milano, si è sempre nutrita dello stress e del movimento incessante che un agglomerato urbano di quasi due milioni di abitanti produce. Varrebbe la pena di parlarne? Ovvio che sì. Ma Ettore non vuole iniziare discorsi che potrebbero turbare un equilibrio che sente essere piuttosto fragile. Non gli è chiaro che cosa sia successo. Intuisce però che l'uscita di casa dei figli abbia infranto qualcosa in Elena. Niente è stato detto, ma è come se quel recupero di spazi – fisici e mentali – agognato per anni, adesso che si è realizzato l'abbia spiazzata. Ettore non se ne capacita. I figli lasciano il nido? È nell'ordine delle cose e, tutto sommato, un po' più di tranquillità in casa a lui non dispiace: potrà finalmente leggere e ascoltare la sua musica senza troppe interruzioni.

In passato ne avevano parlato molto. Quando i ragazzi erano piccoli e poi adolescenti, assieme avevano fantasticato sulla futura autonomia dei figli e il loro conseguente ritorno a essere coppia. La casa a Pianello l'avevano cercata per questo, no? Avevano passato infiniti weekend a girellare in lungo e in largo la zona, fino a quando non avevano trovato quel rudere che, a loro, era parso subito perfetto. Ci avevano impiegato anni a ristrutturarlo, sistemarlo, renderlo casa. Da qualche tempo avevano anche fatto l'orto che, tra l'altro, proprio domani bisognerà andare a vangare e seminare. Vabbè, magari sarà l'occasione per parlarne.

Adesso Ettore deve andare in facoltà per la sessione di esami. Dio, fa' che non sia troppo straziante.

«Elena, vado. Ci vediamo stasera.»

«Sempre che io sopravviva a mia madre...»

«E io agli studenti... Ti ricordi vero che stasera abbiamo a cena Roberto e Stefano?»

«Oddio, è vero! La telefonata di mia madre me l'aveva fatto uscire di mente!»

«Ci sarà anche Filippo.»

«Il dio greco?»

«Eddai! Non è da te fermarti alla forma...»

«Be', è difficile non soffermarsi su quella tartaruga trattenuta a stento da una camicia di una taglia volutamente troppo piccola...»

«L'abbiamo incrociato solo due volte e dopo l'ultima cena anche tu hai ammesso di averlo trovato interessante.»

«Davvero?! Non ricordo...»

«Stasera ci sarà anche Anita.»

«Chi? La bomba del sesso?»

«Elena, ti prego, non essere così prevenuta!»

«Ma è Stefano che ha detto che grazie a lei ha riscoperto l'energia dei vent'anni... Secondo te, a che energia si riferisce?»

«...»

«Oltretutto, da quel che ho capito, sex bomb potrebbe essere una tua studentessa...»

«Non è vero, dai... Anita – perché si chiama Anita, ricordatelo – deve avere circa trent'anni!»
«Capirai... la metà degli anni di Stefano. E dei tuoi!»
«E allora? Hai sempre detto che è importante mantenere il dialogo con le generazioni più giovani...»
«Ma io mi riferivo ai nostri figli e ai loro amici!»
«Eddai, Elena...»

Sono le otto del mattino. Elena sa di essere solo all'inizio di una giornata lunga e faticosa.
Ma non ha idea quanto.

# 4.

È arrivato il momento di capire che cosa sta succedendo ai suoi genitori. Elena sale in auto, una vecchia e acciaccata Kangoo che ha visto tempi migliori, ma che ha retto di tutto: passeggini, borsoni sportivi, scuola guida dei ragazzi... Insomma, vent'anni e passa di figli. In effetti sembra contenere ancora tutto: briciole, giornali vecchi, bottigliette di acqua vuote... ogni tanto salta pure fuori un giocattolo di quando Anna e Marco erano piccoli. «Un vero porcaio», la definisce Ettore che da anni si rifiuta di metterci piede. Ma per Elena quel catorcio è la sua coperta di Linus, alla quale chiede solo di continuare a esistere e di non fare scherzi con l'accensione. Per questo, prima ancora di inserire la chiave nel motorino di avviamento, la lusinga accarezzando il volante e sussurrandole: «*Quello che potremmo fare io e te / Senza dar retta a nessuno / Senza pensare a qualcuno. / Quello che potremmo fare io e te / Non lo puoi neanche credere*». E, a quanto pare, funziona. Il Blasco.

Giunta a casa di Margherita e Mario, non fa in tempo a suonare il campanello che la madre, truccata e vestita di tutto punto, è già sul pianerottolo.

«Le valigie sono in casa, devi solo caricarle in auto.»

«"Buongiorno, Elena, come va? Scusami per averti buttata giù dal letto alle sei e mezzo del mattino, nonostante non ci fosse alcuna urgenza che lo richiedesse. E grazie di essere venuta!" Che ne dici mamma di tentare un altro tipo di accoglienza? Così, giusto per sorprendermi una volta tanto.»

«Ma quanto sei noiosa? Possibile che tu abbia preso tutto da quel pirla di tuo padre?»

«Mamma, per favore. Possiamo entrare e parlare un attimo?»

«Brava... È quello che sto cercando di fare da stamattina», le sussurra il padre, felice di vedere finalmente un volto amico.

Elena, a fatica, riesce a convincere la madre a rientrare in casa per parlare e tentare di risolvere quella che ancora considera una crisi temporanea. Ma le basta un attimo per capire che per Margherita questo non è un colpo di testa. È decisa. Determinata come non mai. Ci ha pensato e si è organizzata. Il caffè del mattino – quello che il padre ha bevuto facendo il risucchio – è stato solo la goccia che ha fatto traboccare un vaso già colmo. Elena riesce a immaginare i sintomi. I piccoli, inavvertiti smottamenti, che d'un tratto sono diventati una valanga che ha travolto tutto, senza lasciare alcuno spazio per ripensamenti o trattative. Le risulta difficile immaginare che negli anni la madre non abbia detto quel che non andava, che non abbia segnalato il disagio crescente, comunicato un'insofferenza sempre meno accettabile. L'ha fatto tutta la vita. Ma forse è proprio in questo suo costante borbottio rivendicativo che sta il problema. Il padre, chiuso da anni in una sua bolla, abituato a fare – con il suo silenzio-assenso – semplicemente da sfondo alle mille iniziative, svolte improvvise, lanci nel vuoto, passioni totalizzanti che Margherita ha collezionato senza sosta, non ha percepito il salto di livello. Non ha capito che il desiderio di vita, quando questa si avvicina agli ultimi scampoli, non sopporta più alcun tipo di zavorra.

«È vecchio.»

«Mamma, siete coetanei, avete condiviso quasi sessant'anni di matr...»

«Si aggira per casa in pigiama tutto il giorno. Brontola e basta. Guarda solo programmi noiosissimi in cui la gente blatera e lui risponde come se fossero lì con lui in salotto.»

«Si chiamano talk show, mamma.»

«Sono soporiferi. Non gli piacciono i film e non sa nemmeno che cos'è Netflix!»

«Avete fatto l'abbonamento?»

«Cos'è *Netfisss*, Elena?» chiede Mario.

«Vedi, non sa nemmeno pronunciarlo!»

«Vabbè, mamma, basta spiegarglielo, no?»

«Figurati! Tanto per lui il massimo della vita è la "Settimana Enigmistica".»

«È un buon modo per tenere allenato il cervello.»

«È un buon modo per morire di noia!»

«Mi piace anche leggere...» azzarda Mario.

«Tutte attività molto sociali, vero?»

«...»

«Io voglio vivere! Per lui, invece, la vita è finita, neanche fosse già morto. Non vuole più viaggiare, non ha voglia di uscire a cena, tanto cucino io, non beve neanche più vino, non vuole vedere gente, andare a ballare...»

«Andare a ballare, mamma?! Da quando vai a bal...»

«Sono mesi che assieme alle sorelle Giuffrida prendiamo lezioni di tango e siamo pronte per andare in una milonga.»

«Milonga? Tango? Lezioni? Ma... Quando? Dove?»

«A casa loro! Tutti i venerdì pomeriggio viene un maestro, uno squisito signore che le ragazze hanno conosciuto al super.»

«Ragazze?! Ma se assieme fate quasi tre secoli!»

«Da quando sei così maleducata? Su su, via, *föra di pè*. Portami subito dalle sorelle Giuffrida che mi stanno aspettando.»

Margherita è una furia. Ed è inutile tentare di fermarla. Non è mai stato possibile. O almeno nessuno ha mai provato a frapporsi fra quel concentrato di indomabile vitalità e i suoi desideri. E, a quanto pare, anche questa volta Margherita ha già organizzato tutto. Andrà dalle sorelle Giuffrida, due amiche zitelle – «Single. Felicemente single! Hanno pensato bene di non sposarsi, loro...» – con le quali vivrà condividendo tutte le spese, badante compresa – «Quando ne avremo bisogno...». Non vede l'ora: finalmente potranno giocare a burraco quando e quanto vogliono e, soprattutto, vedere in loop le loro serie preferite, tutte *crime* e poliziesche – «Tipo?» «*Criminal Minds*, CSI, NCIS, *Mindhunter*, *The Blacklist*... Le conosci?» – sorseggiando moscow mule – «Moscow mule?!? Ma, mamma, da quando bevi cocktail?» «Da quando tuo figlio Marco me l'ha fatto conoscere! Mi ha pure spiegato come prepararlo! L'hai mai provato? No? Sbagli. È buonissimo!». Potrà finalmente andare a ballare senza dover pensare alla cena per il vecchio marito o sopportare i suoi sbuffi di silenziosa protesta. Insomma, potrà finalmente vivere pensando solo a sé stessa. «Nell'ultima fase della mia vita non ho voglia di occuparmi di uomini.» Mario, ovviamente, è a pezzi.

Si sta facendo tardi ed Elena deve correre in redazione per il suo appuntamento. Quindi decide che non è il caso di prolungare quella conversazione, che si sta rivelando un'inutile agonia. Ci sarà il tempo per riparlarne. Forse. Adesso deve accompagnare la madre dalle due ottantenni in impaziente attesa della loro amica e del maestro di tango.

Elena bacia il padre prostrato dalla mattinata, annichilito dalla improvvisa svolta che sembra avere avuto la sua vita. Una vita di cui non è mai stato protagonista.

«Vedrai che ci ripensa...» gli sussurra poco convinta nel tentativo di rassicurarlo mentre raccoglie le due valigie della madre.

«Il resto passerai a prenderlo un altro giorno, vero?» chiede Mario stoltamente speranzoso a Margherita che è già sul pianerottolo.

«È tutto qua», risponde Margherita già con la mente altrove, eccitata ed egoista come solo i bambini prima di una nuova avventura riescono a essere. «Il resto me lo compro: vita nuova, guardaroba nuovo!»

# 5.

Elena entra di corsa in redazione. È in ritardo. Affannata, saluta velocemente il dolcissimo Antonio – l'usciere ormai alla soglia della pensione, da sempre innamorato di lei –, supera i tavoli della segreteria di redazione schioccando il bacio quotidiano a «MissAmoTelefoniBollenti», ovvero Giulia, la migliore segretaria di redazione che un giornale possa sognare, che come sempre è chiusa nella sua bolla di sussurri telefonici e, senza guardarsi intorno, spalanca la porta dell'ufficio del suo vecchio capo, iniziando a scusarsi. Carlo Bazzo non è seduto – come al solito – alla scrivania, sommerso da giornali, faldoni di ogni tipo e immerso nella lettura degli ultimi lanci di agenzia. No. È al tavolo tondo, quello che usa per le riunioni. E non è solo. Al suo fianco c'è un trentenne che Elena non ha mai visto. Camicia azzurrino pallido con maniche arrotolate fino al gomito, pantaloni dal taglio perfetto, scarpe lucide, pelle da neonato e taglio di capelli alla *Peaky Blinders.* "Un nuovo acquisto del marketing", pensa tra sé e sé Elena. Il look è quello, il viscido sorriso con cui lui si alza e la accoglie pure. Dieci minuti di ritardo e questo evidentemente le ha soffiato l'appuntamento.

«Scusa, Carlo, ho avuto problemi con i miei...» spiega Elena tranquilla. «Chiamami quando avrai finito.» Ma non fa in tempo a girare i tacchi per andarsene che il trentenne apre bocca e con tono un tantino fuori luogo tanto è autoritario, la gela.

«Piacere. Sono Giorgio Scotti. Ti stavamo aspettando. Siediti, Elena.»

*E questo chi è? Che cosa vuole? Chi crede di essere con quei capelli da cretinetti?* Questi i pensieri che scorrono veloci nella mente di Elena, mentre sedendosi guarda Carlo, il suo storico caporedattore, normalmente ciarliero e affabile, che adesso sembra essere una statua di sale.

«Ci attendono numerose riunioni. E il tuo ritardo ha ridotto il nostro tempo a disposizione. Quindi bando ai convenevoli e dritti al punto!» Sorridente come una murena, sgradevole come solo le persone piene di sé riescono a essere e impietoso come un serial killer, Giorgio Scotti si mette comodo e, mentre Elena prende posto al tavolo, inizia velocemente a snocciolare il proprio curriculum. Bocconi, master alla Johns Hopkins University, dottorato a Yale, due anni al digital development del «Guardian», poi altri due nel marketing del «New York Times».

"Stica'... e adesso qui. Che culo!" vorrebbe dire, ma invece solo lo pensa, Elena che ancora non capisce esattamente che cosa stia succedendo. Anche perché il silenzio e lo sguardo apparentemente assente di Carlo non sono né molto d'aiuto né rassicuranti. Tanto vale ascoltare 'sto fenomeno che, come ha annunciato, ha poco tempo e quindi a breve dovrebbe andarsene. In realtà, lui ha usato il plurale: «Non abbiamo...».

Uomo del fare, esponente della nuova era, nella quale sondaggi, proiezioni, numeri e PowerPoint vanno per la maggiore, Giorgio Scotti non ha effettivamente molto tempo. Illustrato il curriculum e il suo personalissimo sguardo sul mondo dell'editoria, grazie a un irritante intercalare di parole in inglese – *data analysis, financial linkages, business cycle, social surveys* –, va, come promesso, dritto al punto.

«Elena, a eccezione di Carlo, tu qui sei quella che ha l'anzianità maggiore. Quindi sei la prima con cui vogliamo condividere la notizia che poi, nel corso della giornata, comunicheremo al resto della redazione e dello staff», esordisce lo Scotti, fissando Elena negli occhi e tornando all'uso del plurale che sembrerebbe includere anche il caporedattore.

«Be', grazie. In effetti era per questo che avevo appuntamento con Carlo, no?» risponde Elena cercando di suggerire un ordine gerarchico che al bocconiano sembra sfuggire.

«Esatto. Carlo voleva ufficializzare ciò che tu già sai. Lascia la redazione. Va in pensione. Meritata pensione.»

«Ci mancherà moltissimo», commenta Elena guardando a sua volta il serial killer negli occhi. E poi, addolcendo lo sguardo e rivolgendosi verso il suo capo: «Lo sai, vero, Carlo? Sarà difficile fare a meno della tua guida. Sarà impossibile eguagliarti».

«Aspetta Elena, c'è dell'altro...» riesce a sussurrare Carlo, con una voce da morto.

«Sarà difficilissimo, ma io ho raccolto la sfida», dichiara tutto d'un fiato Giorgio Scotti.

Elena sente il cuore fermarsi. Solo un attimo. Smette di ascoltare ed esce dal suo corpo. E si vede. Stordita. Accoltellata e umiliata. Lì, a quel tavolo, dove mille volte ha discusso con Carlo, mangiato orrendi tramezzini durante riunioni fiume, stabilito strategie, concordato titoli e pezzature, annunciato le sue gravidanze, difeso colleghi, partorito progetti, allattato i suoi figli quando in redazione c'era stata l'emergenza per la caduta della giunta. Lì, a quel tavolo, le sue giuste aspettative vengono infrante. Con poche semplici parole. In pochi, pochissimi minuti. Le gira la testa, ma la mano che Carlo le appoggia sul braccio la richiama a sé. Con uno sforzo immane, Elena riprende il controllo della mente. Lo stronzo non deve percepire il suo sbandamento. Lontanissime e frammentate le giungono alcune parole del discorso che il serial killer ha proseguito a fare. Ristrutturazione, collaborazione, qualche mese.

«Scusami, Giorgio. Puoi essere più chiaro?» Un invito a nozze. Anche perché la sostanza è presto detta. Il giornale è in perdita. Così com'è non va. «È vecchio. Non è competitivo. Non rispecchia lo spirito del tempo.» Quindi chiude. O meglio, cessa di esistere l'antiquata edizione cartacea. «Chi compra ancora il giornale all'edicola?» Gradualmente si passerà al digitale. E sarà proprio la sede di Milano a compiere per prima questo passaggio. Che non sarà un cambiamento semplicemente formale. «Perché come tu mi insegni», sibila Scotti guardando Elena negli occhi, «la forma è contenuto.» Le due parole al centro della nuova linea editoriale saranno storytelling e social. Basta con le semplici notizie – «Per quelle c'è Twitter» –, serve una narrazione che coinvolga il pubblico con immagini, filmati, interattività. A lei viene proposto il pensionamento anticipato. Tempo per decidere? Pochi giorni. Qualche settimana. Al massimo. Poi fine. Stop.

## 6.

Elena è sotto shock. È preda di un vortice di emozioni contrastanti: incazzata e delusa, abbattuta e spaesata, prostrata e furibonda. Non ha reagito. Non ha urlato tutta la sua rabbia in faccia alla murena. Avrebbe voluto, anzi, avrebbe dovuto farlo, ma non ne ha avuto la forza. Il contropiede in cui è stata presa l'ha totalmente spiazzata. E poi non ce n'è stato il tempo. Terminata la comunicazione, il serial killer si è alzato, le ha stretto la mano e se n'è andato portandosi dietro Carlo che, nel frattempo, sembrava essere invecchiato di vent'anni. Una girandola di riunioni li attendeva. Se Dio aveva creato l'universo in sei giorni, lui avrebbe distrutto il giornale in poche ore. Il nuovo che avanza, alleggerito da inutili formalità e privo di qualsiasi forma di empatia, non conosce riposo. E tantomeno la pausa pranzo.

E così Elena si era ritrovata seduta al tavolo delle riunioni sola, suonata come un pugile messo KO subito dopo aver posato piede sul ring. E probabilmente lì sarebbe rimasta per il resto della giornata se il cellulare non si fosse illuminato, segnalando l'arrivo di un messaggio WhatsApp. Tutto confermato? Ti aspetto a casa. Bacio. Elena lo legge e cerca faticosamente di riprendere contatto con la sua vita e ricordare. Ma certo, aveva appuntamento con Claudia, la sua amica di sempre, l'amica con la A maiuscola, che è in procinto di partire per una settimana alle Maldive! Convinta che oggi avrebbe ricevuto la nomina a caporedattore, Elena le aveva promesso di portarla all'aeroporto così da poter brindare con lei. Una tradizione, quella di festeggiarsi a vicenda prima ancora di farlo con chiunque altro, che risale ai tempi del liceo e che avevano sempre mantenuto. Negli anni, però, lei e Claudia avevano condiviso anche sconfitte, leccato ferite, dato sfogo a rabbie e delusioni. Quindi quell'appuntamento, per quanto fugace sarà, è una benedizione per Elena, che esce di corsa dall'ufficio senza aprire bocca e senza riuscire a salutare nessuno, nemmeno Luca, il suo collega preferito. Introverso e gentile, si narra che a causa dei suoi oltre cento chili per un metro e novanta di altezza viva in qualche pertugio della redazione. In realtà, più che per la fatica che gli costa compiere qualsiasi movimento, è la mole quotidiana di lavoro che non gli permette di spostarsi dalla scrivania. È lui che, con diversi pseudonimi, si occupa di tutte le rubriche del giornale, dalle lettere all'oroscopo, passando per la ricetta del venerdì, il cruciverba del sabato e «Oggi successe». Un'impresa resa possibile da una cultura sterminata e onnivora e da una scrittura che Elena considera la più brillante del giornale.

Completamente smarrita, sale in auto puntando verso casa di Claudia, il suo abbraccio, le sue parole, certa che solo in lei potrà ritrovare il conforto e la comprensione che le permetteranno di sfogare rabbia e delusione, rintracciare i suoi pezzi e provare a ricomporre le coordinate della sua vita che in questo momento sembrano essere saltate. Digita sul cellulare le parole di Vasco – E il sole muore, mentre i miei sogni crollano. Arrivo. – e gira la chiave del motorino di avviamento della Kangoo. Che, avendo intuito il dramma del momento, senza battere ciglio e senza bisogno di alcuna formula sciamanica, si mette in moto.

# 7.

Claudia. L'amica del cuore. Anima gemella. Compagna insostituibile. Complice irrinunciabile.

Si erano conosciute il primo giorno della quarta ginnasio: le uniche due ad arrivare lì senza uno straccio di ex compagna delle scuole medie con cui fare squadra, con cui varcare la soglia di quel mondo sconosciuto, così tanto desiderato e, allo stesso tempo, temuto. Elena, puntualissima, si era ritrovata seduta a un banco da sola, con un posto libero a fianco. Intimidita, sarebbe probabilmente rimasta in apnea per settimane se, con vistoso ritardo, Claudia non avesse fatto capolino in classe e, dopo aver replicato senza alcun timore ai rimbrotti della professoressa Ben – la strega di matematica che le avrebbe perseguitate per cinque lunghi anni –, non avesse preso posto proprio a quel banco.

Da quel giorno, era nata un'amicizia speciale.

Con lei aveva fumato le prime sigarette, passato nottate a parlare di amori, progettato il futuro. Con lei era andata la prima volta al consultorio, prima a capire come usare il diaframma, poi a farsi prescrivere la pillola. In anni recenti, era stata Claudia l'unica con la quale Elena aveva sentito di poter condividere la fatica di quella rivoluzione ormonale conosciuta come menopausa. Con lei aveva affrontato le prime vampate notturne e le successive strategie per trovare il modo di varcare consapevolmente e serenamente la terza parte della loro vita, «senza raccontarsi palle e fingere che i cinquanta siano i nuovi trent'anni...», come diceva sempre Claudia che, fin dal liceo, non aveva mai avuto troppi peli sulla lingua.

Alle spalle quarant'anni di parole, amicizia, risate, confessioni, lacrime e Vasco... Sì, perché il rocker di Zocca l'avevano scoperto assieme. Prima lo scandalo scatenato a *Domenica In*, poi la partecipazione al Festival di Sanremo: un colpo di fulmine per quegli insolenti occhi azzurri che aveva colpito tutte e due. Ma il punto di non ritorno per quella passione che le avrebbe accompagnate per tutta la loro vita era stato un altro, ed Elena se lo ricorda bene: il concerto del 21 aprile 1983 al Rolling Stone. Lì, dopo aver pianto dalla rabbia con *Portatemi Dio*, cantato a squarciagola la loro voglia di «*Una vita spericolata, una vita come Steve McQueen*» e sognato un uomo che dicesse loro «*Sei chiara come un'alba / Sei fresca come l'aria*» avevano giurato fedeltà assoluta al Blasco. Un giuramento che non avevano mai né rimpianto né tradito (se non per qualche scappatella con David «Ziggy» Bowie) e che le aveva portate, a cinquant'anni suonati, assieme agli altri duecentoventicinquemilacentosettantuno fan, al ModenaPark il 1° luglio 2017 per il concerto-evento che le aveva lasciate senza voce per quasi una settimana.

Diverse, eppure inseparabili.

Era Claudia che l'aveva trascinata al collettivo studentesco. Sempre lei a metterle il megafono tra le mani per tenere la sua prima assemblea. Ma era stata Elena a portarla al collettivo femminista e a convincerla ad appoggiare la sua proposta di aprire una fanzine che le portasse dall'altra parte del ciclostile. Ed era sempre stata Elena a convincere Claudia a festeggiare la maturità viaggiando in lungo e in largo per l'Europa in uno sfiancante Interrail di trenta giorni che le aveva portate dalla Scozia al Portogallo, passando per Norvegia, Austria e Croazia. Un indimenticabile tour dal quale si erano riprese dopo dieci giorni di sonno ininterrotto.

Negli anni le loro strade si erano diversificate, mai separate.

Dopo il liceo, Elena si era iscritta a scienze politiche e Claudia a giurisprudenza. Elena era diventata giornalista e Claudia da anni era un magistrato, ed era lei che ogni tanto allungava qualche soffiata a Elena per i suoi servizi di cronaca.

Claudia non si è mai sposata e non ha fatto figli. Per questa sua solitudine, a Elena ha sempre fatto un po' di tenerezza, ma adesso sembra essere in una posizione decisamente migliore rispetto a lei: single, abituata a bastare a sé stessa e a costruire la sua agenda sui propri bisogni e desideri è in apparenza meglio attrezzata di lei per affrontare gli anni a venire. È sempre andata in palestra e quindi è piuttosto in forma – sicuramente più di Elena –, non ha mai abbandonato l'arte della seduzione ed è quindi ancora corteggiata; ha sempre dovuto pensare a vacanze, weekend e serate fuori, quindi ha una rete sociale superiore e più variegata di quella di Elena che, nel corso degli anni, ha sostituito le sue amicizie con quelle «di coppia» o legate ai compagni di scuola dei figli.

Che Elena e Claudia siano molto diverse lo si capisce anche dal loro modo di fare le valigie. Per Elena è sempre stata un'operazione da affrontare con calma e concentrazione. I suoi zaini prima e le sue valigie poi, li ha sempre preparati con ampio anticipo. La settimana precedente la partenza, accumula sul divano tutto ciò che pensa dovrebbe portarsi dietro, considerando improvvisi cambi di clima, impegni mondani e attività sportive e mettendo assieme una quantità di medicinali che potrebbe fronteggiare l'insorgere di tutte le malattie possibili, dal raffreddore alla dracunculiasi. Nei giorni successivi, toglie e mette, aggiunge e sottrae, senza riuscire mai a ridurre dimensioni e quantitativi. E infine, il giorno precedente alla partenza, mette tutto nella Samsonite più grande (detta «cassa da morto») che regolarmente si rivela essere più pesante del consentito e mancante di quasi tutto quello che, alla prova dei fatti, le servirà. Claudia, invece, concepisce di viaggiare sempre e solo con un bagaglio a mano. Borsa di dimensioni low cost, che prepara mezz'ora prima di partire e che si è sempre rivelata perfetta.

Così aveva fatto anche stavolta.

Quando Elena arriva, Claudia è pronta ad accoglierla. Il

messaggio che ha ricevuto le ha fatto capire che il colloquio non è andato per il verso giusto. Anche se non può immaginare quanto. La bottiglia di champagne però l'ha aperta lo stesso: è sempre stata convinta che, se non possono risolvere la vita, le bollicine contribuiscano senz'altro ad affrontarla con maggiore leggerezza. Quindi, champagne sia. E Vasco. In loop.

Elena è un fiume in piena. Un gomitolo di rabbia, dolore e avvilimento. Claudia non la interrompe. Non ce la potrebbe fare. L'amica parla come una macchinetta, prima bevendo, poi guidando fino all'aeroporto.

È solo quando Elena si fa silenziosa che si apre lo spazio per il pragmatismo di Claudia che la spinge a reagire, come ha sempre fatto in passato. Nell'immediato, secondo lei, quel che le serve è prendere un attimo di pausa, una bolla spazio-temporale nella quale riflettere, ritrovarsi e quindi elaborare una strategia. «Scrollati tutto e tutti di dosso, parti subito con me o raggiungimi nel giro di ventiquattr'ore, giusto il tempo per fare il biglietto aereo e mettere assieme – lo so che per te è difficile – pareo e infradito.»

Ma Elena ha dei dubbi sulla destinazione – «Con quel caldo... Ma come fai con le vampate di calore?» – e un po' non se la sente – «Proprio adesso? Con mio padre in pigiama, mia madre fuori di testa e il lavoro aggrappato a un filo?». Claudia insiste. Secondo lei deve concedersi quella settimana per ragionare con calma sugli ultimi eventi e pensare a come disegnare il suo futuro.

«E una settimana di assenza potrebbe stimolare qualche tipo di reazione anche da parte di un bradipo come Ettore...»

«Ettore? Ma figurati... Non si accorgerebbe nemmeno che sono partita! A lui basta avere i suoi libri...»

Claudia non si dà per vinta. Insiste. Staccare può esserle utile per rilassarsi e pensare con tranquillità a come mettere a frutto la sua esperienza ultraventennale nella cronaca.

«Scrivi bene, hai un ottimo intuito, perché non pensare a un libro? Adesso gialli, noir, polizieschi e thriller sono gli unici che vendono! Oppure apri un blog...»

«Un blog?!? Ma io voglio rimanere in redazione!»

«E poi le Maldive sono un ottimo posto per fare le pulizie di primavera», suggerisce Claudia maliziosa prima di salutarla e accodarsi per il controllo bagagli.

«Le cosa?»

«Massì, dai, ripulire un po' dalle ragnatele... Sco-pa-re! Ti ricordi come si fa? Ti ricordi che energie creative si mettono in moto?»

# 8.

Elena guida verso casa come racchiusa in una bolla. Si sente persa. Come se il terreno le fosse franato sotto i piedi. È vero, la chiacchierata – meglio, il monologo – con Claudia le è servita per dare voce alla rabbia che aveva sentito montarle dentro durante la riunione in redazione. Ma nelle parole dette c'era stato molto altro. E se era vero che Claudia l'aveva stimolata a reagire, ricordandole la sua storia, i suoi sogni, le fatiche e la tenacia con cui aveva costruito la sua vita e la sua professione, è altrettanto vero che adesso si sente svuotata. Elena deve ammettere che l'incontro con quell'arrogante squalo non l'ha solamente fatta infuriare, ma anche profondamente ferita. La leggerezza con cui l'ha messa da parte, facendola sentire un cappottino fuori moda, le ha fatto toccare con mano una ferocia che in teoria conosceva, una discriminazione sulla quale ha letto saggi e articoli, ascoltato interventi e interviste, contro la quale ha firmato petizioni e partecipato a manifestazioni, ma dalla quale si era sempre considerata immune. Finché non era toccata a lei.

Da dove ricominciare? A cosa si può aggrappare? Non certo ai figli che ancora non rappresentano un vero confronto e conforto, perché sono sì grandi, alle prese con la ricerca della loro strada, ma non ancora indipendenti, né emotivamente né economicamente. Al suo rapporto con Ettore? Che fino a stamattina considerava semplicemente addormentato, ma che adesso sente così simile a quello, in pezzi, dei suoi genitori? Tra lei ed Ettore non c'è la stessa acredine, ma le parole della madre e i silenzi del padre, l'insoddisfazione proclamata dell'una e quella rassegnata dell'altro hanno fatto involontariamente da specchio a un disagio che lei non ha ancora mai nominato, ma che adesso non può più far finta di non vedere.

Inadeguata. Incapace. Inutile.

Fallita.

È così che si sente adesso. Anni di analisi per riuscire a imparare a tenere a bada quel maledetto pubblico ministero interiore che aveva sempre fatto di tutto per schiacciarla, per farle sentire tutto ciò che faceva come irrilevante e non all'altezza delle aspettative. Era stata una fatica immane riuscire a rintracciare la propria forza, riconoscere le proprie abilità, fare spazio alla propria vitalità, schiacciate dalla furia di una madre che non ha mai conosciuto limiti. Una donna che Elena, fin da piccola, non ha potuto fare a meno di ammirare e cercare di emulare, ma che un'incontenibile potenza ha reso inarrivabile, chiudendo lei in una gabbia di insicurezze. Che adesso la stanno allagando. Però Elena ha imparato a difendersi. Ed è quello che ha intenzione di fare. Le migliaia di euro con cui ha mantenuto l'analista per oltre otto anni a qualche cosa saranno pur servite, no? Ha bisogno di riflettere.

Arrivata a casa, in sala e cucina sembra sia passato un tornado, la televisione è accesa, la musica pure. Un foglietto appiccicato al frigo certifica che è stato Marco: si è fatto qualche cosa da mangiare e poi è fuggito per vedere gli amici. Non tornerà a cena, ma sicuramente a dormire. Ripartirà per Bologna lunedì e se lei riuscisse a fare la lavatrice... Cuoricini, cuoricini, cuoricini.

Elena è tentata di seguire il consiglio di Claudia, procurarsi un biglietto aereo e raggiungerla. Ma poi ci ripensa. *Come vorrei / Che fosse possibile / Cambiare il mondo che c'è / Dimenticarmelo eh / Sarebbe facile...* Vasco, sempre lui. Come fa a mollare tutti? È vero, avrebbe bisogno di staccare, ma non ne ha il coraggio. E poi per partire serve un'energia che in questo momento non ha.

Oltretutto deve pure preparare la cena per la sera.

Non è detto che sia un male. Cucinare le piace ed è sempre stata un'ottima terapia. Concentrarsi su ingredienti, dosaggi e spezie l'aiuta a fare vuoto pneumatico nella testa. Dopo una giornata come la sua, è esattamente quello di cui ha bisogno. Certo è che la cena con Roberto e Stefano in versione adolescenti-con-gli-ormoni-a-palla, se la sarebbe risparmiata volentieri.

È evidente che Elena fa molta fatica a reggere i cambiamenti degli ultimi tempi. Roberto e Stefano sono due amici storici suoi e di Ettore. Università, ma soprattutto occupazioni e politica. Tutto assieme. Poi nel gruppo erano state inglobate Laura e Nicoletta. Zoccoli, gonne a balze, autocoscienza. Quindi vacanze in Grecia, campeggio in Puglia, concerto dei Rolling Stones a Londra. Poi convivenze, matrimoni e gravidanze. Vacanze di gruppo, discussioni infinite sul metodo Spock, bambini cresciuti assieme, sabati sera a turno a casa dell'uno e dell'altro, weekend di sole donne mentre gli uomini badavano ai ragazzi, adolescenze affrontate congiuntamente... E poi, a distanza di qualche mese l'uno dall'altro, Stefano e Roberto mandano all'aria i rispettivi matrimoni.

Roberto scopre – o meglio, ammette a sé stesso, dopo tre figli e venticinque anni di matrimonio – di essere gay e si fidanza con Filippo-il-dio-greco, un trentenne modello Bolle-l'étoile che sogna di diventare attore e nel frattempo si arrabatta come meglio riesce. Tempo di mettere assieme i pezzi e Stefano annuncia di aver scoperto – anche lui, dopo due figli e vent'anni di matrimonio – che nella vita vuole la passione e l'ha ritrovata in Anita-la-bomba-del-sesso. Che Elena ed Ettore non hanno ancora conosciuto, ma di cui hanno già avuto le coordinate essenziali: un corpo da Jessica Rabbit.

Insomma, un vero terremoto che mette a soqquadro le vite dei loro amici e modifica le relazioni del gruppo.

Sul divano di Ettore ed Elena, a turno per settimane, si erano alternati i quattro amici, diventando teatro di lacrime, confessioni, speranze, maledizioni, sogni, rimpianti. Ettore aveva offerto ospitalità, ascolto e silenzio. Elena non aveva potuto non solidarizzare prima con lo stordimento, poi la rabbia, le recriminazioni e infine il dolore di Laura e Nicoletta che, ultracinquantenni, si erano ritrovate, da un giorno all'altro, a dover fare i conti con una vita da ripensare. Ma i racconti che avevano invaso la loro casa, lentamente avevano fatto crescere dentro di lei una sorda inquietudine. Avrebbe voluto poter individuare dei colpevoli, così da sentirsi al sicuro invece che l'ultima dei mohicani. Aveva tentato di attribuire quelle due separazioni all'andropausa, all'*horror vacui* dei sessant'anni in avvicinamento, alla paura d'invecchiare o, molto più semplicemente, alla fatica di tenere tutto assieme, di trovare la voglia e l'energia per disegnare, adesso che i figli se ne stavano andando, un nuovo futuro di coppia. Invece, quelle parole che si srotolavano nel suo salotto, dipingevano storie di vite che si erano scelte e annodate e poi, senza che i protagonisti se ne rendessero conto, preso strade che le avevano portate lontane a inseguire progetti diversi. C'era stata disattenzione e tanti, troppi silenzi. E nel buio della camera da letto, i timori di Elena avevano preso sostanza quando Ettore aveva insinuato il dubbio che quella duplice scelta potesse forse anche essere frutto di coraggio. «Coraggio?!? In che senso, scusa?» aveva chiesto lei quasi offesa. «Coraggio di lasciare ciò che hai costruito e scegliere di vivere, non di sopravvivere.» *Bum.* E lei, spaventata, aveva preferito rinchiudersi nel silenzio della notte, invece di avere il coraggio di cogliere l'occasione offerta da quelle parole per sondare l'animo e i pensieri del marito. Ma, pur combattendola, aveva registrato quella suggestione e si era ripromessa di osservare le due nuove coppie con uno sguardo meno di parte. Ma non sembrava riuscirle bene.

# 9.

«Certo che i tempi sono veramente cambiati, non credete? Siamo passati da considerare la depilazione come frutto di un condizionamento della società maschilista, a pensare che la liberazione femminile passi necessariamente dalla piallatura dell'inguine...»

Iniziare una cena parlando di depilazione non è effettivamente il massimo. Ma l'incontro con le nuove coppie mette Elena a disagio. Sa che Ettore le sarà di pochissimo aiuto. Teme i suoi soliti silenzi. E quindi li anticipa. E nella foga di evitare argomenti che possano richiamare il loro passato comune, voler apparire il più «scialla» – come direbbe Marco – e spiritosa possibile e allo stesso tempo sollevare temi sui quali è certa, anzi: certissima, di trovare un consenso collettivo, si avventura in un tunnel di cui difficilmente riuscirà a trovare l'uscita sperata.

«In che senso, scusa?» irrompe, nel silenzio imbarazzato, Anita, sinceramente incuriosita.

«L'altro giorno», prosegue Elena inconsapevole del terreno minato sul quale si è avventurata, «ha finalmente riaperto la Marisa...»

«...»

«Sì, scusate, l'estetista dalla quale vado da una vita! Era stata chiusa un mese: rinnovamento e aggiornamento, aveva detto. Pensavo a un semplice restyling. Il locale ne aveva sicuramente bisogno. Be', è diventato tutta un'altra cosa. Quando sono arrivata pensavo avesse dimenticato di comunicarmi il nuovo indirizzo! Ha perfino cambiato il nome...

Sparita la vecchia insegna vintage DA MARISA, soppiantata da DREAM WAX, un centro specializzato in cerette. Brasiliane.»

«Be', io da anni uso solo quelle... Lasciano una pelle morbidissima...» ammette candidamente Anita che – è evidente – non comprende lo stupore di Elena.

«E poi sono più delicate, meno dolorose...» sottolinea in tono competente Filippo.

«Perché anche tu...?» chiede a mezza voce Elena.

«Sì certo! Schiena e torace... È la prima cosa che mi ha consigliato il mio agente.»

«Ovvio... Elena, riesci a immaginare Brad Pitt fotografato a torso nudo con una giacca dalla quale spunta il petto villoso? Dai...» suggerisce ridacchiando Anita.

«Effettivamente non ci avevo mai pensato...»

«Vabbè, e quindi? Come ti sei trovata dalla Marisa 3.0?» insiste Anita.

«Stranita. Posso dirlo? Un po' imbarazzata.»

«Perché?!» chiedono all'unisono Filippo e Anita.

«Perché prima c'erano le tre categorie classiche: inguine, mezzagamba, intera. Adesso c'è un menu sterminato, con tanto di illustrazioni... Ceretta bikini modellata con iniziale o con l'immagine di un cuore o una stellina o il coniglietto di "Playboy"... E poi ceretta Hollywood, con o senza *vajazzling*... Che io ho impiegato un po' a capire di che si trattasse... Pensate, una roba assurda: depilazione completa e poi l'applicazione di brillantini...» racconta Elena con la voce che va smorzandosi perché si rende conto che l'unico, oltre a lei, che non ne ha mai sentito parlare, è suo marito. Agli altri, che cosa sia il *vajazzling*, invece è chiarissimo.

La cena non è esattamente una passeggiata. O almeno, l'inizio è in salita. Immergersi nella cucina ha aiutato Elena a staccare dalla sua giornata pesantissima e prendere tregua dai pensieri che le affollano la testa e le stringono lo stomaco. Si è concentrata sul cibo. Forse fin troppo. Ha cucinato il mondo. Peccato che Anita mangi solo le verdurine crude con l'hummus che lei aveva preparato come antipasto. Non tocca né il pasticcio di alici e patate né il couscous con il curry di pesce né l'insalata di tonno, pomodori e avocado.

«Scusami Anita, ma Stefano non mi aveva avvertita che sei vegana...»

Avrebbe potuto dirglielo, no? Proprio Stefano che aveva sempre sparato a zero sull'attenzione che Elena pone all'alimentazione, lui che l'aveva definita una radical chic perché, in tempi non sospetti, attraversava la città per andare a fare la spesa nell'unico negozietto biologico esistente, lui che aveva sempre esaltato le proprietà proteiche della bistecca alla fiorentina quando Elena aveva drasticamente ridotto il consumo di carne del proprio nucleo familiare... Ecco proprio lui, adesso molla la famiglia perché perde la testa per una vegana e manco l'avverte! Nonostante si fosse ripromessa di affrontare questa cena libera da pregiudizi, Elena fatica a tenere a bada il disagio che quella situazione le crea. La presenza delle due coppie lì, in casa sua, attorno al tavolo dove per anni i sei amici hanno passato innumerevoli serate, la fa sentire fuori posto. Il pensiero corre a Laura e Nicoletta, agli anni passati assieme, alle risate e alle complicità di ieri, alle lacrime e le rabbie di oggi. Come fa lei a essere lì? A chiacchierare come se nulla fosse, evitando accuratamente di nominarle, di fare riferimenti alla vita condivisa, a un passato terribilmente recente?

«Non ti preoccupare Elena, Stefano non l'ha fatto apposta!» anticipa Anita a difesa del compagno. «E mangiare poco la sera non può farmi che bene: con il mio metabolismo in un attimo rischio di passare da Jessica Rabbit all'orchessa Fiona!»

«Jessica Rabbit? Chi è?» chiede Filippo.

«Vedi? Non sono l'unica a non conoscerla!» replica Anita mostrando la lingua a Stefano.

«Be', ci credo... Voi non eravate ancora nati!» risponde Stefano mandandole un bacio.

«E così vi siete persi i fab anni Ottanta!» s'inserisce sorridendo Roberto.

«Jessica è un personaggio tutto curve del cartoon *Chi ha incastrato Roger Rabbit*. Per capire come lui mi vede, l'ho scaricato e me lo sono visto», spiega Anita.

«E..?» chiede curioso Filippo.

«Lei è una femme fatale al di fuori di qualsiasi stereotipo e il cartoon è molto divertente!» conclude Anita sbaciucchiando Stefano sul collo.

«Comunque vi annuncio che io e Roberto stiamo diventando vegetariani... senza però rinunciare al pesce», s'inserisce Filippo accarezzando con lo sguardo il compagno. «Credo che, per il suo colesterolo, essere riuscito a convincerlo a eliminare la carne, sia una bella conquista...»

«Temo che non riuscirai a distoglierlo dalla passione per panissa e alici fritte: non si è mai perso una sagra a Camogli!» insinua acida Elena.

«Me l'ha confessato. Diciamo che ci sto lavorando...»

«Infatti, molto casualmente proprio quel weekend, Filippo mi ha proposto di andare a Edimburgo...» spiega Roberto scombinando con tenerezza i capelli di Filippo.

«Edimburgo... È sempre stato il tuo sogno!» esclama Elena.

«Sì, ma Laura non amava il freddo e alla fine non ci siamo mai stati. In quei giorni c'è il festival teatrale che invade la città che a Filippo interessa vedere...»

«Ci sono sempre spettacoli curiosi e all'avanguardia, tutta roba che vale la pena non perdere!» spiega Filippo.

«La sua speranza è di trovare stimoli o addirittura un testo da adattare per l'Italia.»

«Le proposte che mi arrivano sono per ora poco interessanti, piccole comparsate in film in cui serve un finocchio palestrato oppure casting per reality o altri programmi televisivi...» spiega sconsolato Filippo.

«Tipo?» chiede Anita incuriosita.

«*Uomini e donne, Temptation Island, Ciao Darwin*...»

«*Signùr*, no... Non siamo mai riusciti a vederne una puntata intera, vero Ettore?» commenta Elena con un tono inaspettatamente comprensivo.

«Be', non è che noi consumiamo molta televisione...» puntualizza Ettore.

«Lo immagino... D'altro canto, devo pur vivere anch'io! E poi, ho sempre pensato che fosse tutta esperienza e potesse aiutarmi a farmi conoscere, stabilire contatti... Ma non è così.»

«L'ho convinto a riprendere le fila degli studi fatti in accademia...» sussurra Roberto.

«Diciamola tutta: Roberto mi regala un workshop di un mese all'Actors Studio. La prossima settimana parto per New York!» spiega Filippo felice e commosso mentre stringe le mani del compagno tra le sue.

Nonostante la schermatura cinica con la quale Elena si è imposta di osservare le due coppie, non può non ammettere a sé stessa che le new entries non sono le due giovani capre tutto fisico e poco cervello che aveva immaginato. Non solo. Deve anche confessare che le relazioni tra i nuovi partner sono cariche di complicità e tenerezza che da anni non si respiravano a quella tavola.

E poi Elena stenta a riconoscere gli amici di sempre. Ciò che la colpisce di più è una sfumatura. Cos'è? La serenità? La rilassatezza dei gesti? No. È l'inedita sicurezza con la quale Stefano e Roberto sembrano per la prima volta muoversi nel mondo. Entrambi avevano sempre subito una sorta di sudditanza culturale nei confronti di Elena ed Ettore. A differenza loro Stefano e Roberto non avevano mai terminato l'università. A essere sinceri, non ci avevano nemmeno provato. Qualche esame lo avevano anche tentato, ma senza molto successo. Gli anni della Statale erano stati per loro ben altro. Anni di politica, occupazioni, amori, centri sociali, discussioni, canne, raccolta di firme, chitarre, obiezione di coscienza, teatro sperimentale. Tanta roba, non c'è che dire, ma certo non anni di studio. E quando, alla fine degli anni Ottanta, gli amici si erano laureati e avevano intrapreso il loro percorso professionale, i due avevano deciso che la cosa migliore da fare era quella di mettere a frutto le loro abilità manuali: quando si era trattato di far saltare la serratura di appartamenti sfitti o fabbriche abbandonate, i duri del collettivo avevano sempre contato su di loro. Un vecchio compagno ciclista, deciso a trovare la sua strada in India, gli aveva proposto di rilevare la sua incasinata officina. E a Stefano e Roberto – dopo un paio di anni passati tra fabbrica e vendite porta a porta – questa era sembrata un'opportunità da non perdere. Avevano messo assieme i soldi necessari grazie a prestiti chiesti a genitori e amici, e quel trionfo di brugole, cerchioni, bulloni, cacciaviti, martelli, pinze e tronchesi era diventato il loro regno. All'inizio la scelta era sembrata un azzardo. Per molti anni, l'impresa era stata fallimentare. E per far quadrare i conti i due, che nel frattempo avevano affinato le loro abilità meccaniche, si erano prestati a lavoretti non sempre esattamente puliti. Ma poi, scavallato il nuovo millennio, complici il buco dell'ozono, Greta Thunberg e la conseguente sensibilità ambientale, le bici erano improvvisamente diventate un oggetto del desiderio. E la loro officina, da buia, sporca e poco attraente, era diventata il punto di riferimento per i ciclisti milanesi. Gli affari avevano iniziato a girare. Stefano e Roberto si erano ingranditi, includendo nell'officina un punto vendita e allestendo uno spazio ristoro che avevano contribuito a rendere sempre più redditizia la loro attività. Ma pur potendo considerarsi due piccoli imprenditori di successo, avevano continuato a guardare Elena ed Ettore con soggezione.

Una timidezza che adesso sembra essere sparita. Certo, per Elena è facile far risalire quel cambiamento al ringalluzzimento ormonale. Stanno con due compagni molto più giovani di loro – e questo avrà contribuito non poco a pompare il loro ego – e il loro lavoro così poco stimolante per gli amici, agli occhi degli amanti attribuirà loro ovviamente un fascino inaspettato, sintetizzabile in una disponibilità economica e, quindi, in una vita agiata che i due non possono che apprezzare… Ma mentre formula questi pensieri, Elena sente che forse non è tutto lì. C'è dell'altro. Che probabilmente ha a che fare con la frase che aveva buttato lì Ettore… Com'è che aveva detto? Vivere, non sopravvivere. Che è poi quello che la mattina aveva cercato rabbiosamente di spiegarle anche sua madre…

Chissà quali pensieri sta facendo Ettore. Non è dato sapere. Protetto dai suoi silenzi e dal suo modo di farsi di nebbia, non sembra vivere lo stesso disagio di Elena che, pur facendo fatica, non riesce a esimersi dal fare la padrona di casa. Certo non è facile trovare argomenti di conversazione. Lei non ha né un profilo Facebook né Instagram, il mondo social non lo frequenta e lo mal sopporta, adesso poi che sta perdendo il lavoro proprio a causa di web, social e rivoluzione digitale...

«Io credo che i social facciano male.»

«Male? Perché Elena?» chiede incuriosito Roberto, mentre il resto della tavolata si chiude in un silenzio imbarazzato.

«Deprimono.»

«Perché?» sussurra Anita.

«Nessuno può essere così di successo, ricco, attraente, rilassato, brillante, intelligente, acuto e felice come appare su Facebook o Instagram. Eppure tutti confrontano la propria vita con quella così patinata mostrata dai social.»

«Vabbè... Ma non ci hai ancora raccontato nulla di Anna. Come va a Londra?» s'inserisce Stefano, cercando con discrezione di cambiare argomento.

«Concorderete con me che nella vita reale gli americani passano più tempo a lavare i piatti di quanto lo passino a giocare a golf», prosegue impassibile Elena, «eppure ho letto che su Facebook e Instagram i post sulle loro partite a golf sono il doppio di quelli in cui lavano i piatti.»

«...»

«Vi rendete conto di quanto è diversa la vita reale da quella narrata dai social?» conclude Elena soddisfatta e inconsapevole del gelo che la circonda.

«Forse potremmo chiedere ad Anita che ne pensa.»

«Giusto!»

«Ma io faccio l'influencer solo a tempo perso...» si schermisce Anita cercando di non guardare negli occhi Elena che, nel frattempo, ha compreso la terribile gaffe e sogna di evaporare o essere colpita da un fulmine. Insomma, di sparire.

«Come "a tempo perso"? Hai quasi centomila follower!» chiede Filippo sinceramente ammirato, scorrendo il suo profilo Instagram.

«Il suo lavoro è un altro... Banca. Senior finacial advisor», spiega orgoglioso Stefano.

«Senior?!» balbetta Elena che non riesce a trattenere la sorpresa.

«Complimenti, Anita. Così giovane e già un lavoro così importante!» la salva Ettore che parla poco, ma quando serve, per fortuna, c'è.

«Grazie. Sono stata molto fortunata. Uscita dalla Bocconi, ho fatto il master a Londra e non ho potuto prendermi l'anno sabbatico che avrei tanto voluto concedermi, perché mi è arrivata una proposta alla quale era difficile dire di no...»

«E con Instagram?» insiste Filippo.

«Be', è stato tutto abbastanza casuale. Ho sempre avuto la passione per le foto...»

«È una fotografa bravissima...» sussurra Stefano con occhi acquosi.

«...e per tutto ciò che è lifestyle», prosegue Anita. «Saper giocare con gli algoritmi, avere qualche infarinatura di marketing ed essere una persona piuttosto social ha fatto il resto!»

«E perché non lo fai diventare un vero e proprio lavoro?» chiede Roberto.

«Ci sto pensando. Mi ha contattato un'agenzia e sto facendo qualche lavoretto... Divertente, ma per ora la banca non la mollo.»

Com'è che diceva Jessica Rabbit? *«Io non sono cattiva, è che mi disegnano così.»* Elena si ritrova a pensare che forse, sostituendo cattiva con stupida, la famosa battuta potrebbe calzare a pennello ad Anita. E questo pensiero un po' la mette in difficoltà. Si era immaginata tutt'altro. Era certa che da quella cena sarebbe uscita rassicurata, con la conferma che la scelta fatta dai due amici rientrasse a pieno titolo nello stereotipo, quella di due maschi che pensano di risolvere la crisi dell'età che avanza – quella in cui di solito gli uomini si accorgono di avere una prostata – cedendo al canto e alle lusinghe di due giovani e fatue sirene, un dio greco e una bomba del sesso. Certo, c'era anche quello, ma *non solo.* Ed è quel «non solo» che la infastidisce. Quel non solo, non vorrebbe proprio percepirlo.

Nel frattempo la cena è terminata. Tutti si sono alzati e hanno iniziato a salutarsi. Elena ha cominciato a portare i piatti in cucina. Ed è lì che Anita, sgambettando con agilità sul tacco 13 e portando con sicurezza piatti e bicchieri su ambedue gli avambracci, la raggiunge.

«In queste situazioni torna molto utile aver lavorato in un ristorante, eh?» sussurra divertita.

«Ma quando...?!?»

«Mentre facevo il master a Londra, i weekend davo una mano in un ristorante italiano.»

«È quello che ho suggerito di fare ad Anna... Un lavoretto le farebbe bene...»

«...»

«...»

«Scusa Elena... posso?»

«Cosa?»

«Un suggerimento...»

«Certo, dimmi...»

«Prima a tavola mi sembrava indelicato dirtelo...»

«Tranquilla, dimmi pure...»

«Prova la Hollywood.»

«La che?!»

«La ceretta. Quella totale. Io la faccio da anni. Pratica, igienica e... agli uomini piace. Fidati.»

«Ma...»

«Eddai... Non dirmi che preferisci il boschetto!»

«...»

«Coraggio, Elena, l'ha capito anche la Marisa: gli anni Settanta sono passati da un pezzo!»

# 10.

A letto, lo schema è quello di sempre. Ettore immerso nella sua sacra lettura serale. Elena che parla tra sé e sé. Negli anni Ettore ha capito che a Elena basta ricevere di tanto in tanto un segnale di assenso. Elena ormai sa che ciò che lei racconta non riuscirà a raggiungere la coscienza di Ettore. O meglio, la raggiungerà in modo parziale. Ma va bene così. A lei quel riepilogo serale della giornata appena terminata e il reminder di ciò che l'indomani dovrà fare servono per calare il sipario.

Questa sera però è diversa. La sua è stata una giornata molto difficile. E la cena non è stata da meno. Quindi ha bisogno di ragguagliare Ettore sull'improvvisa decisione di Margherita e sulle conseguenze che questa potrà avere sulla vita e l'equilibrio emotivo del padre. Deve anche riuscire a parlargli del disastro che è stata la riunione in redazione, del baratro nel quale sembra essere precipitata la sua vita professionale, della partenza di Claudia per le Maldive. Vorrebbe anche stimolare un qualche riscontro sulla serata. Aspirerebbe a capire cosa ne pensa lui dei nuovi compagni di Roberto e Stefano. Le piacerebbe confidargli i suoi pensieri, le sensazioni così contrastanti che le ha mosso quell'incontro. E poi avrebbe bisogno di essere rassicurata. Quel «*vivere e non sopravvivere*» le rimbomba nella testa e nel cuore. Forse anche per loro è giunto il momento di percorrere strade diverse? Insomma, tanta, troppa roba. Con l'ovvio risultato che Ettore farà confusione.

«Capisci? Va a ballare il tango...»

«A New York?»

«Chi?»
«Filippo, no?»
«Macché, mia madre!»
«Va a New York? Quando?»
«Ti prego...»
«...»
«Certo che se te ne stai in pigiama tutto il giorno, alla fine ci sta che una si stufi, no?»
«...»
«Ma la scarpa l'hai vista?»
«Quale?»
«Come quale?»
«Quella abbandonata in corridoio? Deve essere di Marco, no?»
«Ma chissenefrega, dai... Quella di Anita!»
«Anita chi?»
«Come chi? Ci abbiamo passato assieme tutta la serata... Jessica Rabbit!»
«Ah... No, non ci ho fatto attenzione.»
«...»
«...»
«Come hai fatto a non vedere le Louboutin?»
«Le sorelle da cui è andata tua madre? Sono passate da casa nostra?»
«*Signùr...*»
«Come hai detto che si chiamano?»
«Giuffrida, le amiche di mia madre. Louboutin, le scarpe. Le riconosci per la suola rossa. Costano un botto. E poi sono così lontane dal gusto di Stefano, no?»
«Effettivamente non ce lo vedo con delle scarpe rosse...»
«Ma non lui, dai... Non hai visto il tacco modello D'Urso che sfoggiava Anita?»
«Ma non mi sembra che di cognome faccia D'Urso...»
«Va bene, lasciamo perdere...»
Elena seccata spegne la luce sul suo comodino, mentre Ettore continua a leggere. Ma Elena non ce la fa. Ha bisogno di Ettore. Ha bisogno che lui intuisca il suo smarrimen-

to senza che lei glielo debba spiegare. E, riprendendo il filo dei suoi pensieri, prosegue protetta dal buio.

«Però, le Maldive... potrebbe essere un'idea... no?»

«In che senso?»

«Un'idea per noi...»

«Per noi?»

«Sì, per noi! Per chi se no?»

«...»

«Sole, mare... E magari lì potrei anche – cita le parole di Claudia – riflettere su quale forma dare alla mia esperienza ultraventennale nella cronaca... potrei provare a scrivere un libro... o aprire un blog...»

«Alle Maldive? Con quello sciabordio? Abbiamo una magnifica casa in campagna: perché non andiamo lì?»

*Vivere / È passato tanto tempo / Vivere / È un ricordo senza tempo...*

Ettore non si accorge di quanto Elena sia desolata. Liscia le lenzuola e spegne la sua luce.

*Vivere / E sperare di star meglio...*

E nel buio totale della camera, Elena azzarda un'ultima domanda.

«Ma tu di questa cosa del *vajazzling* cosa ne pensi? Non sarà doloroso? E non farà un po' effetto albero di natale?»

«*Vajaz...* cosa?»

*Oggi non ho tempo / Oggi voglio stare spento...*

«Vabbè, dai, buonanotte.»

## SABATO

# 1.

– Posso lavarli assieme?!? A che temperatura?

Flashback o la questione «lavaggi notturni» sta diventando una seccante abitudine? Più che la menopausa, infatti, sono i WhatsApp nel cuore della notte che frammentano il sonno di Elena. E di Ettore. Che però, deciso a proseguire nel suo riposo notturno, si limita a grugnire e a rigirarsi nel letto.

«Oddio, cos'è?»

Per Elena, invece, il tonante squillo di tromba che irrompe nel silenzio della notte è un punto di non ritorno. Fibrillazione cardiaca a un passo dall'essere letale. Balzo dalla posizione distesa a quella seduta. Ricostruzione sommaria della propria identità e localizzazione. Identificazione della fonte sonora e luminosa. Conseguente tuffo scomposto nella sua direzione.

«Porc...» Urto del comodino. Caduta dell'abat-jour. Il tutto per riuscire ad agguantare il cellulare giusto un attimo prima che si spenga.

«Oddio, è mio padre!»

Prima di riuscire a leggere il messaggio Elena non può fare a meno di immaginare una raffica di fotogrammi del film dell'orrore che ha come protagonista Mario. Ecco. Lo sapeva. Non avrebbe dovuto lasciarlo solo. Come ha potuto? Dopo quel che gli era successo proprio la mattina precedente... Sarà caduto? Avrà cercato di uccidersi? Sarà all'ospedale? Si sarà fatto saltare per aria con il gas della cucina? E nel caso, l'assicurazione pagherà i danni al condominio?

Tempo di sbloccare il cellulare e la preoccupazione si trasforma in irritazione. Elena non ci può credere. Sono le tre di notte e suo padre le invia un WhatsApp con tanto di foto per chiedere se boxer bianchi, T-shirt bianca e maglioncino blu possano essere lavati assieme.

– A quest'ora?!? digita nervosamente Elena.

– Non riesco a dormire... risponde Mario.

Il primo pensiero è che la madre ha fatto bene, anzi benissimo, a lasciare quell'impiastro e andarsene. Ma non fa a tempo a formularlo che una infinita tenerezza la sommerge. Come può arrabbiarsi con quell'uomo che, a quasi ottant'anni, deve fare i conti con una vita improvvisamente stravolta?

Digita le indicazioni mentre lo immagina lì, in pigiama di fronte a quell'oggetto misterioso che per lui è la lavatrice. Certo che Margherita, prima di andarsene, avrebbe almeno potuto lasciargli un libretto con le istruzioni per maneggiare la quotidianità, no?

Elena sente il risentimento covare dentro di sé. E pensieri scomodi s'insinuano nella sua mente. Sempre stata femminista. Dalla parte delle donne, del loro diritto di scegliere, non rinunciare, pretendere una vita piena e soddisfacente, a servizio dei propri desideri e non di quelli del marito o dei figli. Perché adesso non ce la fa a essere solidale con la madre? Perché non riesce a comprendere e sostenere quel suo gesto? Non è che per caso le dia fastidio vedere in Margherita una lucidità e una determinazione che lei sospetta di non avere?

Elena allontana quei pensieri faticosi. Non ha voglia di avventurarsi sul terreno scivoloso delle sue contraddizioni, soprattutto non alle tre di notte. Dove accidenti avrà lasciato la boccettina dell'olio di canapa (legale, s'intende)? Adesso qualche goccina sotto la lingua le sarebbe proprio utile per riprendere a dormire...

Facendosi luce con il cellulare, Elena perlustra il cassetto del comodino e trovato l'olio, se ne versa un paio di gocce in bocca. Come faccia Ettore ad avere un sonno totalmente impermeabile a qualsiasi disturbo esterno lei proprio non lo sa. Sempre stato così. Anche negli anni in cui i bambini si svegliavano più volte per notte. Mai sentito nulla. Lui.

Ma grazie al cielo adesso le goccine – regalo di Marco che sperava così di non doversela più trovare vagolante per casa quando lui rientrava all'alba – dovrebbero funzionare e tempo mezz'ora dovrebbe anche lei essere nuovamente nel mondo dei sogni.

## 2.

«Dormi?»

«...»

«*Signùr!* Ma cosa ti sta succedendo?»

«Scu... scusi chi parla?»

«Non mi riconosci?! Forse è il caso che vada a farti vedere. Guarda che l'Alzheimer inizia così!»

«...»

«*Uelà, sveglia! Chi non s'engegna, fa la tegna!*»

«Mam...»

«Esatto!»

«Ma che ore sono, scusa?»

«Le sei!»

«Le sei?!?»

Un dettaglio ininfluente, per Margherita. Un attentato all'integrità psicofisica, per Ettore. Che, bofonchiando, ha agguantato il cuscino, si è alzato e si è diretto verso la camera di Anna annunciando che se le sveglie nel cuore della notte, o comunque a turbamento delle sacre otto ore di sonno, non fossero terminate, lui lì si sarebbe trasferito.

«Non è venuto.»

«Chi?»

«Arcángel!»

«Chi?!?»

«Arcángel Blanco, il maestro di tango.»

Margherita non aspetta che Elena la inviti a raccontare. Parte – come al solito – a raffica. Il giorno prima il signor Blanco non si era presentato a casa delle sorelle Giuffrida per il consueto appuntamento settimanale. Le tre vecchiette l'avevano aspettato invano, vestite di tutto punto per la lezione di tango. Ma Arcángel Blanco non si era visto. L'avevano cercato al cellulare, ma tutto il giorno era risultato staccato.

«Vi ha dato buca...» sintetizza Elena.

«All'inizio ero piuttosto stupita. Non si presenta a un appuntamento con tre signore? Strano. Non esattamente nello stile del maestro Blanco», spiega Margherita.

«Suvvia, mamma. Avrà avuto un contrattempo, no?»

«Poi la Daria ha iniziato a irritarsi», prosegue Margherita. «È vero, lei non ha un bel carattere e d'altro canto tu hai mai incontrato una professoressa di matematica dalla personalità facile? Evidentemente bisogna proprio avere un DNA speciale per potersi muovere tra formule e numeri, perché nonostante lei sia ormai in pensione da quasi vent'anni, ha sempre quel personale lì: puntigliosetta e rigida come un manico di scopa.»

«...»

«La Carlina, che è buona come un pezzo di pane ma ha paura anche della sua ombra, dopo un po' ha iniziato a diffondere il panico e si è messa a recitare l'*Ave Maria*. Tutta la notte, ti rendi conto?»

Insomma, nel corso delle ore le tre signore erano passate dalla sorpresa alla delusione e allo sconcerto, poi all'irritazione e infine alla preoccupazione. Tormentate da pensieri, supposizioni e soprattutto dalla giaculatoria della Carlina, non avevano chiuso occhio tutta la notte e quando alle sei avevano nuovamente trovato il cellulare del maestro staccato, Margherita aveva deciso di chiamarla perché – ormai ne erano certissime – ad Arcángel era successo qualche cosa di grave.

«Un signore così a modo non sparisce senza avvertire. Avrebbe telefonato o mandato un messaggio», sentenzia Margherita, sostenuta in sottofondo dal borbottio corale delle sorelle Giuffrida che evidentemente sono lì con lei, come fosse un consiglio di guerra in conference call.

Elena ci impiega un po' a mettere a fuoco l'intera vicenda, ma quando capisce che sua madre le ha quasi causato un infarto buttandola giù dal letto alle sei del mattino affinché si occupasse – senza chiederglielo ma dandolo per scontato – di rintracciare un maestro di tango argentino che da un giorno all'altro ha pensato bene di scappare a gambe levate da quelle tre insopportabili vecchiette, non ce la fa a trattenere l'irritazione, accentuata dalla stanchezza e dalla frustrazione accumulate il giorno precedente. Cosa pensa Margherita? Di poter invadere la sua vita così a gamba tesa? Non le basta aver mollato il marito senza alcun preavviso? È preoccupata per Arcángel? Che si arrangi!

«...perché, come ben sai, io ho già un ottantenne di cui prendermi cura!»

«Cosa vuoi dire?»

«Che invece di essere in ansia per il maestro di tango, potresti essere almeno un po' preoccupata delle conseguenze che il tuo gesto può avere sull'uomo con il quale hai diviso quasi sessant'anni di vi...»

«Oh.. *muchela!* Da quando sei così bacchettona?»

«Non è questione di essere bacch...»

«Ai tempi mi avevi convinta tu a votare per il divorzio, dicendomi che se un rapporto non funziona è meglio lasciar perdere.»

«Avevo undici anni mamma! Non pensavo che tu, a ottant'anni, questa legge l'avresti usata contro di me!»

## 3.

A questo punto solo delle droghe veramente pesanti potrebbero riportarla a dormire. Tanto vale far partire la giornata nata male. Colazione, doccia e redazione… Da quasi trent'anni questa è la sua routine. Che cosa succederà in futuro? Superato lo shock del momento, Elena vuole capire quali saranno gli effetti pratici delle sbrigative e gelide parole pronunciate il giorno precedente dall'orribile Scotti. Parole che, ammette a sé stessa, ha registrato solo in parte. Elena si rende conto solo ora che la doccia fredda era stata così inaspettata che a un certo punto il suo sistema di difesa doveva aver lanciato un *red alarm*, staccato la connessione e lasciato un avatar al suo posto, lì, a quel tavolo nella stanza del suo caporedattore. Questo le aveva permesso di rifugiarsi in un luogo lontano dentro di sé, respirare e non crollare di fronte a quella bestia. Ma, così facendo, qualche pezzo del discorso se l'era perso. E forse – si ritrova a pensare – le cose non saranno poi così drammatiche come lo squalo le aveva fatto intendere…

Arrivata al giornale, è evidente che le cose sono molto più serie di quanto sperasse.

Lì non c'è più posto per lei.

All'entrata non c'è più Antonio, bensì Greta. Una sorta di androide di sesso femminile, capello biondo perfettamente acconciato in una lunga coda che le sfiora il gluteo marmoreo, due metri di altezza, di cui almeno la metà solo di gambe da urlo, dotata di auricolari wireless e schermo touch su cui lei smanetta muovendo con eleganza le unghie perfettamente laccate di rosso – quel tipo di smalto che a Elena dura lo spazio di un pensiero prima di sbeccarlo –, che non sa chi sia Antonio, non ha idea di che fine abbia fatto, ma soprattutto non ha alcuna intenzione di farla passare se non prima di aver visto il documento di identità e verificato che il suo nominativo sia nell'elenco. «Scusa, quale elenco?» Appunto. Quale elenco? Greta non la trova in quello verde – «in» –, ma con soddisfazione reciproca la rintraccia in quello arancione, evidente prodromo del rosso – «out».

Entrata in redazione, vede in lontananza il suo vecchio caporedattore che, sempre più curvo, sta passando le consegne al multitasking bocconiano che lo ascolta distratto, preso com'è a smanettare con il cellulare. Poco sopra le loro teste svolazza una zanzara gigante che li segue emettendo un rumoroso ronzio.

«Ma cosa...?!?»

«Figo, eh? Un drone di ultimissima generazione», le spiega un eccitatissimo ragazzetto, mai visto prima, che sembra saperla molto lunga. Molto più di lei, comunque.

«...»

«Siamo in diretta video! D'ora in avanti la redazione sarà sempre live.»

«...»

«In collegamento perenne con i nostri clienti...»

«Con i nostri lettori, intendi?»

«Lettori, spettatori, utenti... clienti, uguale no?»

«...»

«...che così potranno vivere da dentro la redazione e avere accesso immediato alle notizie!»

«...»

«Un'idea geniale di Giorgio.»

«Giorgio?»

«Scotti. Il capo. Non l'hai ancora incontrato?»

«Ah lui. Già avuto il piacere. Ieri.»

«Forte, eh?»

«Un vero terminator», suggerisce secca Elena.

Ma il ragazzino non sembra cogliere la nota cinicamente ironica. Non avrà visto il film. Di certo all'epoca non era ancora nato. E Schwarzenegger per lui è probabilmente archiviato nella sezione pellicole in bianco e nero e attori del passato, assieme a Rock Hudson e Charlie Chaplin.

«Scusa, ma non credo di conoscerti. Mi chiamo Elena Donati, caposervizio cronaca.»

«Piacere. Andrea Maestri. Videomaker, social media manager, storyteller. Credo lavoreremo assieme.»

«Credi?» Il tono di Elena è gelido. Lo sa che quel biondino dagli occhi grandi e spalancati sul mondo non ha alcuna colpa, ma non ce la fa a trattenersi. Lui è lì per fare uno stage. In cambio di pochi euro, Giorgio-lo-squalo lo spremerà senza alcun ritegno. E poi lo ributterà per strada. Come fa a essere così ingenuo?

Oddio... a proposito di ingenuità, come ha potuto lei anche solo pensare di non aver capito bene quel che Scotti le aveva detto il giorno precedente? Lo sguardo di Elena si allunga verso la redazione.

A parte il desk della segreteria, dove c'è Giulia come sempre al telefono, che con la mano le fa cenno di sentirsi più tardi, il resto della redazione è irriconoscibile.

Gran parte delle facce sono nuove, generalmente più giovani, e sulle scrivanie sono scomparse le pile di quotidiani e comparsi agili laptop, cuffie, cellulari e telecamerine digitali. Solo pochissime, e la sua è tra queste, è ancora un casino di fogli, quotidiani, penne, blocchi per appunti, foto...

Quel mondo sta evidentemente finendo. E lei con lui.

Quando, dall'altra parte dello stanzone, vede Luca, Elena si illumina. Lo saluta felice con un gesto della mano, ma quando lo raggiunge stenta a riconoscerlo. La sua scrivania non è più il solito trionfo di bibite gassate, dolcetti e grassi saturi mischiati a pile di libri, riviste e giornali. È scomparso pure il poster alle sue spalle, quello dell'Inter del *triplete*, che nessuno aveva mai osato togliere, anche se la redazione era sempre stata milanista a maggioranza bulgara.

Luca ha una faccia da funerale che Elena, in anni di lavoro assieme, non gli ha mai visto e quando gli si avvicina per abbracciarlo, quell'omone la avvolge e si scioglie in lacrime.

«Me ne vado», sussurra.

Il gigante buono – come per anni lo avevano soprannominato i suoi figli che avevano imparato ad amarlo nei pomeriggi passati in redazione, quando tutte le baby-sitter, per un motivo o per l'altro, le avevano dato forfait e l'unica soluzione per continuare a lavorare era portarsi i ragazzi al lavoro – le racconta che il giorno precedente Scotti lo aveva convocato e gli aveva annunciato il cambio di linea editoriale – «storytelling e social» – e il conseguente taglio di tutte le sue rubriche.

«A quel punto, la scelta: raccontare l'hinterland oppure accettare un incentivo e andarmene.»

«L'hinterland. Tu? Come fai?»

«Appunto. Mi ci vedi guidare su e giù per le valli?»

«No.»

«Già.»

«Una finta alternativa.»

«Esatto.»

«Bella merda d'uomo.»

«Occhio. Eccolo che arriva.»

Quando si parla del diavolo…

«Elena?!»

*Eh già, eh già / Io sono ancora qua…*

Eccolo. Il nuovo che avanza. Se solo ne avesse il coraggio, Elena gli farebbe volentieri il verso canticchiando le parole di Vasco.

«Sei venuta a liberare la postazione?»

«Avevo capito che avrei avuto un paio di settimane prima di decidere che fare, no?»

«Come vuoi, Elena. Come vedi i tuoi vecchi colleghi hanno fatto in fretta a scegliere una dignitosa buonuscita. Solo tu sembri non voler cogliere l'occasione. La redazione sarà rivoluzionata…»

«Ho visto… Ragni che volano, diretta video…»

«È solo l'inizio. Lo dico per te. Non vorrei ti sentissi a disagio in mezzo a tutti i cambiamenti…»

«Le novità mi sono sempre piaciute.»

«Bene», sibila gelido Scotti. «Allora al lavoro!»

Arrivata alla sua scrivania, Elena si accascia. Rabbia, delusione e lacrime trattenute a stento le hanno causato un tremore alle gambe che vuole nascondere. Quanto potrà resistere in quelle condizioni? Una settimana al massimo e poi quella che era stata la sua casa, diventerà territorio off limits. La tentazione di mollare seduta stante è forte.

«Amo, non te ne andrai anche tu vero?»

È Giulia che la chiama al suo cellulare. Con quella voce a cui è impossibile dire di no. Uomini o donne, poco importa, a quell'«Amo» è difficilissimo resistere. Giulia, infatti, con il suo modo di sussurrare è sempre riuscita a raggiungere chiunque «la sua redazione» le abbia chiesto di rintracciare, superando qualsiasi ostacolo si trovasse tra lei e l'obiettivo. Era stato il caporedattore Carlo Bazzo a volerla più di dieci anni prima. L'aveva corteggiata per mesi per strapparla alla concorrenza e quando ormai era convinto che non ce l'avrebbe mai fatta, a sorpresa Giulia aveva accettato.

*Che sia riuscita a conquistare quel perfido blocchetto di ghiaccio di Scotti?* Conoscendola, tutto è possibile. Soprattutto se è vero ciò che narra la leggenda, ossia che Giulia, il 20 gennaio 2009, era piombata nella riunione di redazione del mattino e, lasciando tutti di stucco, aveva annunciato: «Oggi all'insediamento di Obama, Michelle indosserà un abito giallo damascato. Siamo i primi a saperlo. La *mise* è top secret. È il nostro scoop. Lanciamolo con le agenzie». Interrogata, aveva innanzitutto spiegato che la teoria dei sei gradi di separazione – secondo la quale chiunque può arrivare a qualunque persona attraverso una catena di conoscenze e relazioni con non più di cinque intermediari – non era una bufala. E questa, unita alle sue indubbie capacità relazionali – «e a una buona dose di culo», aveva aggiunto sincera –, le aveva miracolosamente permesso di arrivare alla Blair House e più precisamente alla *changing room* della futura first lady. A Washington erano le sei del mattino e Michelle si apprestava a sottoporsi alla sessione di trucco e parrucco, quando era squillato il riservatissimo telefono sulla toilette e lei soprappensiero aveva risposto. Non si sa bene che cosa Giulia le avesse detto, fatto sta che Michelle – presa alla sprovvista come lo fu la regina Elisabetta II quando nella sua camera da letto trovò l'intruso Michael Fagan – ridendo le aveva detto che cosa avrebbe indossato da lì a poche ore. Nessuno dei presenti, però, credette a Giulia. Il racconto era così incredibile che nella sala riunioni era prima calato un silenzio di tomba e poi la risata del direttore, in collegamento da Roma, aveva dato la stura a un intollerabile sfottò che era andato avanti fino a quando nel tardo pomeriggio la CNN aveva mandato in onda le prime immagini in diretta di quella storica giornata: Michelle e Barack Obama, mano nella mano, uscivano dalla Blair House per recarsi alla chiesa episcopale di Saint John a Washington. Lui in sobrio vestito scuro. Lei con un abito giallo damascato, con giacca e soprabito in tinta. Era stato esattamente in quel momento che Giulia non aveva accettato le scuse del suo direttore, ma aveva detto sì alla proposta di Bazzo di passare alla concorrenza.

«Resistere, resistere, resistere», insiste Giulia con quella voce da chat porno.

«Ma...»

«Lo so, lo so. Ma stammi a sentire. Lo sai le due possibilità che mi ha offerto? Passare alla sua segreteria personale – e quindi occuparmi della sua tintoria – o accettare l'incentivo e andarmene.»

«E tu?»

«Sono single, ho due bambini e un ex marito che non paga gli alimenti. Secondo te?»

«Hai scelto la tintoria.»

«Esatto.»

«Ma come farai a lavorare con quello stronzo?»

«Come farà lui a lavorare con me, vorrai dire...»

«Resistere.»

«Brava! Se ne andrà via lui prima di noi, vedrai...»

Grande Giulia. Una vera lottatrice. Elena non può e non vuole essere da meno. Deve mettere da parte l'autocommiserazione, fare leva sulla rabbia e il desiderio di dimostrare a quell'essere spregevole che di lei quella redazione non può fare a meno.

E mentre è alla sua scrivania, decisa a riprendere il lavoro, scorrendo sullo schermo del computer le notizie delle agenzie e facendo le consuete telefonate ai suoi contatti tra carabinieri, polizia e guardia di finanza, squilla nuovamente il cellulare.

È Margherita. In lacrime.

# 4.

O sua madre è una grandissima attrice oppure ha rotto gli argini. Parla, si soffia il naso, piange. Il tutto con in sottofondo il pigolio della Carlina e il mugugno della Daria, neanche ci fosse l'eco. Elena fatica a raccapezzarcisi. Il tema sembra sempre essere il maestro di tango.

Decise a scoprire che cosa gli sia successo, le tre vecchiette avevano spulciato le pagine gialle – «Maddai, mamma, esistono ancora?!» – e poi avevano telefonato a tutti gli ospedali di Milano. Senza successo.

«Tutti maleducatissimi. Non ci hanno voluto dare alcuna informazione!»

«Ovvio, mamma, c'è la privacy...»

«Che c'entra? Arcángel è il nostro maestro!»

«Non avete alcun rapporto di paren...»

«Ci hanno sbattuto il telefono in faccia!»

«Forse perché avrete insistito un po' trop...» Niente da fare. Margherita non contempla il contraddittorio. Prevede solo ascolto e assenso. Unilaterale. Da parte dell'interlocutore.

«Dobbiamo andare di persona.»

«...»

«La mia patente è ancora valida.»

«Mamma, per favore... Lo sai che te l'hanno rinnovata solo perché il medico è il figlio di un collega di Ett...»

«Ma dovrei chiedere l'auto a tuo padre... E tu sai com'è Mario, no?»

«Più sensato di te, mamma.»

«No, è un gran pirla! L'auto per lui è un soprammobile.

Non la si usa. La si deve solo pulire. E infatti ogni benedetto sabato è lì che la lustra neanche fosse una posata d'argento e la domenica mi porta a scaldare il motore!»

«Vedi che la usa?»

«Sì, per fare uno stupido giretto dell'isolato...»

Margherita non glielo chiederà mai esplicitamente, ma ha bisogno del suo aiuto. Elena lo sa, ma adesso proprio non vuole lasciare la redazione. Considera l'intera vicenda una sciocchezza. Il benedetto maestro di tango si sarà preso una libera uscita, sarà partito per il weekend, si sarà dimenticato di chiamare o mandare un messaggio... Da quel che ha capito anche lui non è giovanissimo, chissà quindi che dimestichezza avrà mai con il cellulare. Se assomiglia a quella della madre è facile che l'abbia dimenticato, spento o che addirittura sia convinto di aver inviato un messaggio senza averlo fatto realmente... Ma tutto ciò non va detto a Margherita. Quindi, per troncare la chiamata, le promette di passare da loro entro sera per cercare di capire come può aiutarle.

Ma gli eventi prendono il sopravvento.

# 5.

– Vuoi una soffiata? Vedi cosa è successo stanotte a Piacenza... Dietro ci deve essere una brutta storia. Bacio. No connection fino a next saturday!

Il WhatsApp arriva da Dubai. Claudia. Sta imbarcandosi sull'aereo per Malé. «Sei giorni di stacco totale», aveva detto. E, infatti, da lì salirà su una barca che la porterà all'unico resort dei ventisei atolli – trovato grazie a una pignola ricerca – senza alcuna connessione telefonica e internet. Quindi zero possibilità di contattarla e avere qualche chiarimento. Olé.

Ma le soffiate di Claudia sono sempre state così. Suggestioni. Alle quali lei riusciva a dare corpo solo grazie a un impegnativo lavoro di investigazione sostenuto da quelle che Elena riteneva essere le sue doti migliori, cioè «unire i puntini» e «far parlare anche i sassi», anche se riteneva più calzante l'espressione «saper ascoltare anche i sassi». Essere cresciuta con una madre come Margherita, loquace e desiderosa di essere sempre in primo piano, più che a «far parlare» l'aveva perfettamente addestrata «ad ascoltare». In ogni caso, il patto tra le due amiche era così. Un semplice aiutino, per non avere guai da un lato e per non intralciare il reciproco lavoro, dall'altro. E, soprattutto, per non intaccare in alcun modo la loro amicizia.

Aveva sempre funzionato, con mutua soddisfazione. Come nel caso di qualche anno prima, quando un sessantenne di Garbagnate Milanese, un comune dell'hinterland, era stato trovato morto nelle brughiere del parco delle Groane. Sul corpo non era stato rilevato alcun segno evidente di violenza, tanto che gli inquirenti avevano pensato inizialmente a una morte naturale.

Ma Claudia le aveva mandato uno stringatissimo messaggio – Occhio – ed Elena aveva avviato le ricerche. Aveva parlato con il figlio, un introverso trentenne che viveva qualche strada più in là, in un appartamento lasciatogli dalla nonna materna, che non sembrava nutrire un particolare affetto per il padre. Aveva ascoltato vicini, conoscenti e negozianti e si era fatta l'idea che quell'uomo, vedovo da qualche anno, conducesse una vita alquanto vivace... Insomma, un affascinante dongiovanni che per quarant'anni aveva fatto soffrire «quella povera anima della moglie» e che ancora non sembrava aver imparato a «tenere a posto il suo coso». Voci. Sorrisetti. Sussurri. Allusioni. Niente di preciso, solo qualche frase smozzicata e numerosi riferimenti al nono comandamento – «non desiderare la donna d'altri». Cosicché Elena si era fatta l'idea che quella morte di naturale non avesse un bel niente, ma fosse il risultato di uno sgarro d'amore. E su quel presentimento aveva costruito un articolo che Bazzo aveva pubblicato perché di lei si fidava, visto che in mano non aveva lo straccio di una prova ma solo molti «si dice». Ed era stato uno scoop. Elena ci aveva visto giusto. La sua intuizione, infatti, coincideva con i risultati dell'autopsia, annunciati il giorno dopo in conferenza stampa. L'esame post mortem aveva indicato che la vittima era deceduta per «la rottura bilaterale dei cornetti tiroidei dovuta ad asfissia meccanica da compressione determinata da un'azione violenta di altra persona». E ventiquattr'ore dopo, la veloce indagine della Omicidi aveva rivelato che l'autore del delitto era un pregiudicato vicino alla cosca malavitosa della 'ndrangheta calabrese insediata da anni nei comuni a nord-ovest di Milano. L'analisi delle chat presenti sul cellulare della vittima avevano svelato che il dongiovanni aveva fatto l'errore di sedurre la moglie sbagliata...

*Vedi cosa è successo stanotte a Piacenza... Dietro ci deve essere una brutta storia.*

Elena prova a dare un'occhiata alle agenzie e al web. Da

Piacenza nessuna notizia. Prova allora a chiamare la questura, ma viene educatamente rimbalzata. Tocca andare. Perché lì qualche cosa è successo. Non ci sono dubbi. Claudia non le ha mai tirato delle sòle.

Mette insieme le sue cose e mentre esce dalla redazione, le giunge alle spalle la sgradevole voce dello squalo.

«Cambiato idea?»

«No. Vecchia scuola. Le notizie si cercano fuori dalla redazione.»

«Notizia: c'è stato l'avvento del web!»

«Vero, ma io preferisco così», taglia corto Elena infilandosi veloce in ascensore. Ha sentito il cellulare vibrare nella tasca dell'impermeabile e non ha voglia di perdere altro tempo con quell'uomo che ha il potere di irritarla come mai nessuno prima. Che sia arrivato un messaggio di Claudia un po' meno misterioso? No. Sono le 14... ma qui non si mangia? e una sequenza infinita di emoticon e bacetti. Marco. Paraculo. *Perché non si arrangia? O non si rivolge a Ettore? Perché deve essere sempre e solo lei il riferimento per tutti? Perché non è mai riuscita a sottrarsi alle richieste di figli, genitori e marito?* Troppe domande. Forse dovrebbe riprendere le sue sedute di analisi...

– Senti tuo padre, digita velocemente e sale in auto. Gira la chiave, ma dal motore non giunge segnale di vita. «No, dai, ciccia mia. Non puoi mollarmi adesso.» Accarezza la Kangoo, recita il Vasco-mantra e lei, soddisfatta, si mette in moto. Obiettivo Piacenza.

È ancora in mezzo al traffico congestionato della città, quando gli auricolari – che Elena diligentemente aveva indossato appena salita in auto – si riempiono della voce di Anna.

«Mamma?»

«Ciao amore, sono in macchina. Possiamo sentirci più tardi?» Sembrerebbe di no, dato che la figlia non si ferma. Anna è così. Sparisce per giorni, non risponde ai messaggi o alle chiamate e poi all'improvviso ricompare. Normalmente carica di una montagna di ansia che, una volta vomitata addosso alla madre, riduce Elena a un gomitolo di inquietudine e sconforto e permette a lei di proseguire nella sua vita leggera come una piuma.

«Non dormo da giorni. Non ce la posso fare. Lunedì ho la consegna... Aiuto!»

Parla come una macchinetta. Praticamente in apnea. Impossibile fermarla o interromperla, tale e quale a sua nonna Margherita. Deve scrivere un essay di duemilacinquecento parole *sulpesochelamilitantmotherhoodpuòaveravutoperlavisibilitàpoliticaelapresenzafemminilenelprocessodidecisionmakingin Argentina.* Ha bisogno di aiuto.

A Elena, che si domanda che cosa diavolo sia la *militant motherhood* e soprattutto che cosa stia esattamente studiando la figlia, sembra una roba complicatissima di cui non sa nulla e capisce ben poco. Ma non si tira indietro. Adesso però sta guidando e se non si concentra rischia di fare un incidente. Prova a calmarla e rassicurarla sulle sue capacità intellettuali. Conosce sua figlia. Sa che Anna richiede da sé sempre più del massimo. È certa che abbia letto e messo assieme fin troppo materiale. Il problema, immagina, sta nel riuscire a scartarne un bel po'. Le chiede di mandarle un'email con qualche appunto e testo di riferimento e le promette che in serata proverà a metterci la testa...

## 6.

Elena non sa perché, ma varcare il confine emiliano le mette sempre addosso una dose di inaspettato buonumore. Sarà il suono delle parole, più dolce, musicale e pacato di quello che si respira a Milano oppure il languorino che le sale al solo pensiero dei salumi piacentini. Salame, coppa... perché dei tortelli con le code non ne vogliamo parlare? Con quel loro ripieno di spinaci e ricotta ingentilito dal mascarpone e conditi con burro fuso, pinoli tostati, uvetta... E un bicchiere di gutturnio frizzantino per innaffiare il tutto non ci starebbe bene? Elena si rende conto che saltare il pranzo la intristisce. Una rinuncia che si è imposta da quando ha capito che il suo metabolismo ha invertito marcia: persa la facilità con cui aveva sempre eliminato i chiletti di troppo, ha invece acquisito grande abilità nell'assimilare calorie da qualsiasi cosa lei ingerisca, persino dall'aria che respira. Da lì la rinuncia al pranzo. Una fatica immane per una buona forchetta come lei.

Da sempre, infatti, apprezza la buona cucina e il buon vino. Per questo, quando il desiderio di campagna di Ettore aveva assunto sostanza e le sembianze di una casa dove passare il weekend e – nei sogni del marito – la loro vecchiaia, lei aveva posto due condizioni: che non fosse troppo lontana da Milano e tassativamente in Emilia. Ettore aveva accettato. Così era iniziata la ricerca del rudere da ristrutturare. Un periodo che Elena ricorda con particolare piacere, dato che l'esplorazione del territorio era stata accompagnata da un'accurata ricognizione di ristoranti e trattorie dalle quali erano sempre usciti con qualche chilo in più nel corpo, ma ringiovaniti di vent'anni nello spirito. Dopo un anno di ricerche, la scelta era caduta su un casolare abbandonato da tempo a qualche chilometro da Pianello, nella val Tidone. Da allora erano passati quasi dieci anni.

Elena interrompe il flusso dei pensieri.

Quasi senza accorgersene, è arrivata di fronte alla questura di Piacenza. Parcheggia e, decisa a trovare le informazioni che cerca, varca il cancello e sale i pochi gradini che la separano dall'entrata. Solo allora si rende conto di non aver messo a punto alcuna strategia. I ricordi e i morsi della fame l'hanno distratta. Pazienza. Anni di professione le hanno insegnato che tutti parlano: basta avere le antenne per sintonizzarsi sulla loro frequenza e munirsi di santa pazienza.

Entra senza guardarsi intorno, presa com'è a rovistare nella borsa alla ricerca del suo tesserino professionale che, assieme alle chiavi di casa e dell'auto, sembra regolarmente perdersi nel buco nero di quell'informe peso massimo che trascina sempre con sé.

«Buongiorno dottoressa Donati! Che cosa ci fa a Piacenza?»

Dal gabbiotto di vetro giunge una voce allegra che la costringe ad alzare il volto e individuare la fonte di quell'inaspettato un saluto.

Trent'anni scarsi, faccia pulita e sbarbata, sorriso indimenticabile.

«Panzini?! Scusi, agente Panzini! Che sorpresa trovarla qui! Che ci fa qui a Piacenza? L'avevo lasciata qualche anno fa a Milano, al commissariato di via Cadamosto.»

Come dimenticare quel ragazzotto timido e impacciato che lei aveva difeso dalla furia del Mangiarotti, il decano dei cronisti milanesi, confidente di tutti i portinai e gli uscieri della città, terrore di ogni praticante che l'aveva incrociato in redazione.

Era accaduto almeno cinque anni prima. Elena era in commissariato perché doveva rinnovare il passaporto. Da dieci minuti era in attesa di poter parlare con l'agente al di là del vetro che era in evidente difficoltà: doveva essere arrivato quel giorno stesso e non sapeva da dove iniziare... Il telefono non gli dava tregua, prendeva appunti con le mani sempre più sudate e la coda di persone che lui avrebbe dovuto ascoltare e poi indirizzare agli uffici di competenza con il loro bel numerino, si stava allungando a dismisura. Esattamente in quel momento, da dietro le spalle di Elena, era comparso il Mangiarotti: sessant'anni abbondanti, capigliatura alla Einstein, tra i centottanta e i centonovanta centimetri di altezza, voce da baritono e l'arroganza sbrigativa di chi da quarant'anni segue la cronaca cittadina per il più importante quotidiano italiano e quindi conosce ed è conosciuto da tutti, dal questore al sindaco, dall'ultimo impiegato del palazzo di giustizia al pappone di via Padova. Forte di quella consapevolezza, aveva saltato a piè pari la fila e, arrivato di fronte al gabbiotto, aveva dato una manata al vetro che divideva il ragazzo in divisa dal pubblico, in particolare da quella montagna imbufalita.

«Alloraaa? Che cazzo stai facendo biondino?»

Per fortuna, il poveretto non era debole di cuore perché se no ci avrebbe lasciato le penne. Aveva fatto un salto sulla sedia, la cornetta gli era caduta dalle mani ed era sbiancato, come solo i morti in genere fanno. Riemerso dallo shock, era riuscito a recuperare le indicazioni che gli avevano fornito al corso allievi e con tono educatissimo aveva osato sussurrare la frase più sbagliata che potesse partorire in quell'esatto momento: «Mi scusi, ma credo che lei abbia saltato la fila...».

Il Mangiarotti, paonazzo, se lo sarebbe di certo mangiato se – a sorpresa di tutti, lei compresa – non fosse giunta la voce di Elena: «Tranquillo. Il signore aveva mandato me a fare la fila».

Incredulo, il Mangiarotti aveva ruotato il collo ed Elena aveva sentito un soffio caldo e taurino fuoriuscire dalle narici del collega e invaderle il viso. Non sapeva nemmeno lei perché le era uscita quella frase. Certo, avere un credito con quell'uomo, pur sapendo di non poterlo mai esigere esplicitamente, le dava un brivido di soddisfazione. Ma la verità era che si era fatta impietosire da quel ragazzo dalla faccia pulita.

«Facciamo che vi presento, dai...» Nei pochi secondi di silenzio surreale che era seguito, Elena aveva velocemente preso in mano la situazione.

«Allora, mi ascolti bel giovane! Se pensa di rimanere a Milano a lavorare, questo signore lo incontrerà spesso. È il dottor Mangiarotti: porti i suoi saluti al suo capo e si faccia spiegare chi ha di fronte. E adesso tocca a lei... Come si chiama?»

«Agente Panzini, per servirvi!»

«Ecco fatto! Mangiarotti-Panzini, Panzini-Mangiarotti. Contatto stabilito», aveva concluso in apnea Elena che, per non correre il rischio che il collega riprendesse l'uso della parola, non aveva mai preso fiato.

«Tranquillo, Mangiarotti. Io devo correre al palazzo di giustizia. Tornerò un'altra volta. Non ho alcuna urgenza. E il ragazzo si farà. Basta dargliene il tempo... Ci vediamo in giro!» gli aveva sussurrato salutandolo.

«E lei, agente Panzini, mi vedrà domani. Nel frattempo, le consiglio di allungare le antenne...»

Da quel giorno, agli occhi del giovane agente, Elena aveva assunto le sembianze della Madonna. Ciò aveva garantito a lei e ai suoi parenti fino alla nona generazione uno status privilegiatissimo nel commissariato di via Cadamosto. Rinnovi di passaporti, denunce di furto o smarrimento di documenti che negli anni i suoi figli avevano accumulato non erano più stati un problema: bastava intercettare Panzini e lui – senza fare alcuna fila – predisponeva tutti i moduli necessari e, se necessario, attivava qualche aiutino. Poi però, se ne erano perse le tracce e quell'indubbio privilegio era venuto meno.

Adesso eccolo a Piacenza. Stesso sorriso, ma senza l'aria da sbarbatello che lei ricordava.

«Cosa ci faccio a Piacenza? Eccola qui la ragione!» cinguetta Panzini, sfoggiando una fede all'anulare della mano sinistra...

«Sposato?! Da quando?»

«Da pochi mesi...»

«E chi è la fortunata?»

«Marta», risponde Panzini arrossendo fino alla punta delle orecchie, «una ragazza che da questa città non ha alcuna intenzione di spostarsi.»

«Quindi l'ha raggiunta lei?»

«Sì, ho chiesto il trasferimento. Lei fa la maestra all'asilo... No, scusi, alla scuola dell'infanzia. Me lo ripete sempre: scuola dell'infanzia! Se mi sentisse dire *asilo*, si arrabbierebbe moltissimo!»

Elena vorrebbe abbracciarlo e dirgli che forse anche lui starebbe meglio in una scuola dell'infanzia o in una gelateria o in un giardino a coltivare piante e fiori. Insomma, ovunque, ma non lì, dietro il vetro di una guardiola in questura. Nella sua vita professionale, ne ha incontrata parecchia di gente con la divisa e ha capito che è molto raro non diventare arroganti, resistendo alla boria che quegli abiti, una volta indossati, sembrano portarsi appresso. Le eccezioni sono rarissime. Panzini ne era un esempio. Un cuor contento al quale – Elena ne è certa – non sarà permesso fare alcuna carriera e che a sessant'anni sarà ancora lì, dietro il vetro, ad accogliere con gentilezza ed empatia il pubblico. Che spreco.

«Questo imprevedibile Carramba-che-sorpresa merita un caffè!» suggerisce Elena. «Panzini, riesce a farsi sostituire per dieci minuti? Giusto il tempo di andare al bar e raccontarci velocemente la vita?»

«Dottoressa, sarebbe un onore! Corro a verificare.»

Elena sa di giocare sporco. Ma come rinunciare a quell'inattesa benedizione piovuta dal cielo? Il ragazzo non è mai stato in grado di rifiutarle nulla. Quindi troverà il modo per potersi assentare. E lei cercherà di capire che cosa è successo nella notte a Piacenza. Sempre che Panzini ne sappia qualche cosa.

# 7.

Al caffè era seguito un tè con i canestrei, poi l'agente Panzini si era congedato portando con sé un profumato pacchettino, «dono della dottoressa Donati» per Marta e la promessa di fargliela conoscere la volta successiva che Elena fosse tornata a Piacenza.

Rimasta sola al tavolino nell'angolo più silenzioso del bar-pasticceria, Elena aveva ordinato un caffè doppio e una nuova ondata di canestrei. Doveva rivedere gli appunti, mettere assieme le informazioni ricevute e decidere che fare. E gli zuccheri, in questi casi, aiutano la concentrazione. O almeno così lei se la racconta.

Accantonati velocemente i necessari convenevoli, Panzini si era rivelato una fortuna. Grazie a lui, infatti, Elena era riuscita a capire che cosa era successo.

All'alba di sabato due giovani uomini erano stati fermati nella periferia di Piacenza. Si stavano cambiando per strada, buttando vestiti e scarpe in un cassonetto. Un'anziana signora che soffre d'insonnia – "Insonnia... molto probabile che sia anche lei una divoratrice di serie *crime*, come mia madre e le sorelle Giuffrida!" si ritrova a pensare acida Elena – li aveva visti sbirciando dalla finestra e aveva trovato la cosa molto strana. Così aveva chiamato il 112. Una volante era arrivata e li aveva fermati. Incensurati. Ma la situazione era obiettivamente strana. Nel cassonetto avevano appena buttato un paio di scarpe e un paio di stivali di gomma, magliette, pantaloni. Tutto sporco di sangue. Nella loro auto l'agente aveva trovato un arsenale e un armamentario inspiegabile: una pistola ad aria compressa, due bastoni e un tirapugni d'acciaio, due storditori elettronici, dardi di ferro, un paio di manette. E poi un laccio di plastica, nastro adesivo, guanti di lattice, mascherine usa e getta, una scatola di siringhe, un blister di sonniferi vuoto. Agli agenti la situazione non era piaciuta e avevano avvertito il magistrato. Che aveva predisposto il fermo di polizia.

Panzini non era andato oltre. Forse altro non sapeva, oppure negli anni in cui lo aveva perso di vista era diventato più sbirro di quanto potesse immaginare. Fatto sta che le notizie messe assieme sono importanti, ma non sufficienti per costruire un pezzo che, nelle sue intenzioni, la possa far rientrare trionfante in redazione. Deve almeno recuperare i nomi dei due arrestati. Ma su quello Panzini era stato chiaro: «Privacy. Deve parlare direttamente con il magistrato, il dottor Belluzzi». Ma Elena lo sa. La via ufficiale richiede sempre un estenuante minuetto. Meglio recuperare i nomi per altre vie e poi chiedere conferma al magistrato o, meglio, tendere un tranello a Panzini.

Elena sa come muoversi. Piacenza ha poco più di centomila abitanti. I punti di riferimento non sono moltissimi, basta scoprirli e sollecitare la chiacchiera. È quasi ora di aperitivo, ora di struscio. Il momento perfetto per raccogliere i pettegolezzi, che sono la trama del tessuto sociale di qualsiasi cittadina di provincia. Quindi, si dice Elena mentre sbocconcella l'ultimo biscotto, anche di Piacenza.

## 8.

Dal caffè e canestrei allo spritz e fetta di salame il passo non sarebbe breve, ma se c'è un rito che Elena ama particolarmente, è proprio quello dell'aperitivo. Si è sempre divertita a spizzicare chiacchierando, esattamente il contrario di Ettore. Per lui esistono solo i pasti a orari canonici, da consumarsi con le gambe sotto il tavolo, possibilmente in religioso silenzio. Ma in questo momento lui non c'è e, soprattutto, c'è un posto di lavoro da salvare. Il suo. E così, messo a tacere il fastidioso richiamo all'ordine del suo pubblico ministero interiore che la invita a conteggiare la camionata di calorie ingollate nell'ultima mezz'ora, Elena si avvia verso il cuore pulsante della città. Obiettivo: ascoltare i sassi, o farli parlare, come dice Claudia. In ogni caso riuscire a raccogliere più informazioni possibili dragando nel cicaleccio, intercettando battute e accogliendo confidenze.

Via XX Settembre, corso Vittorio Emanuele, piazza Cavalli... Elena si infila nel cuore della città, dove il teatro dello struscio è in pieno svolgimento. Il centro brulica di corpi. La città sembra essersi riversata tutta lì. Tintinnii di bicchieri, sguardi e ammiccamenti. Musica che cambia di locale in locale, a seconda delle tribù che vi si danno appuntamento, passando dal pop alla trap, ma anche a invitanti compilation rigorosamente anni Ottanta. Stordente mix di profumi e sudore. Saluti accennati e grandi abbracci. Tripudio di unghie laccate e capello fatto di fresco. Tacchi e scollature animalier, finte abbronzature e inguini fasciati da pantaloni che nulla lasciano alla fantasia. È buffo – si ritrova a pensare – come nell'immaginario collettivo siano le metropoli a essere rappresentate come sede di ogni peccato e perversione, mentre invece lei è convinta che sia nelle cittadine di provincia che si respiri aria di Sodoma e Gomorra.

Quella sera, però, a Piacenza gli ormoni sembrano essere a riposo. La città è percorsa da mormorii, parole dette a mezza voce, all'orecchio, con la mano che protegge la bocca. Bisbigli che si accavallano cercando conferme. Un gigantesco brusio a tratti impossibile da contenere. La notizia dell'arresto avvenuto all'alba ha fatto il giro della città e ognuno ha il suo pezzo di storia da aggiungere, una voce da riferire, un pettegolezzo da condividere.

Una manna per Elena intenzionata a raccogliere più informazioni possibili approfittando della complicità che l'alcol riesce velocemente a creare.

«Scusami, non so se ti ricordi... Mi chiamo Elena e ci siamo incrociate a fare lo shatush...» bluffa approcciando una vistosa quarantenne molto in tiro – nel senso di molto tirata –, quella che, dopo aver fatto un paio di vasche, ritiene essere *the party queen*.

«Piacere, Sandy... Dici da Andy?» abbocca lei.

«Sì, da lui... Che, tra l'altro, devo andarci assolutamente domani perché ho il taglio da sistemare e una ricrescita che non si può vedere.»

«Ma no, dai... sembri perfetta.»

"*Sono* perfetta", pensa Elena che sa di essere andata qualche giorno prima dalla sua storica parrucchiera Marina, che qui diventerebbe immediatamente Mary.

«Sei troppo gentile, ma non è così, lo so. Che ci vuoi fare... Andy è bravissimo, ma fa quel che può con i miei capelli che non sono certo belli come i tuoi», prosegue Elena, decisa a entrare nelle grazie di Sandy utilizzando la lusinga, un'arma alla quale pochi sanno resistere. Tra i quali evidentemente non c'è lei. Che infatti sbattendo le sensuali ciglia finte, cinguetta: «Perché non ti fermi a bere qualche cosa con noi?».

«In verità dovrei raggiungere una mia amica depressa...»

«Perché vuoi rovinarti la serata? Stai qui, dai...»

«Massì, uno spritz lo bevo volentieri! Anche perché ti confesso che vorrei chiederti una cosa un po' riservata...»

«Dimmi pure.»

«Non vorrei essere invadente...»

«Non ti preoccupare.»

«Ecco... Mi diresti dove hai preso quella pochette che è un amore?» sussurra Elena indicando un orrore pitonato fucsia.

«Vero? È un po' cara, ma è un pezzo che valorizza tutto ciò che indossi, non credi anche tu?» risponde più che compiaciuta Sandy, grata a Elena che, permettendole di sfoggiare il suo ultimo acquisto, a cui nessuno aveva fatto attenzione, l'ha in realtà definitivamente agganciata.

Da quel momento gli spritz si erano succeduti uno dopo l'altro. Sandy si era effettivamente rivelata la regina dello struscio. Chiunque fosse lì quella sera non aveva dimenticato di renderle omaggio, farsi un bicchiere e nel frattempo riferire e raccogliere pettegolezzi sugli arrestati. E così, nel giro di un'oretta Elena aveva sì raggiunto un grado alcolico che non era certa la polizia stradale avrebbe apprezzato, ma era anche riuscita a mettere assieme qualche altro pezzo della vicenda.

I due ragazzi si chiamano Emanuele Tagliaferro e Mattia Rossi, trentadue anni, nati e cresciuti qui. «Amici... da sempre.» Elementari-medie-liceo. E poi tutti e due assieme alla Bocconi. I sussurri fanno intendere che tra i due ci sia qualcosa di più che semplice amicizia. «Bravi ragazzi eh, ma...» Non tornano spesso in città: giusto Natale, feste comandate e ricorrenze familiari. Insomma, a Milano pare abbiano trovato la loro dimensione. «Si sa, la grande città...» Sodoma e Gomorra, *ça va sans dire.* I due amano i viaggi oltreoceano, i vestiti firmati e la vita frizzante... "Come dargli torto?" pensa Elena, che mentalmente si rallegra della svolta milanese che possono prendere le sue ricerche. Si mormora che i due convivano, che dividano un piccolo appartamento. «Una romantica mansarda», insinua Sandy che del ricamo ha fatto un'arte e dello storytelling – quello che fino a qualche anno prima si chiamava pettegolezzo – è antesignana. Racconta di averlo saputo da un amico del fidanzato della sorella di Andy che era un loro compagno di liceo e una volta è andato a trovarli. «Un nido d'amore», aveva riferito. Aiuto. Elena fatica a tenere traccia del filo parentale, ma registra l'informazione e, con finto disinteresse, prova a domandarsi ad alta voce un «chissà dove…», con il quale sa per certo scatenerà Sandy. Sia mai che *the queen* possa essere all'oscuro di un qualsiasi dettaglio. Ovvio che no. Basta chiedere e l'informazione arriva giusto il tempo di un ultimo spritz. «Via Lecco. In una zona dove vivono quelli come loro», sussurra con quell'ipocrita tono da *family day* che a Elena fa andare di traverso l'ultima tartina.

# 9.

Sono quasi le dieci di sera quando Elena rientra in redazione. È stanca, ma soddisfatta. Per tutto il viaggio ha pensato alla faccia che avrebbe fatto Scotti. Non vede l'ora di sbattergli sotto al naso il frutto delle sue ricerche sul campo. Alla faccia del web. Quell'insopportabile arrogante dovrà ricredersi e scusarsi con lei. Gli costerà fatica, ma non potrà fare altrimenti. È chiaro che è grazie al vecchio metodo d'indagine, quello per cui generazioni di cronisti hanno consumato scarpe e asfalto, che lei gli sta portando una notizia, o no?

«E non hai filmato nulla?!»

Elena e Scotti sono in mezzo alla redazione. Lei gli ha raccontato di Piacenza, della vicenda che non lascia presagire niente di buono e che andrà attentamente seguita nei giorni a venire, di come sia riuscita a mettere assieme gli elementi essenziali e di come il magistrato Belluzzi – interpellato telefonicamente – non abbia, a quel punto, potuto fare altro che confermare i nomi dei due arrestati. Insomma, Elena non si aspettava certo un applauso da quel trentenne di ghiaccio, ma almeno un gesto di apprezzamento e l'invito a scrivere velocemente il pezzo.

Invece, eccolo lì, terreo di una rabbia che stenta a trattenere, che la guarda come se fosse un'idiota e scandisce quella domanda.

«E non hai filmato nulla?!»

«In che senso, scusa?» chiede Elena, ancora convinta di lavorare al «suo giornale» e quindi sinceramente confusa e inconsapevole di quanto Scotti sia vicino a un infarto, nonostante nella redazione open space tutti lentamente abbiano smesso di respirare, sopraffatti dalle urla del caporedattore.

«Nell'unico senso possibile: filmare!!!»

«Ma esattamente cosa?»

«Tutto! I commenti, la polizia, la gente, Piacenza...»

«Ma noi siamo un quotidiano, non un notiziario televisivo... E poi scusa, con quale telecamera avrei dovu...»

«Ma tu che cazzo te ne fai di uno smartphone?!?»

«Ah quello...»

«Sì, quello! In quale epoca vivi, Elena? Sali sulla macchina di *Back to the Future* e raggiungici nel secondo millennio...»

«...»

«E adesso? Che cosa ci mettiamo su Instagram e Facebook?»

«Il pezzo di quante battute lo vuoi? Secondo me, con gli elementi che abbiamo, per ora più di due-tremila battute non si può fare.»

«Due-tremil...? No dico? Ci sei o ci fai? Scrivi un paio di tweet e stop. Domani mando Maestri a fare una storia...»

«Un paio di tweet?!»

«Sì, per Twitter. *Ever heard of it?* Social media, nato nel 2006, trecentotrentamilioni di utenti attivi al mese nel mondo... Mai sentito?»

«Sì, ma...»

«Duecentoquaranta caratteri.»

«Ma...»

«Ma cosa?»

«In così poche battute non si rischia di semplificare un po' troppo?»

«Errato. Si semplifica il giusto.»

«Ma...»

«Cosa c'è ancora?!?»

«Non ho un profilo Twi...»

«Maestriii, pensaci tu!»

# 10.

È quasi mezzanotte quando Elena riesce a mettere piede in casa. E se fino a quel momento era stata in grado di evitare che l'avvilimento la allagasse, adesso sente che, varcata la soglia domestica, niente può impedire a quel dolore di invaderla. Si era illusa che avrebbe potuto lottare e, utilizzando le armi della sua esperienza, difendere la sua storia e il posto di lavoro. Ma la violenza verbale del caporedattore, con quel suo cattivo e compiaciuto sfottò, le aveva fatto capire che a essere messa in discussione non era la sua professionalità, ma una certa idea di giornalismo, di etica professionale e di rispetto nelle relazioni.

Aveva faticato non poco a non scappare dalla redazione. Non era potuta passare da Giulia, blindata com'era nell'ufficio di Scotti. L'aveva salvata l'incontro con lo stagista. Inaspettatamente, infatti, Andrea Maestri si era rivelato gentile e in gamba e, soprattutto, dotato di quelle umanissime doti di sensibilità ed empatia di cui quella belva di Scotti era evidentemente privo. Andrea, come d'altro canto tutta la redazione, aveva assistito alla lapidazione di Elena e, nella mezz'ora successiva in cui erano stati seduti fianco a fianco senza pronunciare parola, il ragazzo le aveva allungato un bicchiere d'acqua e poi aveva accuratamente evitato di guardarla in faccia. Fingendo di dover sistemare alcune cose al computer, le aveva così concesso il tempo di riprendersi dallo scontro e risparmiato l'umiliazione di scoppiare a piangere lì, davanti a tutti.

Poi si erano messi a lavorare assieme. E nel giro di poco avevano entrambi capito che ognuno di loro avrebbe potuto imparare molto dall'altro. Tacitamente era nata una coppia? Questo Elena non lo sapeva ancora, ma sentiva che erano state buttate le basi di una potenziale complicità.

Questo, a voler essere molto generosi, era stata l'unica nota positiva della sua lunga giornata che – finalmente – stava per concludersi.

«Ciao, *drema*!»

«*Hola*, Elena!»

«Bella lì!»

«Buonasera, Elena!»

Avanzi di pizze e take away orientali appoggiati su tavolo e divano, bottiglie e lattine di birra sparse ovunque, posacenere traboccanti di mozziconi... Marco! Elena non aveva tenuto conto della presenza del figlio a Milano che, quella sera, aveva invaso la casa con una decina di suoi amici.

«Accidenti, ragazzi... Vi ho detto mille volte di non fumare. In casa poi no e poi no... C'è il terrazzo, dai!»

Li conosce tutti. Alcuni di loro li ha visti crescere fin dalle elementari, altri invece bazzicano per casa dai tempi del liceo. Un paio studiano assieme a Marco al DAMS di Bologna, gli altri alla Civica di Milano, altri ancora al Centro sperimentale di Roma. Insomma tutti infognati con il cinema. Stanno discutendo animatamente. Tutti con il computer in mano. Piccole telecamere digitali troneggiano in un angolo assieme a un paio di microfoni e qualche faretto.

Hanno deciso di girare un documentario ambientato nel mondo delle notti milanesi per tentare poi di proporlo a Netflix o a un'altra piattaforma streaming. La loro prima uscita pubblica vogliono che sia frutto di un lavoro collettivo. È da mesi che ci lavorano. Prima di elaborare l'idea, si sono documentati, hanno fatto telefonate, interviste e sopralluoghi. Poi lo hanno scritto e hanno iniziato a girare. E a quanto pare stanno impostando le prossime tappe.

«Scusa, Elena, ci siamo fatti prendere dal lavoro...»

«Eddai, *drema*... Un attimo e usciamo a girare!»

«Ma è quasi mezzanotte.»

«Appunto. Ancora presto, ma'.»

«È sabato sera, Elena...»

«Ma a che ora uscite?»
«Eddai, non *rerompe, drema*!»
«Elena, prima dell'una in giro non c'è nessuno.»
«Vedi, ma'? Se te lo dico io non ci credi… *zzòca*!»
«Marco... e papà? L'hai visto?» chiede Elena, cercando di zittire dentro di sé la voce di Vasco che, a tradimento, le ricorda che in un passato non esattamente remoto, lei urlava: «*Siamo solo noi / Che andiamo a letto la mattina presto / E ci svegliamo con il mal di testa…*».
«Incrociato. È andato in campagna. Ha provato a chiamarti, ma eri staccata. Mi ha detto che ti ha lasciato un bigliettino in camera. *Nabuo tténo!*»
E infatti, appena entrata lo vede sul letto. Carta intestata. PROFESSOR ETTORE PARISI. UNIVERSITÀ DEGLI STUDI DI MILANO. «Sono in campagna. L'orto mi reclama. Luna calante: ideale per seminare insalata, cipolle, porri. Se vuoi raggiungimi. Altrimenti ci vediamo domani sera a casa.» Elena si ritrova a pensare che solo Ettore può lasciare un biglietto così impersonale alla moglie. Mai stato un romanticone, questo va detto. Uomo pratico ed essenziale, questo sì. Però, dai… la carta intestata dell'università! E almeno un bacio poteva pure aggiungerlo, no?
Comunque non ha alcuna intenzione di salire in auto e raggiungerlo. Alla pesantezza della giornata e del massacro subito in redazione, va aggiunto che la serata precedente si era protratta fino a tardi e, se fino a qualche anno fa poteva fare le due di notte e la mattina successiva alzarsi come se nulla fosse, adesso qualsiasi fuoriorario lo paga carissimo. Regaluccio anche questo della menopausa? Appena torna dalla vacanza, dovrà confrontarsi con Claudia. Adesso ha solo bisogno di una doccia e poi sprofondare a dormire. Fa l'errore di accendere il cellulare che in rapida successione le segnala la mancata telefonata di Ettore e una sfilza di nuovi messaggi.
Un paio di sua figlia.
– Sei riuscita a dare un occhio ai testi che ti ho inviato?
– Mi fai sapere che cosa ne pensi?
Gli altri quaranta di sua madre.

– Quando passi?
– Ma non dovevi passare?
– Passi a cena?
– Perché non passi?
– Allora! Quando passi?!

Anna e Margherita. Speriamo che, crescendo, la nipote non diventi troppo simile alla nonna, pensa mentre liquida tutte e due con un bel Domani. Rinuncia alla doccia, si butta così com'è sul letto, spegne la luce e pensa: "'Fanculo!". Anzi: "*'Nculòfa!*" come direbbe Marco.

# DOMENICA

# 1.

– Buongiorno! Chi ben incomincia è a metà dell'opera ☺

Elena guarda la sveglia. Sette del mattino. Guarda il messaggio che le ha bruscamente interrotto il sonno.

Ettore.

Ettore?!

Elena non ci può credere. È domenica e lui non ha niente di meglio da fare che mandare un WhatsApp all'alba?

Nuova vibrazione e trionfante squillo di tromba.

Elena sbuffa. Evidentemente no, suo marito non ha niente di meglio da fare.

Questa volta è un selfie. Eccolo lì, abbigliato come un lord di campagna, con un improbabile cestino di vimini e rastrellino in mano. Da quando è diventato così noioso? E poi chissà che disastro riuscirà a combinare quest'anno…

Ettore non lo ammetterebbe mai, ma Elena lo sa: in venticinque anni di vita in comune è risultato evidente il suo essere inadatto ai lavori manuali. Bella testa, cultura infinita e ottime capacità di analisi, ma ogni volta che Ettore ha insistito per appendere un quadro, è stato poi necessario stuccare e ridipingere due metri quadrati di parete. Inutile farglielo notare. Nonostante gli scarsi risultati, Ettore si considera un mago del bricolage e, quel che è peggio, crede che nel suo DNA sia scolpita la memoria di generazioni di avi che hanno passato la loro intera esistenza lavorando la terra. Da lì il suo desiderio di un *buen retiro* in campagna, con tanto di orto e casetta degli attrezzi.

All'inizio Elena aveva sottovalutato la cosa, considerandola con affetto – così come aveva fatto per la recente passione di Ettore per la bicicletta – uno di quei piccoli scarrocciamenti che l'andropausa può causare. Meglio l'orto che le ventenni o la batteria o la chitarra elettrica, si era detta. Adesso no. Adesso pensa che, tutto sommato, chitarra elettrica, batteria... e forse anche le ventenni sarebbero state molto meglio.

All'orto, infatti, Ettore si era dedicato con il piglio dell'accademico, facendolo così diventare una vera e propria impresa che aveva richiesto tempo, energia e investimento economico decisamente superiori a quelli che c'erano voluti per ristrutturare cinquecento metri quadri di cascina.

«Prima di tutto mi devo documentare», aveva detto e aveva passato quasi due anni ad acquistare e leggere tutto ciò che era stato scritto sull'argomento, dal manuale del perfetto contadino, agli articoli della Sackville-West, fino all'opera omnia di Rudolf Steiner, fondatore dell'antroposofia e dell'agricoltura biodinamica. Terminata la fase teorica, Elena si era illusa che fosse questione di poco tempo prima di poter assaggiare un'insalatina a centimetro zero.

Ma così non era stato.

A quel punto, infatti, Ettore aveva passato mesi a cercare di individuare il luogo adatto per il suo orto, una posizione che fosse allo stesso tempo soleggiata ma riparata dal vento, non lontana da casa, ma nemmeno davanti allo zerbino. Questo aveva voluto dire zappettare tutto il terreno per individuare quella porzione che avesse composizione, temperatura e PH giusti.

Poi aveva disegnato più e più volte il progetto, riportando su carta millimetrata, rigidamente in scala, misure, vialetti, parcelle, recinzione, cancellino di accesso, siepe protettiva, posizione del capanno per gli attrezzi, contenitore per compostaggio, irrigazione. E quando finalmente soddisfatto aveva messo su carta il suo orto ideale, era sceso in paese per prendere accordi con il signor Ortu, un omone dalle mani grandi come un badile che, pur non essendo autoctono, con quel cognome lì era – secondo Ettore – una garanzia di successo.

L'incontro non era stato semplice. Per Ettore. Non certo

per il signor Ortu, uomo d'altri tempi, contadino da sette generazioni che impassibile lo aveva ascoltato spiegargli nel dettaglio come andava fatto l'orto, quindi aveva dato un'occhiata distratta al disegno e poi sorridendo lo aveva accartocciato. «*Imparai babbu a fai fillus*», aveva detto piantando i suoi occhi strizzati in quelli sbarrati di Ettore, il quale, pur non avendo molta dimestichezza con il dialetto sardo, ne aveva perfettamente compreso il senso. E da quel momento non aveva più osato pronunciare una parola che fosse anche solo apparentemente in disaccordo con quanto facesse o pensasse il signor Ortu.

Il vecchio contadino aveva ovviamente fatto a modo suo e, del progetto originale, Ettore era riuscito a salvare solo l'elegante capanno degli attrezzi, perché prima ancora che Ortu iniziasse a fare i lavori, lui lo aveva già ordinato nello sciccosissimo negozio di arredamento per esterni di via Brisa.

Il signor Ortu, che da subito aveva intuito l'inettitudine di Ettore, non si era limitato a realizzare l'orto, ma lo aveva anche avviato e curato nei cinque anni a seguire, garantendo così a Elena una meravigliosa e regolare fornitura di ortaggi. Questo era accaduto fino all'anno precedente quando una sera, a casa, cercando di evitare che il vassoio di seadas bollenti appena preparate dalla signora Ortu – perché tra loro così si chiamavano – precipitasse sulla testa del nipotino, era stupidamente inciampato, rovinando a terra e fratturandosi il femore. Ettore aveva così riacquisito il controllo della zappa e, calatosi nel ruolo, aveva preparato il terreno, strappato erbacce, zollato e concimato. O almeno ci aveva provato. E dopo aver lungamente studiato le fasi lunari, aveva pure seminato, pacciamato e innaffiato.

Il risultato, non all'altezza dell'impegno profuso, era stato obiettivamente un disastro. Il raccolto si era limitato a una carota. Bella e buonissima, ma singola. A conti fatti, praticamente un gioiello. Chiunque l'avrebbe inteso come un esplicito invito a lasciar perdere. Chiunque ma non Ettore che, sulla questione orto, sembrava aver perso la sua consueta lucidità.

Elena non ha intenzione di raggiungerlo. La loro casa di Pianello le piace molto, ma non ha alcuna voglia di giocare a fare la contadina. Su questo è sempre stata chiara con Ettore: lei il pollice verde sa di non averlo e, soprattutto, soffre di mal di schiena, quindi l'orto è l'ultima delle cose di cui intende occuparsi. Si mette a sedere sul letto e sprofondata nei cuscini digita il messaggio. Troppo da fare. Non vengo. Divertiti. Ci vediamo stasera a cena. Prima di inviarlo lo rilegge. Troppo comunicazione di servizio, pensa e – botta di romanticismo – aggiunge un Baci E. Poi si alza. Ormai l'occhio non riesce più a chiuderlo, tanto vale fare colazione.

Ma arrivata in cucina con l'obiettivo di un caffè doppio, i resti dello «spiazzo» della sera precedente la convincono che non è cosa. Fare colazione in mezzo alle lattine e agli avanzi di riso cantonese del figlio, dopo essere stata svegliata alle sette del mattino da un potente squillo di tromba del marito, non è il miglior modo per iniziare la domenica. Irritata con la parte maschile della famiglia, lascia tutto com'è, si veste, prende l'iPad e se ne va al bar a fare colazione e leggere i giornali.

## 2.

Per Elena la colazione al bar è una supercoccola, soprattutto da quando, tre anni prima, l'antipatica signora Bellotti, dopo la morte del marito pasticcere, aveva voluto disfarsi in fretta e furia dell'attività. A sorpresa, la storica pasticceria a venti metri da casa era stata rilevata da Hashim e Noor, una deliziosa giovane coppia egiziana in Italia da pochi anni. Lei dolce e bellissima, lui timido e silenzioso. La diffidenza iniziale del quartiere era stata palpabile. Ma come? Un caposaldo della pasticceria milanese nelle mani degli egiziani? Riempiranno le vetrine con quei loro dolcetti ipercalorici e appiccicosi di pasta fillo, pistacchi e miele... Tempo un paio di mesi e la coppia aveva conquistato non solo il quartiere, ma – grazie allo zampino di Elena – anche le pagine locali di uno dei quotidiani più importanti della città. Le loro brioche erano effettivamente divine – tra le migliori che Elena avesse mai mangiato –, per non parlare dei pasticcini, delle torte e del panettone con cioccolato e marron glacé. Hashim stava in laboratorio, mentre al bancone il sorriso di Noor illuminava le giornate di chiunque entrasse.

Chiunque a parte quel dogo argentino con la bava alla bocca che, sotto le mentite spoglie di una signora di mezza età, nel momento in cui Elena varca l'ingresso del bar-pasticceria, sta a gran voce insultando Noor. È fuori di sé perché, non vedendola uscire dal bagno dopo venti minuti, Noor aveva bussato e chiesto se tutto andava bene. Non ricevendo alcuna risposta, si era preoccupata e aveva aperto la porta del bagno con il passe-partout. Da lì il crollo di nervi della signora che, detto per inciso, non si capisce che cosa avesse mai fatto in bagno per venti lunghi minuti. A Elena è chiara l'inutilità del tentativo di calmarla con le armi della pacatezza e della ragione così come sta cercando di fare Noor: la molossoide andrebbe senza alcun dubbio abbattuta. Ma così facendo ci sarebbe poi la spiacevole conseguenza della chiusura della pasticceria e il dilagare dell'ennesima nube tossica genere «prima gli italiani».

«*Non litigare con uno arrabbiato*... questo detto di mio paese», le spiega dolcemente Noor. Ovviamente ha ragione lei. Saggezza mediorientale? Forse più semplicemente anni di allenamento. Una resilienza acquisita sul campo. O meglio, in coda. Ogniqualvolta era stato necessario rinnovare il permesso di soggiorno o chiedere un documento, Noor aveva imparato a non reagire alle provocazioni, ma a sorridere e a non nutrire la rabbia dei pitbull che, negli ultimi anni, sembravano essersi moltiplicati a Milano e in tutto il paese.

Dopo che, tra urla e strepiti, la signora se n'è andata sbattendo la porta – e senza aver pagato la consumazione, s'intende –, è tornata la tranquillità di sempre. Seduta al suo tavolo, circondata da cappuccino, spremuta e non una, bensì due brioche – l'amaro inizio di giornata va assolutamente riequilibrato, si è detta... –, Elena accende l'iPad e si mette a leggere i giornali.

La notizia dell'arresto di Piacenza è ovunque, ma evidentemente nessun collega è riuscito a risalire ai nomi dei ragazzi, perché chi li cita indica il tweet di Elena come fonte. Soddisfatta controlla il cellulare. Il suo vecchio caporedattore l'avrebbe chiamata entusiasta. Dallo squalo, ovviamente, nemmeno un cenno. Scorrendo i messaggi scopre però un WhatsApp che non aveva letto. È di Andrea ed è delle cinque del mattino: TOP! Grande. Scotti livido. Elena sorride. Il ragazzetto suo alleato? Le fa piacere che venga confermata la sensazione positiva che aveva avuto la sera precedente.

E questo non è niente! gli risponde mentre si avvia a casa, pronta a mettersi al lavoro sui materiali della figlia.

– E adesso? digita Andrea.

– E adesso, cosa?

– Come proseguo? Scotti vuole una storia…

Già. Il povero Andrea è lì in redazione con il terminator che gli soffia sul collo e non ha tempo da perdere, lui. Vuole storie. Meglio se con quel sapore un po' indecente da buco della serratura.

– Cerca l'appartamento dei due ragazzi

– Dove??? Giusto. L'indirizzo della mansarda Elena se l'era tenuto per sé.

– In via Lecco

– Numero?

– Ti piace la vita facile, eh? Scarpina, annusa l'aria, guardati intorno, controlla i citofoni…

– OK

– Poi, con molta discrezione, chiacchiera con chi potrebbe conoscerli: il barista, il vicino, l'edicolante… E vedrai quante stories riuscirai a fare!

– Grande idea!

– Chiamasi inchiesta…

## 3.

Come Elena aveva immaginato, la primogenita era riuscita a mettere assieme materiale sufficiente non per un esame, bensì per ben due tesi di dottorato. Per forza non riusciva a venirne a capo! Da chi aveva ereditato quell'ansia da prestazione che minava alle basi qualsiasi autostima e che a lungo andare l'avrebbe schiacciata? Elena si domanda dove aveva sbagliato. Forse dovrebbe riprendere gli incontri con il dottor Palughi, il suo caro spazzino dell'inconscio, così come lo aveva affettuosamente soprannominato per tutti i lunghi otto anni in cui, due volte a settimana, aveva varcato l'elegante portone di via San Siro con la stessa urgenza con cui l'assetato, perso nella vastità del deserto, cerca l'oasi. Sì, forse è il momento di tornare a farci due chiacchiere, pensa. Si ripromette di chiamarlo. Lunedì. O forse martedì. Con calma. Manca pure quella fatica lì. Perché, se lo ricorda bene, dietro quel portone c'era stato soprattutto un percorso di lacrime e disperazione per arrivare a quella benedetta oasi che, dopo essersi potuta abbeverare un attimo, si era rivelata un'illusione, un paradiso temporaneo esattamente come il bravo Palughi le aveva preannunciato. «Io non posso garantirle di essere felice, posso solo aiutarla a ritrovare gli strumenti che lei ha per stare a galla, sia quando il mare è calmo sia quando le onde invadono la sua barchetta.» Quando lo aveva riferito a Ettore, che per la psicoanalisi nutriva la stessa fiducia che riponeva nei terrapiattisti, lui le aveva suggerito di iscriversi a un corso per la patente nautica: la durata sarebbe stata certa (otto lezioni), il costo inferiore (quello di due paia di scarpe contro, minimo minimo, un monolocale affacciato su piazza Duomo) e sulle garanzie di galleggiamento non c'erano dubbi (effettivamente...). Elena aveva optato per il dottor Palughi. Ancora oggi non sapeva se l'aveva fatto perché irritata dalla supponenza di Ettore o perché soffriva il mal di mare...

# 4.

Dopo aver passato un paio d'ore tra lettura e taglia-e-incolla e aver inviato tutto ad Anna, Elena è pronta per rilassarsi. Il programma messo a punto prevede una maschera tonificante per viso, collo e contorno occhi da tenere in posa durante un lungo idromassaggio con sali del mar Morto.

Tutto troppo bello per essere vero. Non fa in tempo a riempire la vasca da bagno che il suo cellulare inizia a squillare. Guarda il display. Suo padre. Come può non rispondergli?

«Ciao papà. Come va?»

«...»

«Puoi parlare un po' più ad alta voce? Non capisco che dici...»

«Non voglio che mi senta», sussurra Mario.

«Chi? La mamma? È tornata? Te l'avevo detto che ci avrebbe ripen...»

«No no. Un UFO», risponde sempre sussurrando.

«Un UFO? Dove sei? Che succede?» chiede Elena allarmata.

«Sono chiuso in camera.»

«Scusa?»

«Stanotte mi sono svegliato per andare in bagno... perché sai, durante la notte io...»

«Papà, ti prego, vai avanti!»

«Be', insomma... sono uscito dalla camera e l'ho visto. Mi sono spaventato e mi sono chiuso qui, sperando se ne andasse. Ma è ancora di là. Lo sento muoversi.»

«Ma chi è? Da dove è arrivato?»

«Non lo so. Forse stanotte ho lasciato la finestra aperta...»

«Eddai papà, sarà un pipistrello! È successo anche a noi una vol...»

«Elena, pensi che non sappia riconoscere un pipistrello? Quella roba di là non è di questo pianeta!»

Ecco. Ci mancava solo il padre fuori di testa.

«È un disco volante. Ma non vola.»

«E cosa fa?»

«Si aggira rasente al pavimento...»

«...»

«Elena...»

«...»

«Elena, ti prego, non c'è niente da ridere!»

«Papà... Ma è il robottino!»

«Il robottino?!»

«È un aspirapolvere! La mamma l'avrà programmato e lui si è messo in moto! Non l'avevi mai visto?» chiede Elena, interrogandosi per l'ennesima volta su che tipo di vita conducevano i suoi genitori.

Da quando la madre se n'è andata di casa, si sta rendendo conto di quanto le loro vite fossero di fatto già piuttosto separate. Certo, che Mario e Margherita fossero molto diversi, che la mamma fosse un'esplosione di colori, un fiammifero in grado di illuminare una stanza (ma anche di darle fuoco se le cose non giravano come voleva lei) e che invece il papà fosse un misterioso e silenzioso lago dalle acque immobili e torbide, Elena aveva dovuto impararlo fin da piccolissima. Erano state però le dolorose sedute con il dottor Palughi a dar voce a quella fatica mai espressa, quella di dover capire – senza che mai qualcuno glielo avesse spiegato – quando cambiare registro e adattarsi agli sbalzi di temperatura di quella coppia che, nonostante personalità così difformi e desideri quasi agli antipodi, sembrava vivere felicemente assieme. Per molti anni Elena si era colpevolizzata e aveva attribuito a sue mancanze i silenzi del padre e gli scoppi d'ira della madre. C'era voluto il buon Palughi per iniziare a prendere a calci qualche chilo di sensi di colpa e vedere quanto fosse in realtà precario l'equilibrio del ménage costruito dai suoi genitori. Secondo il suo

PF – Personal Freud, l'altro nomignolo con cui per anni aveva soprannominato l'analista –, la coppia sembrava reggere su una tradizionale spartizione dei ruoli – il marito lavora e la moglie no – che garantiva ai due pochi incroci – cene, weekend e feste comandate – e ampi spazi di libertà individuale. Ma cosa sarebbe successo quando Mario fosse andato in pensione?

Già. Spiace dirlo, ma Palughi aveva avuto ragione.

Elena deve ammettere a sé stessa che negli ultimi anni aveva percepito una costante tensione a casa dei suoi genitori e soprattutto una crescente e malcelata insofferenza da parte di Margherita nei confronti del marito che, a sentire lei, «sciabattava per casa tutto il giorno» e «non la lasciava respirare». Ma non aveva voluto darci troppo peso, perché sapeva che affrontare quel disagio le sarebbe costato energia, tempo e fatica. Quel che non aveva previsto era la bomba a mano che la madre da lì a poco avrebbe lanciato e che l'avrebbe costretta – volente o nolente – a occuparsene...

«Papà, devi semplicemente spegnerlo. Poi cerchi le istruzioni e lo imposti come meglio credi», suggerisce piuttosto sbrigativa Elena che, risolto l'enigma dell'alieno, è convinta di poter iniziare il suo programma relax interrotto sul nascere.

Ma così non sarà.

Mario, infatti, non ha finito.

«Sai la mia Alfetta è vecchiotta...»

«Lo so papà, lo so...» conferma Elena mentre riprende a far scorrere l'acqua nella vasca da bagno.

«Devo tenerla in moto, se no le si arrugginiscono le ossa...»

Mario la prende alla larghissima, con un tono tra il lamentoso e il piagnucoloso. Il succo del discorso è che la domenica è la giornata del giretto dell'isolato in automobile. Aveva telefonato e provato a chiedere alla moglie – «Praticamente ex moglie, papà...» – se avesse voluto fare il giretto con lui e la risposta non era stata delle più cortesi – «"Piuttosto morta", ha detto...». Quindi non è che lei, Elena, andrebbe con lui? Potrebbero prima mangiare qualche cosa assieme e poi…

«…fare il giro dell'isolato», conclude sconsolata Elena che vorrebbe dire di no, ma impietosita dalla voce supplicante del padre, chiude il rubinetto dell'acqua e saluta definitivamente il programma relax.

## 5.

Quando arriva sotto casa del padre, Mario la sta già aspettando seduto nel posto di guida dell'Alfetta, con tanto di cappello in testa e braccia rigide sul volante. Margherita ha probabilmente ragione: è un pirla. Prima ancora di salire, Elena sa che sarà un'esperienza terrificante. E l'imbarazzante partenza con l'Alfetta che salta come un cavallo ancora da domare, le conferma che deve velocemente trovare un modo per uscirne viva.

«Papà, ma non avevamo detto che saremmo andati a pranzo?»

«Sì, vero, ma prima facciamo il giretto, no? Quando devo guidare mi si chiude tutto...»

«No no no. Non si guida a stomaco vuoto.» Elena non si domanda da dove le sia uscita quella cazzata, sa solo che deve riuscire a far rilassare Mario. E forse la trattoria milanese dietro l'angolo può fare al caso loro.

Seduta al tavolo di quella locanda un po' fuori dal tempo, onesta e di poche pretese, Elena si domanda da quanti anni lei e il padre non passano del tempo assieme, loro due soli. Sarà la bonarda che scende che è una meraviglia e scioglie le parole, ma da quanto non facevano delle vere chiacchiere, soverchiati come erano sempre stati dall'irruenza e dalla loquacità di Margherita?

«Sentito quanto è tenero questo ossobuco Elena?»

«L'avranno cucinato *sous vide*.»

«...»

«Sottovuoto, papà. Una tecnica riscoperta dai francesi

che permette di cucinare a una temperatura molto più bassa del normale.»

«Ah... Erano anni che volevo provare a mangiare qui, ma a tua madre i posti così non sono mai piaciuti.»

«Non abbastanza raffinato, eh?»

«Alla bonarda, lei ha sempre preferito lo champagne... Più frizzante, più vicino al cielo che alla terra...»

Elena sorride. Il padre è riuscito a fotografare non solo Margherita, ma anche l'essenza ultima del loro rapporto. Ed è evidente quanto, senza quelle bollicine, lui si senta perso e inutile. Stare a fianco a un vulcano ha impigrito la sua immaginazione e adesso non riesce a concepire di poter cambiare la sua routine. Va aiutato a reagire, a non chiudersi in casa...

«Perché non provi a sentire in comune se ci sono delle cooperative che coinvolgono i nonni? Hai sempre amato i bambini ed eri tanto bravo con Anna e Marco...»

«Ma figurati, Elena...»

«Perché no?»

«Cosa potrei mai fare?»

«Saresti un ottimo baby-sitter, per esempio. Potresti leggere le fiabe nelle scuole materne. Oppure aiutare i bambini delle elementari a fare i compiti, no?»

Mario scuote la testa. È perplesso e dubbioso, ma Elena sente che le sue parole non gli sono scivolate addosso e si augura che quel suggerimento lui provi a seguirlo. Nel frattempo le è venuta un'idea per trasformare l'inutile giretto dell'isolato nell'occasione per fargli fare un po' di pratica di guida e, allo stesso tempo, compiere il giro degli ospedali che aveva promesso alla madre.

Senza nominare Margherita e spacciando l'incombenza per un impegno necessario a un'inchiesta che sta conducendo per il giornale, Elena convince il padre a farle da autista per tutto il pomeriggio.

# 6.

La bonarda ha avuto l'effetto sperato. Mario si è rilassato e, a parte un paio di grattate al cambio e un semaforo bruciato per fortuna senza conseguenze, la guida ne ha tratto beneficio. Il primo pronto soccorso davanti al quale si fermano è quello dell'Istituto Ortopedico Gaetano Pini. Elena sa come muoversi: quante volte ha accompagnato Marco dopo uno scontro a calcio, una caduta in bici, un incidente in motorino? Entra e, con il piglio della reporter che-non-la-ferma-nessuno, s'infila nella sala invasa da varia umanità che, in barella o in sedia a rotelle, è in attesa da ore di fare la radiografia, l'ingessatura, o se va bene una semplice steccatura. Supera quel girone dantesco e con passo deciso s'infila nel corridoio, in fondo al quale individua il caporeparto che, lontano da occhi indiscreti, è intento a divorare un panino che ha tutta l'aria di non essere la merenda ma il pranzo. Implacabile e irrispettosa come solo i giornalisti convinti di essere in missione per conto di Dio riescono a essere, sfoggia il tesserino e chiede di fare una ricerca per capire se nelle ultime trentasei-quarantotto ore sia stato ricoverato un tale di nome Arcángel Blanco.

«Se ne vada.»

«Scusi?»

«Se ne vada.»

«Perché deve essere così scortese?»

«Privacy.»

«Scusi?»

«Ma non ve li fanno fare i corsi di aggiornamento?»

«...»

«Non lo sa che non siamo autorizzati a divulgare i nomi dei ricoverati?»

«La persona che sto cercando potrebbe essere in pericolo.»

«E allora vada alla polizia e mi lasci mangiare.»

«Non ha parenti. Io sono la persona più prossima che ha.»

«Si inventi una scusa migliore.»

«Eddai, si rilassi, le vado a prendere un caffè…»

«Non lo bevo.»

«Un tè?»

«Nemmeno.»

«Cosa posso…?»

«Se ne vada e non provi a infilarsi in qualche altro corridoio che chiamo la polizia.»

Ottimo inizio. Ha sbagliato approccio. Troppo diretta. Le toccherà tornare alla fine del giro sperando che nel frattempo sia cambiato il turno. Torna sui suoi passi per raggiungere il padre e proseguire il tour. Sta per uscire dal pronto soccorso quando si sente chiamare dalla guardiola degli infermieri.

«Signora Elena, venga che suo padre è qui con noi.»

Papà? Cosa gli è successo? È caduto? Svenuto? Ferito? Elena si precipita con il cuore in gola e scopre che lì si sta consumando una sorta di terapia di gruppo con tanto di tè pomeridiano, biscottini e dolcetti fatti in casa. Protagonista assoluto Mario che, circondato da quattro infermiere che a stento trattengono le lacrime, sta raccontando i dettagli del doloroso, incomprensibile e ingiusto abbandono subito.

«Papà…»

«Ecco qui il mio angelo custode!»

«Ma papà, che fai?»

«Stavo raccontando a queste gentili signore la mia storia.»

«Come è stato possibile che sua madre abbia potuto lasciare un uomo così per bene?»

«Non ha idea della perla che aveva a fianco…»

«Ma vedrai, Mario, che torna con il capino cosparso di cenere!»

«E tu, mi raccomando, niente. Non riprendertela in casa, eh!»

Un fan group. È bastata una bottiglia di bonarda e Mario ha iniziato a ritrovare l'uso della parola. Deve ricordarsi di regalargliene qualche cassa.

«Scusa papà, ma dovremmo proprio andare... Dobbiamo proseguire il nostro giro.»

«È vero. Quindi non hai trovato l'argentino?»

«Non esattamente. Non mi hanno dato notizie.»

«Perché?»

«Privacy, papà...»

«Ma forse queste carissime signore possono darci una mano, no?»

«Papà, lascia perdere.»

«Ma certo! Di cosa hai bisogno Mario?»

Insomma, la rigida tutela della privacy viene velocemente archiviata grazie a Mario e al fascino del pulcino bagnato che, ospedale dopo ospedale, pare riesca a esercitare nei confronti delle infermiere.

# 7.

Alla fine, il tour si rivela essere un buco nell'acqua – nessun ospedale ha tra i propri ricoverati il maestro di tango –, ma Elena è soddisfatta. La giornata è stata positiva. Grazie alla bonarda, l'Alfetta e l'assenza di Margherita, ha ritrovato suo padre. O meglio, l'ha potuto riscoprire. Quell'uomo che le era sempre apparso noioso, silenzioso e fuori fuoco, ha lasciato spazio a una natura socievole e disponibile, rivelando un padre voglioso di ascoltarla. La sua capacità di entrare in relazione con perfetti sconosciuti l'ha piacevolmente stupita. Chi l'avrebbe mai detto? Nel gioco di ruoli che aveva definito la sua famiglia, non era certo lui che aveva tessuto e mantenuto i rapporti sociali. Mario era il musone, l'uomo di pochissime parole che, dopo una giornata di lavoro, avrebbe volentieri passato tutta la serata davanti alla televisione. E che dire di quando poi era andato in pensione? Secondo Margherita era «invecchiato di cent'anni» e «non faceva altro che starle appiccicato come una cozza». A Elena era sembrato che il padre fosse diventato ancora più taciturno e chiuso nel suo mondo. Probabilmente era in comprensibile difficoltà e avrebbe solo avuto bisogno di essere accompagnato in quel passaggio, che a tutti gli effetti significava la fine di un capitolo della sua vita. Dopo aver dedicato oltre cinquant'anni al lavoro, nel quale probabilmente non aveva solo trovato soddisfazione ma anche rifugio, gli era venuto a mancare il terreno sotto i piedi e aveva goffamente provato ad aggrapparsi alla moglie. La quale aveva subito iniziato a boccheggiare. Un'altra donna avrebbe cercato di scendere a patti, ma non Margherita. Troppo abituata a mordere la vita e disegnare le proprie giornate in libertà, non è da lei rinunciare a inseguire le sue mille curiosità. Non l'ha mai fatto, figurarsi se inizia a ottanta anni...

Giunti sotto casa di Mario, Elena osserva il padre aprire il portone del palazzo, entrare e poi voltarsi per salutarla un'ultima volta: il volto è illuminato da un sorriso che lei non ricorda di avergli mai visto. Non glielo dirà, ma forse la decisione della moglie di andarsene potrebbe rivelarsi la sua fortuna. Certo, il vuoto creato dall'assenza di una donna dalla personalità così forte come quella di Margherita può essere un deserto le cui dimensioni possono paralizzare chiunque. Ma può anche essere un'opportunità. Gli anni che gli rimangono non saranno molti, ma potrebbe, per la prima volta, osare viverli in prima persona. All'inizio, probabilmente, non sarà facile, ma poi piano piano, se riuscirà a riconquistare un po' di sicurezza in sé stesso, ce la potrebbe fare.

Esattamente come quel giorno era accaduto con la guida dell'Alfetta.

## 8.

Elena è seduta nella Kangoo e sta per avviare tutte le procedure necessarie alla messa in moto, quando si ricorda che in trattoria, per evitare di essere disturbata mentre chiacchierava con il padre, aveva silenziato il cellulare e poi la giornata l'aveva assorbita a tal punto che se n'era completamente scordata. Lo prende in mano, scorre velocemente gli offesissimi WhatsApp della madre – Ti ricordo che ti aspettiamo da ieri... –, quelli telegrafici di Ettore – Torno tardi – e quelli paraculi di Marco – Mammina ti aspetto per cena, vero? ☺ – per poi andare curiosa a leggere il messaggio che Andrea le ha inviato qualche minuto prima.

– Visto le stories?

– No, digita Elena.

Andrea risponde immediatamente: possibile che quel ragazzo sia sempre attaccato al cellulare?, si domanda Elena, mentre digita la sua risposta.

– Lo sai che non sono social...

– Possiamo sentirci?

Elena avrebbe voglia di mettere in moto e andarsene a casa, ma quel ragazzo la intenerisce e allo stesso tempo la diverte. E poi, diciamocelo, è anche piuttosto curiosa di capire come se l'è cavata. Così, senza rispondere al messaggio, lo chiama.

«Quindi? Com'è andata?»

«Molto bene!» risponde Andrea con la voce eccitata, quella di chi ha affrontato un esame per il quale non era esattamente pronto, ma che alla fine ce l'ha fatta a passare, oltretutto alla grande.

«Hai avuto problemi?»
«Diciamo che non è stato semplicissimo.»
«Hai rintracciato il palazzo?»
«Sì. La mansarda sta al numero 2 di largo Fra Paolo Bellintani.»
«Quindi, non via Lecco…»
«No, ma nella piazzettina in fondo alla via. Il portone è a fianco a un piccolo winebar.»
«Dove immagino tu ti sia infilato…»
«Be', ho eseguito gli ordini… Ho perlustrato tutti i locali lì intorno.»
«Che da quelle parti non sono pochi, no?»
«Già… Potrò chiedere un rimborso spese al giornale?»
«Temo che il concetto stesso di rimborso spese non rientri nell'idea che Scotti ha di stage, ovvero un'esperienza a pagamento per chi la fa. Ma tu provaci. Anzi, ti do una dritta. Vai da Giulia. Vedrai che lei trova il modo.»
«Ok.»
«Quindi? Trovato informazioni interessanti?»
«Interessanti non direi, ma utili per fare un bel po' di stories sì.»
«Cioè?»
«Le solite cose… Il master alla Bocconi. Qualche stage non pagato. Due ragazzi tranquilli, gentili, simpatici. Molto attenti al look, vestiti sempre molto bene, con gusto.»
«Amici?»
«Tante conoscenze, ma tutte piuttosto superficiali. Molto socievoli, ma riservati. L'immagine è quella di una coppia che basta a sé stessa.»
«Altre cose?»
«Grande passione per i viaggi, soprattutto Oriente e Sudamerica, dove ogni tanto pare fantastichino di andarci a vivere…»
«Che c'è?» chiede Elena che sente Andrea tentennante.
«Solo una sensazione, niente di che.»
«Sputa il rospo, dai.»
«Ho come avuto l'impressione che i due vivano al di sopra delle loro possibilità.»

«Perché?»

«Mansarda in un palazzo molto bello, in una zona centrale e al momento molto ricercata e immagino con un affitto non proprio popolare. Viaggi oltreoceano, vestiti non Zara style...»

«Avranno alle spalle famiglie che probabilmente ancora li foraggiano, no?»

«Immagino di sì, perché altrimenti non so come potrebbero fare.»

«Giusto. Va verificato», lo sollecita Elena sempre più soddisfatta di quel ragazzetto.

«E come?»

«Sono certa che troverai il modo...»

# LUNEDÌ

# 1.

La colazione è il pasto preferito di Elena. Fosse per lei, vivrebbe in un hotel provenzale della catena Relais & Chateaux solo per poter iniziare la giornata con uno di quei magnifici buffet, che un paio di volte nella vita aveva avuto l'occasione di provare e dal quale Ettore l'aveva dovuta portare via a forza dopo che, in estasi per ore, aveva mangiato di tutto, dal salato al dolce.

Sono le otto del mattino e la cucina Donati-Parisi non è esattamente la sala da pranzo di un cinque stelle, ma Elena si sta comunque gustando la sua colazione mentre è immersa nella voce di Vasco – *Oh splendida giornata / Che comincia sempre con un'alba timida / Oh splendida giornata* – e nella lettura dei giornali, incurante del caos che la circonda, quello del lunedì mattina, dal quale sembra riuscire a isolarsi.

Marco è in partenza. Come al solito, rischia di perdere il treno. È in ritardo e, correndo tra cucina, sala e camera, si muove in modo scomposto raccogliendo la sua roba, sparsa per ogni dove, cercando contemporaneamente di mettere assieme il borsone per Bologna e mangiare quel che trova, preferibilmente le fette biscottate di Elena e il centrifugato del padre, quello che Ettore si è preparato e ha lasciato sul tavolo per poterselo gustare giusto prima di uscire.

Anche Ettore deve andare all'università. E la sua rigida routine mattiniera, quella che gli garantisce di poter iniziare la giornata sereno e di uscire senza dimenticare nulla, viene inevitabilmente infranta da quella scheggia impazzita che è il figlio.

L'equilibrio è fragilissimo. Di solito regge fino a quando Marco, dopo aver afferrato in rapida successione il cellulare sul tavolo, baciato Elena, rubato l'ultima fetta biscottata dalle mani della madre e salutato Ettore, esce.

È allora che Elena, senza smettere di leggere, comincia a fare il countdown.

Ettore, vestito di tutto punto e pronto per uscire, scopre con orrore che il suo centrifugato (dieci, nove...) e il suo cellulare sono scomparsi (otto, sette...). Più che nervosetto, prova a rintracciare il telefono nel disordine lasciato dal figlio (sei, cinque...). In preda all'ansia chiede a Elena di provare a chiamarlo per tentare di ritrovarlo (quattro, tre...). A quel punto Marco rientra affannato, Ettore lo guarda in cagnesco e senza dire una parola prende il cellulare squillante che il figlio gli allunga (due, uno...). Poi finalmente escono entrambi (zero...).

Quando la porta si chiude, Elena tira un sospiro, si prepara un nuovo caffè e controlla il cellulare per capire se Anna ha dato qualche segnale di vita. Niente. Sta per riprendere posizione a tavola quando lo squillo di tromba interrompe il silenzio appena conquistato. Guarda lo schermo.

Margherita.

Elena si rende conto di non averla più chiamata e ragguagliata sul nulla di fatto che era stato il giro tra gli ospedali della città. Se poco poco la conosce, la notizia non le farà piacere e chissà cosa s'inventerà adesso per rintracciare il maestro di tango che Elena sospetta essersi dato alla macchia, stremato dalla madre e dalle sue amiche.

Inspira profondamente e risponde.

«Mam...»

Ma non ce la fa a pronunciare parola.

Margherita la travolge. È concitata. Parla ad altissima voce. E in sottofondo si sentono imprecazioni e urla, tra le quali riconosce anche le voci delle sorelle Giuffrida. Che sta succedendo?

Elena a fatica capisce che sua madre è in strada, in via Settembrini, dove adesso abita, e che è sorto un problema con gli operatori dell'AMSA. Per il resto non riesce assolutamente a comprendere che cosa sia potuto accadere, ma le è chiaro che, vista l'età, se le tre vecchiette proseguono a urlare in quel modo, rischiano l'infarto.

In fretta e furia si veste, sale sulla Kangoo, che senza farsi pregare si mette in moto, e corre da loro.

## 2.

Via Settembrini è completamente bloccata. Impossibile arrivarci in auto. I tram non avanzano in nessuno dei due sensi di marcia ed è un concerto di clacson di auto, taxi e camion bloccati in coda. Un delirio che a cascata invade il dedalo di strade e viuzze circostanti, creando un ingorgo a un passo dalla stazione Centrale che nessuno si augura possa mai accadere, soprattutto il lunedì mattina, quando la «città del fare» si rimette malvolentieri in moto dopo gli stravizi del weekend.

Elena mette a tacere la voce della sua coscienza di cittadina civile, molla l'auto nel primo buco che trova e corre verso il camion dell'AMSA che sembra essere l'origine di quel caos.

In realtà l'occhio del ciclone è costituito da un paio di sacchi neri che due operatori ecologici, evidentemente stremati, vorrebbero rimuovere. Ma non possono. Perché tre signore piuttosto âgée vi sono tenacemente abbarbicate. Per l'esattezza, tre vecchiette di sua conoscenza. Urlanti. Come se le stessero scannando.

«Elenaaa!»

Ai due agenti, Russo e Cardone, nemmeno cinquant'anni in due, che a fatica sono riusciti a farsi strada fin lì, non sembra vero di individuare qualcuno che probabilmente quelle erinni le conosce. Perché a loro, arrivati a Milano solo da qualche mese, quelle tre signore fanno paura. Non sembrano avere nulla da spartire, se non forse l'età, con le nonne che hanno lasciato a San Nicola A Mare e che quel tipo di urla le emettono solo ai funerali. Mentre quella signora, che evidentemente si chiama Elena, ha tutta l'aria di essere pacata, in grado di dialogare come un normale essere umano.

«Scusate, ma voi le conoscete?»

«Ehm... sì. Mia madre e due sue amiche. Ottantenni.»

«Ottantenni?»

«Non si direbbe, eh?»

«Sempre così agitate stanno?»

«No no...»

«Bene. Vi preghiamo di seguirci e di aiutarci a comprendere che cosa è successo.»

La prima cosa che gli agenti suggeriscono è che le tre la smettano di urlare e parlare contemporaneamente perché così a loro è impossibile capire una sola parola. Senza alcun bisogno di consultazioni, Margherita – portavoce naturale del gruppo – inizia a raccontare.

«Il lunedì e il giovedì mattina c'è la raccolta dell'indifferenziata...»

«Scusate, com'è possibile?» chiede l'agente Russo, che tra i due sembra essere quello meno sul pezzo. «Io abito alla Bovisa e anche lì passa le stesse mattine. Secondo me vi sbagliate.»

«No, non si sbaglia», spiega uno dei due operatori ecologici che si sente chiamato in causa, «alcune zone di Milano condividono lo stesso calendario.»

«Anche perché Milano», spiega l'altro, «è divisa in nove zone e la nostra settimana lavorativa è fatta di sei giorni. Quindi...»

«Quindi...?» chiede candido l'agente Russo.

«Dico... mi sembra chiara la ragione della coincidenza, no?» insiste l'operatore ecologico

«Scusi agente se mi inserisco», si fa largo la Daria che quando sente parlare a sproposito di numeri e conti non ce la fa proprio a trattenersi, «non mi dica che lei è riuscito a ottenere la licenza elementare?»

«Be', sì certo: scuola Suor Antonietta della Lacrima. Scuola privata perché mia mamma diceva che le suore mi avrebbero seguito meglio. E infatti è vero. Certi sberloni...» risponde sereno l'agente Russo.

«E non gliene hanno dati abbastanza!»

«Scusate?!»

«Eddai, Daria, non essere troppo dura con questo giovanotto...» prova a suggerire la Carlina che conosce il carattere spigoloso della sorella.

«Troppo dura?! Ma hai sentito che capra? Non riesce nemmeno a capire perché, essendoci nove zone e sei giorni lavorativi, alcune zone di Milano devono condividere lo stesso calendario AMSA!» prosegue impietosa la Daria.

«Se le zone fossero sei non ci sarebbe questo problema, capisci Russo?» spiega l'agente Cardone, tentando di riportare un clima di serenità

«See... Bisognerebbe verificare», insiste cocciutamente l'agente Russo.

«Sta scherzando vero?» chiede la Daria, donna di pochissima pazienza.

«Vogliamo andare avanti a lungo con questa interessantissima questione o posso proseguire? *Perché a furia de tirarla, porca Peppa, anca ona bona corda la se sceppa...*» chiede stizzita Margherita che difficilmente tollera di non essere al centro dell'attenzione, figurarsi in questo caso che la vede di diritto protagonista assoluta. «Dicevo... Il lunedì e il giovedì mattina c'è la raccolta dell'indifferenziata e, normalmente, la sera precedente le sorelle Giuffrida portano i sacchi nel locale adibito alla raccolta rifiuti, perché così il portinaio ha il tempo di raggrupparli e metterli in strada il mattino successivo alle cinque...»

«Tutto molto interessante mam...» tenta di stringere Elena.

«...ma ieri sera non ce l'abbiamo fatta.»

«Perché?» chiedono all'unisono Elena, i due agenti e gli operatori AMSA.

«Perché abbiamo fatto *binge watching...*»

«*Binge watching?* Ma mamma dove hai imparato...»

«Signora Elena, ma voi siete sicura che vostra madre ha ottant'anni?» chiede l'agente Cardone.

«Massì, certo.»

«Eh, mio padre l'ha sempre detto che le donne del Nord sono di un'altra pasta...» commenta l'agente Russo.

«Che carino!» interviene la Carlina ancora in pena per quel ragazzo.

«Grande uomo e grande esempio per me e i miei fratelli.»

«Immagino che la formulazione di tale complessa e sofisticata teoria abbia implicato un approfondito lavoro di ricerca, vero?» domanda acida la Daria che con quell'agente sente di avere ancora molto in sospeso.

«Eddai, Darietta, lascia perdere...» sussurra la Carlina nel tentativo di rabbonire la sorella.

«No, una vera e propria ricerca no... Purtroppo mio padre non ha potuto studiare. Peccato perché lui la testa ce l'avrebbe avuta, ma a casa i soldi non ci stavano. Al Nord è venuto a fare il militare. Alpino. A Dobbiaco è finito. E lì ha conosciuto la pasta delle donne nordiche. Ma più di questo non so, perché mamma del Nord non ne ha mai voluto sentir parlare... Pensate che quando ho avuto notizia di dover partire per Milano, s'è sentita male.»

«Santadonnamadredolcissima, veramente? E adesso come sta?» chiede la Carlina, facendosi ossessivamente il segno della croce.

«Adesso sta meglio. Mi chiama tutti i giorni e ogni settimana mi manda un bel pacco da casa...»

«Scusate, ma possiamo procedere? Prima o poi noi dovremmo riuscire a spostare il mezzo e proseguire il giro...» intervengono i due operatori sempre lì in attesa di poter fare il loro lavoro.

«Proseguite, signora Margherita.»

«Finalmente! Dicevo... ieri notte abbiamo fatto molto tardi vedendo *Criminal Minds.*»

Morale della favola: non avevano portato giù l'immondizia. Troppo stanche, avevano deciso di rimandare l'incombenza alla mattina successiva, prima che passasse il camion – «che tanto prima delle otto non viene mai». E così avevano fatto. Peccato che quando la mattina erano scese avevano notato, non lontano dal cumulo di rifiuti del condominio, i due sacchi neri, lì appena giù dal marciapiede, incastrati tra due auto parcheggiate...

«Ma è dal 2012 che a Milano non si possono più usare i sacchi neri...» sottolinea uno degli addetti AMSA.

«Appunto! È esattamente quel che abbiamo pensato anche noi.»

Le tre signore, dotate sì di un elevato senso civico, ma soprattutto di un inesauribile desiderio di redarguire quel *vöia de laurà saltum adoss* del loro portinaio, avevano marciato fino alla guardiola del poveretto e bruscamente gli avevano chiesto perché avesse utilizzato i sacchi neri: non lo sapeva che così facendo rischiava di far prendere una multa ai condomini? E, soprattutto, era quello il modo di sistemare i rifiuti? Un po' sul marciapiede e un po' per strada? L'uomo aveva risposto che quei due sacchi non erano affari suoi. Erano lì già sabato mattina. Li aveva visti quando aveva fatto la pulizia settimanale del marciapiede, ma aveva pensato che qualcuno li avesse lasciati lì per poi portarseli via. Finito di pulire, se n'era andato fuori città perché – come le signore ben sapevano – da mezzogiorno del sabato fino al lunedì mattina lui è libero. Quando quella mattina alle cinque aveva preparato i rifiuti del palazzo, i sacchi erano ancora lì. Li aveva visti, ma – aveva ribadito alle tre signore – non erano affari suoi, ci avrebbero pensato quelli dell'AMSA, no? Oltretutto lui a quell'ora aveva ancora la colazione da fare e la macchinetta del caffè era sul fuoco che l'attendeva. Quindi se n'era andato in portineria e ai due sacchi non aveva più pensato, «con tutto il da fare che ho in questo condominio, manca solo che mi occupi di quel che trovo in strada», aveva concluso pochissimo cortese.

«Un povero *ciula*», sentenzia Margherita.

«Scusate se mi permetto», interviene l'agente Cardone, «ma voi signore, i due sacchi non li avete proprio visti tra sabato e domenica?»

«No», rispondono in coro.

«E com'è possibile, mamma? Vuoi dirmi che l'agenzia-investigativa-nulla-sfugge sta perdendo il suo smalto?» chiede ironica Elena.

«Come ben sai, per noi sono stati giorni molto difficili...» inizia a spiegare la Daria.

«Non ci siamo proprio mosse da casa», piagnucola la Carlina.

«Speravamo che Arcángel si facesse vivo», conclude Margherita scuotendo la testa.

«Arcángel?» sussurra l'agente Cardone all'orecchio di Elena che, inorridita all'idea che quella storia possa montare come la panna, gli fa cenno di lasciar perdere.

«Ma quando stamattina abbiamo visto i due sacchi e abbiamo saputo che erano lì da un paio di giorni, non abbiamo perso tempo», riprende le fila del racconto Margherita.

«Abbiamo subito voluto vederci chiaro», spiega la Carlina.

«Quei due sacchi ci avevano insospettito», sottolinea la Daria tutta impettita.

«*Perché a pensà mal se fa maal, ma se sbaglia mai...*» annuisce Margherita con tono cospiratorio.

«Due sacchi neri lasciati da un condomino poco rispettoso delle regole e voi vi insospettite? Secondo me, a furia di vedere serie truculente, vi siete bevute il cervello», sospira Elena sconsolata.

Le vecchiette avevano quindi tentato di spostare i due sacchi per avvicinarli ai rifiuti del condominio e poterne esaminare il contenuto, ma il peso aveva reso l'impresa impossibile. Allora li avevano aperti e avevano potuto semplicemente intravedere due trolley prima che un odore nauseabondo le investisse e confermasse i loro sospetti.

«Perché, come tutti sanno, i cadaveri vengono sempre chiusi nei trolley», conclude piuttosto seccata Margherita.

«Veramente?» chiede incuriosito l'agente Russo.

«Come in quella puntata di *Narcos*, ricorda?»

«No, Carlina, lì il cadavere non era nel trolley ma nel bagagliaio», la corregge la Daria.

«Allora forse era in *Breaking Bad*...»

«No, ti sbagli: lì veniva sciolto nell'acido», precisa la Daria che non avrà un carattere facile, ma in quanto a memoria non è seconda a nessuno.

«È vero, hai ragione... Non è che mi stia venendo l'Alzheimer?»

«Ma no, tranquilla», s'inserisce Margherita che vorrebbe riprendere il suo racconto. «Agente, non mi deluda... lo sa anche lei che i cadaveri nel trolley sono un classico.»

«Giusto...» annuisce Russo, mentre Cardone volge lo sguardo al cielo nella speranza che, in quell'esatto momento, un'astronave aliena lo rapisca e lo sollevi da quell'insopportabile strazio. Purtroppo il cielo è terso senza l'ombra di una nuvola e men che meno di un bel disco volante con tanto di extraterrestri compiacenti.

«Ma per favore! Voi siete veramente matte...» esplode Elena.

«E quindi? Che è successo?» chiede l'agente Cardone che, vista l'assenza di un aiuto extraterrestre, desidera solo uscirne in fretta per poter fare due chiacchiere in separata sede con quel cretino di Russo.

Allora era accaduto che Margherita e le sorelle Giuffrida avevano tentato di estrarre i due trolley dai sacchi neri per vedere cosa contenessero, ma in quel momento era arrivato il camion e lì era iniziata la lite. Gli addetti dell'AMSA non avevano permesso loro di tenersi i due sacchi e avevano insistito perché se ne andassero. Allora, le due sorelle Giuffrida, superando stoicamente la loro naturale avversione per tutto ciò che non fosse più che pulito, vi si erano arpionate mentre Margherita aveva chiamato prima la polizia, poi Elena e infine si era messa a urlare per cercare di attirare l'attenzione ed evitare che i due energumeni le spostassero da lì.

Perché tutte e tre sono certe, anzi certissime, che lì dentro ci sia il loro Arcángel.

«Arcángel?! Di nuovo?» sbotta questa volta l'agente Cardone.

A quel punto Elena capisce che deve intervenire. Fa un cenno ai due agenti. Vuole parlargli in privato, lontano dalle vecchiette.

«Ma chi è questo Arcangelo? Non l'ho mai visto in *Criminal Min...*»

«Russo, statti zitto!» interviene Cardone ormai al limite della sopportazione.

«Ma chi volete che sia! Frutto di una fantasia che si nutre di serie *crime*... I problemi, qui, sono altri!» improvvisa Elena che non ha assolutamente voglia di sollecitare l'interesse degli agenti sull'ipotesi della scomparsa del maestro di tango.

«Scusate, ma noi dobbiamo darci una mossa e riprendere il giro...» Gli operatori AMSA friggono.

«Ecco, quello che intendevo dire», spiega Elena. «L'AMSA deve poter fare il proprio lavoro e il milanese imbruttito deve riprendere a circolare. Quindi, per favore, recuperiamo questi benedetti trolley e apriamoli davanti alle signore, perché se no quelle tre da lì non si schiodano.»

L'agente Cardone è poco convinto, ma gli è chiaro che lì Elena è l'unica di cui fidarsi e quindi acconsente.

Ma non appena i due operatori dell'AMSA liberano a fatica le due valigie dai sacchi, gli agenti Russo e Cardone, che pur avendo poca esperienza la morte l'hanno già annusata, capiscono che lì dentro effettivamente qualcosa di sospetto c'è. L'odore è inconfondibile – «Cardone lo senti? Uguale uguale alla puzza di quando zio Giggino ammazza 'o maiale» – e i due trolley sono pesantissimi. Lentamente fanno scorrere la zip, fino ad aprire un angolo di una delle due valigie, sperando che il sospetto non venga confermato, che la fantasia malata delle tre vecchiette abbia tarantolato anche loro e che quel lunedì mattina non inizi così. Ma quel che intravedono gli fa capire di dover bloccare tutto, chiamare il magistrato, la Scientifica, mandare via le persone e proteggere il luogo del ritrovamento. A Elena è bastato vedere il repentino cambio di colore dei loro volti per trovare la determinazione per zittire Margherita e spedirla assieme alle sue amiche a casa: rimarrà lei e, appena possibile, le ragguaglierà su tutto.

## 3.

Il magistrato Capelli, cinquantanove anni portati malissimo, è un uomo che ha perso le coordinate della vita. Era riuscito a tener botta all'overdose del fratello minore e alla rapida morte in successione dei genitori. Matteo era il loro preferito e il cuore non aveva retto. Lui? Lui aveva l'amore della sua vita, Marina, e se la sarebbe cavata, come sempre aveva fatto. Peccato che la moglie, dopo meno di sei mesi, avesse deciso che un fantasma non era esattamente quello che faceva per lei. Molto meglio l'istruttore di acquabike che, il lunedì mattina negli spogliatoi della piscina di piazzale Bacone, riusciva a farla sentire viva. E siccome Marina era una donna che della propria sincerità si era sempre fatta vanto, aveva pensato bene di non lasciare dietro di sé alcun dubbio: aveva confessato al marito il tradimento, descrivendoglielo per filo e per segno affinché lui non potesse affidare nulla alla fantasia e, soprattutto, farsi delle inutili illusioni. Poi aveva fatto le valigie e se n'era andata. Da quel giorno erano passati sei mesi e da allora il magistrato Capelli viveva in apnea. Prima o poi riprenderà a respirare. Ma non si sa se e quando.

Quando mette piede in via Settembrini, non si aspetta di trovarvi già una giornalista. Per fortuna si tratta della Donati. Una della vecchia guardia, una che il mestiere lo conosce e non romperà i coglioni come quelle sgallettate che scrivono su qualche cazzo di blog, non hanno idea del tuo e del proprio lavoro e l'unica cosa che hanno imparato è piazzarti il cellulare sotto il naso e filmare in nome di una fantomatica trasparenza del potere. Potesse le asfalterebbe.

La democrazia e il pianeta tutto gliene sarebbero grati, ne è certo.

Bibì e Bibò, i due agenti di cui Capelli non riesce a memorizzare il nome, hanno fatto inaspettatamente un buon lavoro. L'area è stata transennata e protetta da teli che impediscono ai passanti di curiosare. Un camion dell'AMSA è parcheggiato malamente sul marciapiede, impedendo l'accesso ai pedoni, ma liberando al traffico quell'arteria fondamentale per la viabilità cittadina. La Scientifica è già al lavoro.

«Buongiorno, dottor Capelli, possiamo scambiare due parole?»

«Buongiorno, Donati. Che vuole sapere?»

«Sempre così diretto?»

«Risparmio tempo, mi conosce.»

«Mi conferma che nei trolley ci sono i resti di un uomo?»

«Donati, per favore, questo mestiere lo conosce quanto me. Sono appena arrivato e secondo lei posso confermarle una cosa di cui ancora non so nulla?»

«Le valigie emanano un odoraccio...»

«Come sempre i rifiuti fanno...»

«Suvvia, dottor Capelli, non mi prenda in giro...»

«Lei ha avuto riscontri dalla Scientifica di cui non sono a conoscenza?»

«Ovviamente no. Ma ho notato la fatica necessaria a sollevare i due trolley, colto lo scambio di sguardi tra i due agenti e l'improvviso cambio del loro atteggiamento. E poi ho intravisto il contenuto... sacchetti evidentemente macchiati di sangue.»

«Intravisto?»

«Be', sì... Quando i suoi agenti hanno aperto una delle due valigie... ho sbirciato.»

«Proprio due campioni in fatto di discrezione, 'sti benedetti Bibì e Bibò.»

«Chi scusi?»

«Lasciamo perdere... Comunque, allo stato attuale potrebbe essere qualsiasi cosa. Gli avanzi di una festa di paintball. Un animale fatto a pezzi. Un carico di filetti andati a male.»

«Un uomo macellato.»

«Sì, anche un uomo macellato. Ma per ora io non le confermo assolutamente nulla.»

L'elegante scambio viene interrotto da Russo che arriva correndo in modo piuttosto disarticolato.

«Dotto', venite a vedere che macelleria... Martelli, pinze, seghe, guanti, asciugamani inzuppati di san...»

«Agente, perché già che c'è non chiama l'ANSA e la *Vita in diretta*?»

«Dotto', volentieri! Se mi date i nume...»

«Ma che dici, Russo? *Vattinne* e statti zitto!» Capelli lo sapeva. Aveva sopravvalutato uno dei due agenti. Russo. Quello sveglio era l'altro. Cardone. Molto prezioso. Meglio non perderlo di vista. E tenere lontano quell'altro. Molto lontano.

# 4.

«Quindi? Che cosa è successo? Come hai potuto cacciarci? Quelli sono i nostri trolley! Li abbiamo trovati noi! E quello è il nostro maestro! Il nostro caso!»

Le sorelle Giuffrida sono chiuse nella doccia per cercare di togliersi di dosso l'odore della strada. Margherita, invece, è una leonessa in gabbia che schiuma rabbia. Non si capisce se preoccupata per quella che secondo lei sembra essere stata la sorte di Arcángel Blanco o perché estromessa dal palcoscenico. Ma Elena non ha né tempo né voglia per occuparsi del narcisismo di sua madre. Ha la testa altrove. Vuole correre in redazione. Deve parlare con Scotti. Concordare con lui come impostare la copertura della notizia. Quello è il suo caso, non c'è dubbio. Certo, avrà bisogno di un aiuto. Magari può chiedergli di farsi affiancare da Andrea. Insomma, deve velocemente andarsene.

«O mamma, piantala di fare la bambina viziata!»

«Scusa?»

«Hai capito benissimo. Devi smetterla di comportarti come se tu fossi sempre il centro dell'universo.»

«...»

«Quelli non sono i tuoi trolley, quello non è assolutamente detto che sia il vostro maestro!»

«...»

«Non sappiamo ancora che cosa ci sia dentro!»

«...»

«C'è la Scientifica, la polizia, le indagini... Insomma, ci sono dei tempi che non dipendono né da me né da te.»

«...»

«Adesso vado al giornale. Seguirò la cosa e, te lo prometto, ti terrò aggiornata. Voi sarete le prime ad avere qualsiasi notizia.»

«...»

«E per favore, fatti una doccia anche tu perché puzzi!»

# 5.

«Di nuovooo?!?»

Scotti è paonazzo e le sue urla scuotono l'intera redazione. Anche questa volta, l'incontro con il nuovo capo non è andato come Elena aveva previsto. Giulia aveva tentato di intercettarla per avvertirla che lo stronzo oggi era ancora più stronzo del solito e che era il caso di girare molto al largo, ma non ce l'aveva fatta. Perché Elena, convinta di avere un asso da calare sulla scrivania dello Scotti, era entrata a grandi falcate e senza alcun tentennamento si era diretta verso l'ufficio dello squalo che, appena l'aveva vista, le aveva gelidamente ricordato che lei non aveva alcun obbligo di presenza e che qualsiasi comunicazione poteva avvenire via cellulare, e-mail, SMS o WhatsApp. Poi, dopo aver ascoltato il resoconto di Elena, era esploso.

«Di nuovooo?!?»

«Scusa, di nuovo, esattamente cosa?»

«E me lo chiedi pureee?!»

«Be', sì...»

«Non hai usato il tuo cazzo di smartphooone!»

«...»

«Non hai fatto una diretta Faceboook...»

«Ma...»

«Né una diretta Twitteeer!!!»

«Ma non è eticamente corretto.»

«Scusa?»

«Non si sa ancora nulla, la Scientifica è ancora al lavoro.»

«Scusa?»

«Rischiamo di dare una falsa notizia.»

«Scusa?»

«Potremmo spargere il panico.»

«Caz-za-te! Queste sono cazzateee!»

«...»

«Andreaaa!»

Tempo un nanosecondo e il giovane Maestri plana nell'ufficio di Scotti. Il poveretto non osa guardare Elena negli occhi. Ha sentito le urla e la situazione gli è chiarissima.

«Fatti passare le consegne dalla Donati e segui tu questa cosa.»

«Ma, veramente, io no so se...» balbetta Andrea.

«Il ragazzo non ha sufficiente esperienza per seguire un caso di omicidio, lo sa anche lui», implora Elena.

«Maneggia social e tecnologia meglio di un hacker», taglia corto Scotti.

«Ma non basta...»

«Donati, fidati. Basta e avanza.»

Elena è a pezzi. Vorrebbe replicare, ma non ce la fa. Sarà il momento per lei così faticoso che la rende più fragile, oppure sarà perché è cresciuta non sentendosi mai abbastanza – abbastanza brava, bella, intelligente, brillante, interessante, coraggiosa, intraprendente... –, fatto sta che a cinquant'anni più che abbondanti, nonostante secoli di analisi freudiana e oltre vent'anni di mestiere, la violenza e l'arroganza verbale di quell'uomo riescono a schiacciarla.

Scotti l'ha nuovamente umiliata davanti a tutta la redazione. Le ha impedito di seguire il caso che lei ha scoperto, e l'ha affidato a un ragazzetto che non può nemmeno odiare.

Quanto le mancano il suo collega Luca, che con le sue merendine al cioccolato trovava sempre il modo per placarle le crisi di ansia da prestazione – ecco da chi ha preso Anna! – e il vecchio caporedattore Bazzo, che con la sua fiducia era sempre riuscito a sopperire all'assenza di quella di Elena. L'unica cosa che vorrebbe fare è scomparire. Adesso. Subito.

E, miracolo, lo squillo di tromba del suo cellulare irrompe nell'ufficio di Scotti e gliene offre la scusa.

# 6.

«Elena?»
«Mamma…»
«Dove sei?»
«In redazione. Te l'avevo detto che sarei venu…»
«Novità?»
«Mamma… sono appena arrivata! Che novità vuoi che ab…»
«Ha chiamato il magistrato.»
«…»
«Dobbiamo andare a fare la deposizione.»
«…»
«Ho chiamato Mario per sentire se ci dava un passaggio, e sai *quel bigul de l'osti* cosa mi ha detto?»
«Cosa ti ha detto?»
«Neanche morto. Un cafone, no?»
«Be', mamma chi la fa…»
«Scusa? Cosa hai detto?»
«Niente…»
«Quindi?»
«Quindi, cosa?»
«Ci accompagni tu?»
Ovvio che sì. Che altro potrebbe fare? E, comunque, pur di togliersi da quella redazione, farebbe veramente qualsiasi cosa.

# 7.

«Chissà che cosa gli è successo...»
«Un signore tanto per bene...»
«Così elegante...»
«Forse un po' troppo...»
«Per un uomo, ma non per un fru-fru come lui.»
«Perché fru-fru? È un artista!»
«Chissà in che guaio si è messo per finire così.»
«Vi ricordate quell'episodio di *Criminal Minds* in cui...»

In auto, Margherita e le sorelle Giuffrida, pettinate, profumate e vestite con gli abiti della domenica, non stanno zitte un attimo. Blaterano senza sosta. Fanno congetture e collegamenti strampalati tra Arcángel Blanco, i trolley e *Criminal Minds*. Elena le ascolta distratta. Qualche brandello di discorso lo registra pure, ma è concentrata su altro. Sta pensando alle urla di Scotti, all'ennesima umiliazione subita, alla «sua» redazione, al messaggino di Andrea – Chiama! –, al suo futuro lavorativo che appare sempre più incerto e a quel caso che non può permettersi di mollare. Forse è per questo motivo che ha accettato di accompagnare le tre vecchiette in questura. Per ora, sono l'unico gancio che ha con il magistrato Capelli e, in attesa di capire come muoversi senza incappare in Scotti, non intende perderlo.

Salendo le scale per raggiungere l'ufficio del magistrato, Elena istruisce le tre signore visibilmente su di giri, neanche fossero state invitate alla prima della Scala.

«Mi raccomando: dimenticate *Criminal Minds* e attenetevi ai fatti!»

«È quello che dice sempre Lizzie a Red, vero Margherita?» chiede la Carlina

«Lizzie? Red? Chi sono?»

«Elena, ma dove vivi? Non conosci Elizabeth Keen e Raymond Reddington? Lei lavora all'FBI e lui è...»

«Mamma, basta! Vi ho appena pregato di dimenticare *Criminal Minds.*»

«Scusa, Elena, ma tua madre si riferisce a *The Blacklist*, un'altra serie americana molto molto bella», spiega serissima la Daria.

«Vogliamo continuare?»

«Va bene, dai, Elena. Ci atterremo ai fatti», promette sbuffando Margherita.

«Esatto. Quel che al magistrato interessa è esclusivamente ciò che è avvenuto stamattina o quello che potreste aver sentito ieri sera.»

«Ma cosa vuoi che avremmo mai potuto sentire? La Carlina è sorda e dobbiamo tenere il volume altissimo...»

# 8.

Quando, dopo quattro ore, la porta dell'ufficio di Capelli si apre, Elena capisce che l'incontro deve essere stato impegnativo. Non certo per le vecchiette che, se possibile, sono ancora più pimpanti di quando erano entrate. È l'aspetto dell'agente Cardone, o meglio, di quello che una volta era l'agente Cardone e che adesso ne è la pallida e prostrata fotografia, che la preoccupa.

«Dottoressa Donati, il magistrato vorrebbe scambiare due chiacchiere con lei», le sussurra in un orecchio.

«Sì, certo. Le signore possono nel frattempo aspettare qui?»

L'agente ha uno sbandamento. Lo salva una sagoma che s'intravede in fondo al corridoio e che si sta dirigendo verso di loro.

«Non si preoccupi, le lascio in compagnia del mio collega. L'agente Russo che, se non sbaglio, ha incontrato stamattina. Sono certo che le signore si troveranno benissimo.»

«Credo anch'io», sussurra tra sé e sé Elena mentre osserva le tre vecchiette che, chi scodinzolando come la Carlina, chi borbottando come la Daria e chi facendo gli occhi dolci come Margherita, si avviano verso l'agente Russo che, contrariamente a qualsiasi essere umano in grado di intendere e volere, si illumina di gioia appena le vede.

«Signore! Proprio a voi pensavo...»

«Veramente?» domanda Margherita seduttiva.

«Mi domandavo, cos'era esattamente quella storia dell'acido che avete raccontato stamattina?»

«Ah, sì… Quando Walter e Jesse devono sbarazzarsi di una coppia di spacciatori…» inizia a raccontare la Carlina

«…Jesse, che è un asino esattamente come lei e che di chimica non capisce assolutamente nulla, non dà retta al professor Walter, non prende il contenitore di plastica…» la interrompe la Daria che considera suo ambito esclusivo tutto ciò che ha a che fare con l'universo matematico-scientifico.

«E versa l'acido fluoridrico nella vasca da bagno! Così facendo…» prosegue la Carlina che per una volta sembra non avere alcuna intenzione di lasciarsi rubare il palcoscenico dalla sorella.

«Perché nella vasca da bagno? Chi sono Walter e Jesse? E perché non chiamano la polizia per liberarsi dei due spacciatori?»

«Agente Russo, lei ha perfettamente ragione! Le ragazze l'hanno confusa… Lasci che le spieghi tutto io. Ci accompagni a un bar dove possiamo sederci e bere un caffè», s'inserisce Margherita, prendendo l'agente sottobraccio e dirigendosi verso l'uscita facendo la ruota come un pavone.

# 9.

«Dottor Capelli, mi voleva vedere?»
«Dottoressa Donati, lei mi deve aiutare.»
«Se posso.»
«Deve.»
«Devo?»
«Me le deve tenere lontane, molto lontane.»
«Chi?»
«Non faccia finta di non capire!»
«Le tre...»
«...rompicazzo. Sì, esattamente loro.»
«...»
«E mi faccia il favore di togliere loro dalla testa l'idea che quel benedetto maestro di tango...»
«Arcángel?»
«Sì, Blanco, lui, l'argentino, il galante settantenne tanto per bene e un po' frufru...»
«Frufru?!»
«Senta, non ci si metta pure lei. Ho passato quattro ore con quelle tre pazze e sono piuttosto provato.»
«Oki, mi scusi. Quindi, cosa devo togliere loro dalla testa?»
«Ecco, vede? Mi ha fatto perdere il filo...»
«Scusi.»
«Deve togliere loro dalla testa che i trolley abbiano qualcosa a che fare con lui.»
«Perché, non ce l'hanno?»
«Sicuramente no!»

«Come fa a esserne così certo? Avete già identificato il corpo?»
«Che corpo? Donati non corra, la prego!»
«Io le posso promettere di tenere a bada le tre megere, ma dobbiamo fare un patto...»
«Cosa vuole?»
«Qualche aggiornamento off the record...»
«Non le sembra di chiedere troppo?»
«Vuole che apra le gabbie?»
«Donati, la prego... Mi conosce da anni. Sa come lavoro. Sa che da questo ufficio non è mai uscita un'indiscrezione...»
«E non uscirà. Anche lei mi conosce da anni. Qualsiasi cosa scriverò sarà frutto del mio lavoro o della mia fantasia, ma avrò bisogno di un suo aiutino...»
«Lei però quelle tre non me le farà più vedere, vero?»
«Nemmeno in fotografia.»
«Lo giuri.»
«Lo giuro.»
«Quindi?»
«Le dirò quel che penso e lei scuoterà o annuirà con il capo, oki?»
«Lei vede troppi telefilm, come sua madre e le sue amiche.»
«Apro le gabbie?»
«No, vabbè, proceda.»
«Nei trolley c'è un corpo.»
Capelli annuisce.
«A pezzi.»
Annuisce.
«Donna?»
Capelli scuote il capo.
«Uomo.»
Annuisce.
«Età?»
Capelli alza gli occhi al cielo.
«Okay. Troppo presto per dirlo.»
Annuisce.

«La Scientifica lo ha già identificato.»
Il magistrato scuote il capo.
«La Scientifica sta lavorando.»
Annuisce.
«Il lavoro sarà molto lungo.»
Annuisce.
«Perché il corpo è a pezzi.»
Annuisce.
«...e molto martoriato.»
Annuisce.
«Però le impronte digitali possono portare alla risoluzione del mistero.»
Il magistrato scuote la testa.
«Le impronte non sono in archivio.»
Scuote.
«Le impronte sono in archivio.»
Scuote.
«Le impronte...»
Il magistrato stringe gli occhi e annuisce con il capo come per aiutare Elena a formulare un'ipotesi inimmaginabile.
«...non ci sono proprio.»
Annuisce.
«Incensurato.»
Capelli alza gli occhi al cielo.
«Torniamo alle impronte che non ci sono...»
Annuisce.
«I polpastrelli non ci sono.»
Scuote.
«I polpastrelli sono bruciati.»
Annuisce.
«E la testa... pure.»
Annuisce.
«La testa è irriconoscibile.»
Annuisce.
«Cazzo.»
Capelli scuote la testa.
«No, mi scusi, era solo un'imprecazione!»
Annuisce.

«Denti?»

«Pochi», rivela il magistrato che vorrebbe chiudere velocemente questo strazio di conversazione.

«Quindi, ci vorrà un po' di tempo prima di riuscire a risalire all'identità del morto.»

Annuisce.

«Scusi, ma se le tre vecchiette non avessero fatto tutta quella scena, adesso i due trolley sarebbero già in fumo?»

«Direi di sì.»

«Quindi matte, ma...»

«Casualmente utili. E adesso, se permette, dovrei riprendere a lavorare!»

«Certo. Ancora una domanda.»

«...»

«Come fa a essere sicuro che nel trolley non ci possa essere veramente l'argentino?»

«Perché quello – dia retta a me – ha buttato il cellulare e s'è dato alla macchia! E se io fossi stato al suo posto, con quelle tre *tanguere*, anzi tanghere alle calcagna, avrei fatto lo stesso, mi creda!»

# 9.

Sedute sul sedile posteriore dell'auto, per tutto il viaggio verso casa, le vecchiette non fanno altro che confabulare e ridacchiare eccitate. Elena non riesce a cogliere la causa di quell'elettricità, ma sospetta che abbia a che fare con l'agente Russo, dato che quando era uscita dall'ufficio del magistrato Capelli non le aveva trovate nel corridoio dove le aveva lasciate, bensì al bar dietro l'angolo dove aveva avuto la netta sensazione che la sua entrata in scena avesse interrotto qualcosa.

«Simpatico l'agente Russo?» prova a sondare.

«Seee...» risponde evasiva Margherita.

«Pare voglia imparare a ballare il tango...» suggerisce con finta noncuranza la Daria.

«Maddai... veramente?» chiede Elena che se a fatica può provare a immaginare il terzetto ottuagenario alle prese con quel ballo audace e voluttuoso, non riesce proprio a immaginare un pennellone scoordinato muoversi languido in una milonga.

«Pare abbia un debole per Margherita...» rivela la Carlina.

«Smettila! Ho il triplo dei suoi anni... È solo un ragazzo molto gentile!» si schermisce lei.

«Come no! Non ha fatto altro che girarti intorno e tubare! *A vostra disposizione, signora Margherita*, di qua. *Per servirvi, signora Margherita*, di là. Eddai, non aveva occhi che per te, Margherita...» le fa il verso la Daria.

«Effettivamente non puoi negare di aver fatto le fusa...» insinua la Carlina che per quel ragazzo nutriva una simpatia particolare.

«*Perché non viene una sera a vedere* Breaking Bad *da noi, caro agente?* Così gli hai detto, senza neppure chiederci se siamo d'accordo!» polemizza la Daria che a quel ragazzotto vorrebbe solo dare una bella ripassata di matematica.

«E gli hai pure lasciato il tuo numero di telefono!» rivela la Carlina.

«Ma quanto siete sciocche! Non credete che ci possa far comodo avere una gola profonda?»

«Gola profonda?! Ma mamma, per favore...» si inserisce Elena ormai convinta di avere a che fare con tre adolescenti ottantenni. «Che ne dite di tornare in voi, scendere a terra e lasciar perdere *Criminal Minds, Breaking-come-si-chiama* e le altre serie che hanno a che fare con morti ammazzati e indagini?»

«Perché Elena?»

«Perché non siete le protagoniste di alcun thriller o giallo! Non vi dovete occupare di alcuna indagine e non avete bisogno di alcuna gola profonda!»

«Questo lo dici tu!»

«No, questo lo dice il buonsenso, mamma! Siete tre signore di ottant'an...»

«Non essere volgare, Elena! Non li abbiamo ancora compiuti.»

«Va bene. Siete tre signore di quasi ottant'anni! Non immischiatevi con le indagini.»

«Ma i trolley li abbiamo trovati noi. Era il maestro Blanco lì dentro, me lo sento...»

«Anch'io...» piagnucola la Carlina.

«Elena, tua madre ha ragione. Il maestro Blanco è sparito e compaiono due trolley con dentro un morto ammazzato: strana coincidenza, non credi?» domanda la Daria.

«Eh no, basta, adesso fate anche le sensitive... Allora, ragazze, facciamo un patto. Io vi tengo aggiornate sugli sviluppi, ma voi mi giurate che da stasera guardate solo *Downtown Abbey* e *The Crown.*»

«Ma le abbiamo già viste tutte!»

«Tutte?!?»

«Tu no?»

«Be', no...»
«Nemmeno *Bridgerton*?»
«No.»
«Nooo, Elena! Vuoi dire che non hai mai visto il magnifico fondoschiena del duca di Hastings?» s'inserisce la Carlina sinceramente dispiaciuta.
«Culo, Carlina, si dice culo!»
«...mamma!»

# 10.

– Help

Povero Andrea. Elena si era completamente dimenticata di lui. Aveva salutato le tre vecchiette e diretto la Kangoo verso casa quando il cellulare aveva tuonato annunciando l'arrivo del messaggio del giovane stagista di certo bullizzato dall'odioso Scotti. Non può abbandonarlo così. Forse ha delle novità sui due ragazzi di Piacenza. Lo deve chiamare.

«Buongiorno Andrea, che succede?»

«Mi scusi dottoressa Donati, ma...»

«Ma non ci davamo del tu? Tra colleghi non usa darsi del lei.»

«Collega? Non sono nemmeno un praticante...»

«Faccio più fatica a considerare Scotti un caporedattore, che tu un mio collega. Hai novità sui due ragazzi?»

«Ho sentito un paio di miei amici in Bocconi.»

«Bella idea. Trovato qualche cosa?»

«Pare che i due abbiano qualche problemuccio.»

«Di che tipo?»

«Debiti.»

«Ah.»

«Si vocifera che le famiglie non condividano il loro modo di vivere.»

«La loro relazione, intendi?»

«Già.»

«Quindi viaggi e vestiti non arrivano da lì.»

«Immagino di no.»

«Bisogna approfondire.»

«Non so se posso...»

«Qual è il problema?»
«Il capo ha minacciato di buttarmi fuori se domani non faccio almeno una story sulla vicenda dei trolley...»
«Ti butterà fuori comunque, fattene una ragione.»
«Veramente mi ha promesso il praticantato...»
«E tu ci credi? Ti paga?»
«Be', per ora no... Sei mesi di stage non pagato.»
«Appunto.»
«E poi ha detto che mi farà un contratto da praticante.»
«No. Terminati i sei mesi ti saluta. Fidati.»
«Che faccio?»
«Mollalo tu. Vattene.»
«Ma io voglio fare il giornalista!»
«E allora non devi ascoltare Scotti. I giornalisti non fanno stories, s'informano, chiedono, verificano e poi scrivono un pezzo.»
«Una story può seguire le stesse regole...»
«Ma a Scotti non frega niente delle regole!»
«A me sì, però.»
Un vero kamikaze. Elena ne è intenerita. Se non gli dà una mano Scotti se lo mangerà in un solo boccone. E sarebbe un peccato, perché da quel poco che ha visto, il ragazzo è decisamente più portato dello squalo per quel mestiere.
«Ascoltami. Non sarà facile trovare delle informazioni. La Scientifica non è ancora arrivata a nulla. Le indagini sono in corso e nessuno avrà voglia di sbottonarsi. Quindi per un paio di giorni devi fare solo un po' di polvere.»
«Stories...»
«Esatto, stories.»
«Potrei sentire qualche anatomopatologo per capire come si può far stare un corpo in due trolley e come lo si rende irriconoscibile.»
«Bell'idea.»
«Potrei rintracciare dei casi precedenti, raccontarli e ipotizzare un filo conduttore.»
«Limitati a individuarli e raccontarli. Il filo conduttore lascialo a chi fa fiction, non giornalismo.»
«Grazie.»

«Così un paio di giorni li sfanghi. Nel frattempo, magari riesci a trovare dell'altro sui due ragazzi di Piacenza.»

«Ok.»

«Dimenticavo... ho bisogno che tu faccia una veloce verifica.»

«Ok.»

«Scopri se negli ultimi giorni ci sono stati altri omicidi. E se sì, verifica se i colpevoli sono già stati rintracciati.»

«Ok.»

«Mandami un'e-mail o un WhatsApp appena sai qualcosa.»

«Ok.»

«E intanto fai delle stories così Scotti ti lascia respirare.»

«Ma poi ci sentiamo.»

«Promesso.»

## 11.

A casa, durante la cena, Elena racconta a Ettore la sua giornata. Lui l'ascolta distratto e un po' infastidito: così preciso nella *mise en place* e nello stare a tavola, non sopporta che Elena parli spostando bicchieri, mangiucchiando direttamente dai piatti di portata e bevendo dal suo bicchiere quando quello di lei è vuoto. Ma Elena è fatta così. Quando si appassiona a un caso, si astrae e non presta attenzione a molto altro. Ma è evidente che questa volta c'è dell'altro. Gli eventi degli ultimi giorni le hanno fatto perdere la consueta lucidità. La decisione di Margherita le ha mosso pensieri tenuti faticosamente a bada, la solitudine del padre la rattrista e la preoccupa. Ma è stata l'inaspettata rivoluzione in redazione che ha minato la sua identità e il senso di sé. Elena annaspa. Quel lavoro non vuole perderlo. Soprattutto non adesso che i ragazzi se ne stanno andando e che lei si deve apprestare a scrivere un altro capitolo della sua vita, forse quello più difficile. Quel lavoro le ricorda chi è, le dà un posto nel mondo, la redazione è casa sua. Insomma, quel posto è *suo*. Ha bisogno di ripercorrere gli eventi per riuscire a metterli in fila e trovarne il bandolo, perché quella storia potrebbe essere il suo riscatto, il biglietto della lotteria con cui rientrare trionfante in redazione.

E mentre riassume i fatti degli ultimi giorni, il suo cervello fa la connessione: il cadavere nei trolley potrebbe essere collegato ai due ragazzi di Piacenza?

Poco prima di cena l'aveva chiamata il Panzini che ormai si considerava il suo primo assistente – «Dottoressa Donati, sempre a suo servizio!» – e l'aveva avvertita che il GIP aveva confermato il fermo. Era quindi evidente che gli indizi in mano agli inquirenti facevano pensare a un reato grave. Omicidio, molto probabilmente. Però, da quanto Andrea le aveva scritto, negli ultimi giorni altri omicidi in zona non sembrano essercene stati, a parte, ovviamente, il corpo fatto a pezzi, trovato nei due trolley. Stupidamente si era dimenticata di chiedere ad Andrea di verificare se fosse stata denunciata la scomparsa di un uomo, perché se così fosse stato... sta' a vedere che le tre vecchiette ci hanno visto giusto e il corpo potrebbe addirittura essere quello di Arcángel? Quali potrebbero essere i punti di contatto? Elena si siede, prende carta e penna e inizia a scrivere. Punto numero uno: il maestro non si è presentato a casa Giuffrida venerdì e i due ragazzi sono stati fermati all'alba di sabato. Punto numero due: i trolley sono stati ritrovati lunedì mattina, ma il portinaio aveva detto di aver visto i due sacchi neri già sabato mattina quando aveva fatto la pulizia settimanale del marciapiede. Punto tre: per ora, l'unica cosa che si sa del cadavere è che si tratta di un uomo. Punto numero quattro: se non ricorda male, in auto aveva sentito la madre e le sorelle Giuffrida spettegolare sul fatto che il maestro argentino fosse «fru-fru», che nel loro linguaggio poteva solo significare gay, e le voci raccolte a Piacenza sussurravano la stessa cosa dei due ragazzi. Se Arcángel ha circa settant'anni ed è un esule argentino, è possibile che sia omosessuale: durante la dittatura i gay erano stati tra i primi a subire la repressione del regime e quindi potrebbe essere quella la ragione della sua fuga. Che ci possa essere un collegamento tra lui e i due ragazzi di Piacenza? Certo l'indomani dovrà chiedere ad Andrea di fare un'ulteriore verifica e lei dovrà scoprire qualcosa in più su Arcángel, il che richiederà, purtroppo, un'altra visita alle tre vecchiette...

Tutti questi pensieri Elena li fa un po' a voce alta e un po' tra sé e sé, prima mentre è a tavola con Ettore, poi mentre sparecchia e sistema la cucina. In tutto ciò, Ettore si ritrova a essere prima spettatore, tra l'assente e il seccato, poi un intralcio alle operazioni di riordino, durante le quali Elena pur essendo confusamente multitasking svolge tutto con efficienza assoluta, mentre lui, ossessionato dalla sua spasmodica ricerca di precisione, è un impiastro che riesce solo a fare danni. Ma Elena è così presa dai suoi ragionamenti che non ci fa caso. Lo sposta e lo scavalca come se fosse in trance. E non si accorge che, mentre eccitata prosegue a fare congetture, visitare siti internet alla ricerca di notizie e fare piani d'azione per il giorno successivo, Ettore l'ha salutata – «Lo sai che otto ore filate di sonno sono il minimo per una vita sana...» – e l'ha lasciata.

Elena se ne accorge solo quando, riemersa dalle elucubrazioni e ricerche, la sua richiesta di conferma sulla necessità di indagare più a fondo nella vita del maestro Arcángel rimarrà senza risposta. Solo allora si renderà conto di essere l'unica rimasta. Da quanto tempo stava parlando a sé stessa? Guarderà l'ora, scoprirà che sono le due del mattino e sentirà Ettore russare sereno in camera da letto.

# MARTEDÌ

# 1.

– Che ne dici?

Sono le sei del mattino e dopo aver sperimentato un inizio d'infarto, urtato lo spigolo del comodino, fatto cadere a terra l'abat-jour e quindi smadonnando aver trascinato giù dal letto l'intera sacra famiglia (angeli e demoni compresi) e purtroppo anche Ettore, Elena è riuscita ad afferrare il suo cellulare.

– Che ne dici?

Il WhatsApp del padre mostra la foto di una giacca di velluto verde bottiglia e un paio di pantaloni a coste color ocra. Un nuovo problema di lavaggio? Ma perché a quest'ora? Risparmio energetico? Insonnia? Chissenefrega. Elena non fa in tempo a digitare una risposta non esattamente educata, che il cellulare inizia a squillare.

«Elena? Hai visto? Che ne dici?»

«Papà, ma hai visto l'ora? Proprio adesso devi fare la bella lavanderina?»

«In che senso?»

«Proprio adesso devi caricare la lavatrice?»

«Ma no, non hai capito... Ho un appuntamento in comune!»

«Perché?»

«Ho un colloquio di lavoro!»

«A quest'ora?!»

«Ma no, alle dieci!»

«E sei già in piedi?»

«Be', ti confesso che non ho dormito molto. Non faccio un colloquio di lavoro da almeno cinquant'anni...»

«E mi chiami alle sei per dirmelo?»

«Be', l'idea del comune è stata tua...»

«Ho capito, ma alle sei del mattino?»

«Avrei voluto chiamarti dopo l'incontro, ma mi sono reso conto di non sapere cosa indossare.»

«...»

«Sai, è sempre stata tua madre a prepararmi i vestiti... Ma non penso sia una buona idea chiamarla. Tu che dici?»

«No, papà, lascia perdere, ti prego.»

«Vedi che ho bisogno dei tuoi consigli?»

Elena, ormai sveglia, non riesce a tenere il broncio a quel padre la cui scarsa dimestichezza con la vita pratica più che irritarla la intenerisce. Si alza e, andando in cucina a prepararsi la colazione, prova a rassicurarlo sul suo buongusto e sulla sua capacità di scegliere come vestirsi.

«Scusa papà, forse l'abbinamento è un po' forte... Cosa preferisci? La giacca o il pantalone?»

«Se devo essere sincero, i pantaloni non mi sono mai piaciuti. Tua madre me li aveva presi perché erano perfetti per Cortina.»

«Quand'è che siete andati a Cortina?»

«Mai. Però, fossimo mai andati, io avrei avuto i pantaloni giusti.»

«Ah, ecco... La logica impeccabile della mamma.»

«Per lei Cortina era il massimo dello chic, quindi ho pensato che i pantaloni fossero giusti per il colloquio. O dici che sono meglio quelli rossi per Capri?»

«Non dirmi che Margherita ti aveva preparato anche il guardaroba per un aperitivo in piazzetta?!»

«Be', sì...»

«Senti, papà, accantona Cortina e Capri, la prima della Scala e Dubai...»

«Dubai?»

«Faccio per dire, papà. Stai sereno. Vestiti come normalmente fai a Milano! Scegli giacca e pantaloni che ti piacciono e con i quali ti senti a tuo agio.»

«Giacca e pantaloni blu?»

«Perfetto.»

«Camicia a righine?»
«Vai!»
«Scarpa stringata nera?»
«Fighissimo, papà!»
«Faccio la barba?»
«Meglio.»
«Poi ti dico.»
«Certo. Voglio sapere tutto. A più tardi!»
«Elena...»
«Cosa c'è papà?»
«Grazie. Senza di te non ce l'avrei fatta.»

Elena non fa in tempo a chiudere la conversazione che il cellulare squilla di nuovo.

Margherita.

È una furia, come al solito. È agitata e arrabbiata perché l'agente Russo non si è fatto ancora vivo e in questura non le passano Capelli.

«Mamma, non sono nemmeno le sette del matt...»

«Eeeh, capirai... È dalle sei che siamo tutte in piedi. Colpa della bestia del piano di sopra. Le ragazze dicono che, da quando è arrivata la nuova inquilina – una ginecologa senza figli, ma dotata di un insopportabile cane – tutte le mattine è la stessa solfa: sfinenti ululati fino a quando quella non si degna di portare il quadrupede a fare i suoi bisogni.»

«Più invecchi e più diventi intolleran...»

«Vorrei proprio vedere te, con tuo marito che se non dorme le sue otto ore diventa isterico! E comunque la giustizia è come la sanità: deve lavorare ventiquattro ore su ventiquattro. Quindi quel magistrato non deve battere la fiacca. Ci credo che poi i processi durano anni.»

Elena cerca di calmarla, spiegandole che sono passate poche ore da quando lei e le Giuffrida sono uscite dalla questura. Le propone di passare a prendere un caffè per fare il punto e spiegare a lei e alle sorelle Giuffrida la dinamica delle indagini. E soprattutto, si dice tra sé e sé, ottenere un po' di informazioni senza insospettirle.

Si veste, dà un occhio ai giornali per capire se ci sono novità. Nessuna.

Controlla WhatsApp per verificare se Anna si è fatta viva. Niente. Non ha ancora nemmeno letto il messaggio. Sempre così: la chiama in preda al panico, le scarica addosso la tonnellata di ansia che l'affligge e poi, così alleggerita, scompare senza dare notizie e risolve brillantemente da sé il problema che l'aveva angustiata.

Esce di casa e va in via Settembrini.

## 2.

La volta precedente non ci aveva fatto caso, ma adesso seduta in sala con Margherita in attesa del caffè, Elena si rende conto che nel grande appartamento borghese delle sorelle Giuffrida – una versione 2.0 di quello delle zie Abby e Martha nel vecchio film *Arsenico e vecchi merletti* di Frank Capra – c'è una novità. In quel trionfo di ninnoli, centrini e mobili inizio Novecento, troneggia infatti un impianto home theatre di ultima generazione.

«...e questo?»

«Smart TV Ultra HD 8K, sette diffusori, un subwoofer... Non hai idea di come si veda bene *Criminal Minds*!»

«Non sapevo che le sorelle Giuffrida fossero così tecnolo...»

«Loro? Ma va' là, quelle *gh'hann el dun de Dio de capi' nagott...* Ho fatto tutto io.»

«Tu?»

«Be', tuo padre non ne voleva sapere di avere un impianto home theatre come si deve, le ragazze avevano un vecchio televisore che con lo switch-off del 2022...»

«Lo switch-off del 2022?! Ma di che cosa parli? Mamma, chi sei?!»

«Ma tu di tecnologia non ne sai proprio niente, eh? Dopo il passaggio da MPEG-2 a MPEG-4 è giunto il momento della transizio...»

«Ti prego, mamma...»

«Insomma, sapendo che il televisore andava cambiato e che prima poi sarei venuta qui...»

«Da quanto sapevi che te ne saresti andata di casa?»

«Eddai, Elena, non fare quella che cade dal pero...»

«Scusa, ma anche papà sembra essere caduto dallo stesso pero!»

«Per forza! Tuo padre non si è mai domandato nulla di sé, di noi, della sua e della nostra vita...»

«Sei sempre stata tu la risposta a ogni sua domanda!»

«Un po' comodo, non credi?»

«Ho sempre pensato che quello fosse il vostro patto. La sua esistenza in cambio del tuo amore. Il suo silenzio di fronte a qualsiasi tua follia.»

«Elena, lo sai che le cose non sono mai così semplici... E comunque, se anche quello fosse stato l'accordo iniziale, non credi che, in sessant'anni di matrimonio, potesse essere rinegoziato?»

«Ci hai provato?»

«Impossibile. Tuo padre vent'anni fa ha tirato i remi in barca. Ha perso ogni curiosità per la gente e per il mondo. Ma io no. Fosse per lui, dovremmo passare gli ultimi anni della nostra vita a casa a fare le parole crociate...»

«Ma lui ti ama, questo lo sai, vero?»

«Gli sembra impossibile vivere senza di me. Questo non vuol dire che mi ami... E comunque, io mi sono stufata! Puoi provare ad accettarlo?»

Elena non riesce a ribattere. Margherita è stata chiarissima. E quella determinazione a vivere, che per tutta la sua infanzia e adolescenza non ha potuto far altro che ammirare cercando inutilmente di non esserne sovrastata, adesso non può far altro che invidiarla. Vorrebbe poterle correre in grembo e farsi abbracciare, come se fosse ancora una bambina. Vorrebbe chiederle come fa, qual è il segreto per surfare nella vita come fa lei. Vorrebbe raccontarle quel che sta succedendo in redazione, confessarle la vertigine che le dà l'idea di perdere il lavoro, confidarle i timori per il suo rapporto di coppia addormentato, parlarle della fatica che sta facendo alle prese con un corpo che cambia e della voragine che l'assenza dei figli le sta scavando dentro. Ma Margherita non è mai stata una mamma da coccole e non inizierà certo a esserlo adesso...

«Tutto bene? Di cosa state parlando? Brutte notizie?»

Per fortuna esistono le due sorelle Giuffrida che, munite di vassoi traboccanti di caffè, pasticcini e biscotti, entrano in sala e salvano Elena dal compiere un gesto di cui si sarebbe poi certamente pentita.

Le Giuffrida... che coppia quelle due, si ritrova a pensare con affetto Elena. La Daria alta, secca e piuttosto segaligna e la Carlina – appena un anno più giovane della sorella – piccola, tondetta e morbida come un bignè. Brusca, severa e decisamente poco incline alle spiritosaggini, la Daria è sempre stata la parte forte della coppia, quella su cui l'emotiva Carlina fa affidamento da quando è nata. Perché è da allora che le due sorelle vivono assieme. Margherita le aveva raccontato a più riprese la loro storia, aggiungendo via via, a seconda dell'età di Elena, dettagli e aneddoti.

Le aveva conosciute all'Istituto Marcelline. Era in quarta elementare quando un giorno, poco prima di Natale, nella sua classe era arrivata la Carlina, presentata dalla maestra – che evidentemente aveva fatto un master in psicologia e tatto – come la «nostra piccola cara orfana che ha appena perso la sua mamma», attirando così su di lei tutte le attenzioni di compagne, maestra e suore. Margherita avrebbe anche potuto tollerare di cedere lo scettro della classe – per pochissimo tempo, eh, un paio di giorni al massimo –, ma quando, durante il primo intervallo, aveva scoperto che «le nostre care orfanelle» erano due, aveva intuito che la sua stella avrebbe smesso di brillare per un bel po', non solo nella sua classe ma nell'intero istituto e aveva cinicamente deciso che l'unica strategia percorribile per mantenersi salda sul podio era quella di diventare un trio. Entrare nel cuore dell'ingenua Carlina era stato molto semplice, molto meno superare la ritrosia di quella sospettosa di sua sorella. Ma già a nove anni se Margherita si metteva in testa di conquistare qualcosa o qualcuno, niente e nessuno l'avrebbe potuta fermare. E così era stato.

Il terzetto non si era più separato.

Certo, Margherita si era sempre sentita più a suo agio con la Carlina. Come darle torto? L'adorava ciecamente, si accontentava di vivere di luce riflessa ed era disponibile a seguirla in qualsiasi avventura la sua mente partorisse. E poi con lei poteva condividere pettegolezzi e sogni piccanti, fotoromanzi, cartamodelli e segretissime prove trucco, insomma tutto quell'universo della femminilità che a «quella scopainculo de la Daria» – copyright di Margherita, ovviamente – sembrava non interessare. La sorella maggiore, dotata di un'intelligenza vivace e di un precoce quanto smisurato senso del dovere, viveva trascinandosi dietro una valigia ben più pesante della leziosa pochette con la quale si aggirava leggera la Carlina. Dopo le medie, mentre la sorella minore che non aveva assolutamente intenzione di sprecare troppe ore sui libri, aveva scongiurato il padre di iscriverla a una scuola privata che in due anni le avrebbe procurato un diploma di segretaria d'azienda, la Daria era stata una delle poche ragazze che, all'epoca, si era iscritta al liceo scientifico e da lì alla facoltà di matematica in Statale. Una scelta coraggiosa, di cui il padre era molto orgoglioso. Ma per sopravvivere in quel mondo così maschile, la Daria si era dovuta costruire una corazza che l'aveva ulteriormente irrigidita e le aveva impedito di dare spazio ai sentimenti e quindi all'amore. O meglio, a un amore di cui Margherita le aveva sussurrato, facendole giurare e spergiurare di non farne parola con nessuno. A quanto pare, infatti, l'amore segreto della Daria era stato il preside del liceo dove aveva insegnato fino a quando non era andata in pensione. Un amore impossibile: non sarebbe stata cosa da lei avere una relazione sul lavoro e poi, soprattutto, lui era sposato... «Una relazione clandestina, quindi?» aveva chiesto curiosa Elena adolescente che proprio non riusciva a immaginare quella signorina Rottenmeier in guêpière e tacco dodici. Ma Margherita aveva riso di gusto e specificato che di «amore platonico» si era trattato e che, anzi, il preside non ne aveva mai saputo nulla. Insomma, gli unici amori della Daria erano stati i suoi studenti, dai quali era sempre stata molto temuta, ma anche molto rispettata e stimata. La Carlina, invece, lo spazio all'amore se l'era più che concesso. Lei e Margherita avevano tubato sorseggiando l'aperitivo da Marchesi, passeggiando al parco Sempione e facendosi scorrazzare in Lambretta per le vie della città. Insomma, assieme all'amica aveva fatto battere numerosi cuori, fino a quando non era incocciata in quello che lei pensava essere il suo Principe Azzurro e che invece si era rivelato un disgraziato che, a partecipazioni già inviate e bomboniere appena ritirate, l'aveva abbandonata pochi giorni prima delle nozze. Uno shock dal quale non si era più ripresa e che – in aggiunta al dolore per la perdita del malinconico padre – aveva definitivamente cementato la vita delle due sorelle che da quella casa non si erano più mosse, diventando così coppia di fatto.

A Elena sembra che le Giuffrida abbiano sempre fatto parte della sua vita. Sia Margherita sia Mario sono figli unici e quindi lei, fin da piccola, le ha considerate come le zie che non ha avuto. Quante volte, durante l'infanzia, si era fatta coccolare dalla Carlina, che di nascosto dalle altre due, sempre così fissate con la dieta e guai a mangiare fuori pasto, le allungava dolcetti di marzapane, i suoi preferiti? E quante ore aveva passato a fare ripetizione di matematica con la Daria che si rifiutava di accettare la sua indiscutibile avversione per i numeri? Le Giuffrida... Le irrinunciabili amiche di Margherita, quelle con cui per anni l'ha vista andare a teatro e al cinema, partire felice per le terme, sussurrare e ridere andando a «fare la piega» settimanale. Quelle che hanno sempre – e continuano a farlo! – assecondato qualsiasi improvvisa – e spesso temporanea – passione di sua madre, anche la più improbabile, come quest'ultima follia del tango o dell'home theatre...

«Stavo ammirando il vostro cinema casalingo», risponde Elena, riprendendosi dai ricordi.

«Bello, vero? Margherita ha avuto una bellissima idea», risponde orgogliosa la Daria.

«Perché non vieni una sera a vedere un film qui con noi?» chiede la Carlina.

«Grazie, ma continuo a preferire il cinema.»

«Ma quanto sei vecchia, figlia mia?»

«Mamma...»

«Margherita, dai, lasciala in pace una volta. Elena, raccontaci delle indagini», propone la Daria.

«A dir la verità non so molto più di ieri...»

«Ve l'avevo detto io che dovevo insistere con Russo!»

«Mamma, per favore, dimenticati di lui, la questura, il magistrato. Le indagini sono complesse e delicate, la Scientifica deve fare il suo lavoro.»

«Vedi, Margherita? È come ti avevo detto io», interviene la Daria con l'aria di quella che la sa lunga, «bisogna avere pazienza. La perizia autoptica richiede tempo. I campioni dei tessuti e dei liquidi biologici prelevati devono essere mandati in laboratorio per essere analizzati e sottoposti a test microbiologici, tossicologici, istologici, genetici e citologici...»

«Ha parlato la professoressa...» sibila Margherita piuttosto seccata.

«Mamma, Daria ha perfettamente ragio...»

«Lo so anch'io che cosa fa l'anatomopatologo», la zittisce Margherita che non ama prendere lezioni da nessuno, figurarsi dalla Daria o da sua figlia – la Carlina non ci proverebbe mai.

«Per favore, mamma, mettiti tranquilla. Il caso lo seguo io e vi terrò aggiornate su tutto. A proposito. Notizie dal vostro maestro di tango?»

«Nessuna!» rispondono all'unisono.

«Abbiamo provato a chiamarlo ma il suo cellulare è sempre staccato.»

«È lui l'uomo nei due trolley, ne sono certa!»

«Mamma, ma che dici? Ancora non si sa nemmeno se sia un uomo!» mente Elena che, non volendo aumentare lo stato di eccitazione già sufficientemente alto delle tre vecchiette, non intende per ora rivelare alcun dettaglio.

«Fidati. È lui. Chiedi alle ragazze: è vero o no che io i casi di *Criminal Minds* li risolvo prima dei profiler?»

«È vero. Tua madre ha un naso incredibile...»

«Un sesto senso...»

«Non metto in dubbio le capacità divinatorie di mia madre, ma in questo caso non c'è alcun elemento che per ora possa far pensare che il signor Blanco sia finito in quei trolley.»

«Ah no? E allora dov'è finito?»

«Sarà dovuto partire di fretta, avrà avuto un problema e si è dimenticato di avvertirvi.»

«Questo lo dici tu, perché non lo conosci. È un signore troppo per bene per comportarsi così.»

Elena non aspettava altro. Era esattamente lì che voleva portare le tre vecchiette: farle parlare per avere più informazioni possibili sul benedetto *tanguero*. Ma in realtà, scopre che ne sanno molto poco. Le sorelle Giuffrida lo avevano conosciuto circa un anno prima nel piccolo supermercato di zona. «Aveva dimenticato alla cassa la sua carta di credito. Lo abbiamo inseguito e gliel'abbiamo restituita.» Da lì avevano iniziato a salutarsi ogniqualvolta s'incrociavano per strada. Poi una chiacchiera, un caffè, l'idea delle lezioni di tango. Sanno che è argentino, che è scappato quando era molto giovane perché lì «non tirava una bella aria». Non ha mai parlato di moglie o di figli.

«È gay?» chiede Elena.

«Perché devi subito etichettarlo?» chiede indignata Margherita.

«Arcángel è un uomo sensibile…» spiega la Carlina.

«Intelligente ed elegante…» prosegue la Daria.

«Creativo», sottolinea Margherita.

«Appunto, gay!» conclude Elena.

Di sicuro c'è solo il fatto che le sorelle Giuffrida ogni tanto lo hanno visto al super in compagnia di qualche uomo. Non hanno idea di dove abiti, ma immaginano viva in zona. Sanno solo che il giovedì sera va sempre a ballare all'ARCI Bellezza. «Dove ci aveva promesso che ancora un paio di lezioni e poi saremmo potute andare anche noi…»

## 3.

Uscita da casa Giuffrida, Elena si reca nel piccolo supermercato che le vecchiette le hanno indicato, dove spera di recuperare qualche informazione. Come idea non sarà un granché, ma da qualche parte deve pur iniziare.

Appena varca l'ingresso, si rende conto che la strada sarà parecchio in salita. Quello è uno degli empori che, negli ultimi anni, sono spuntati come funghi nella zona intorno alla stazione Centrale: traboccante di cibi da tutto il mondo e gestito da cinesi. Che parlano solo cinese. La comunicazione quindi non si rivela semplicissima. E «far parlare i sassi» qui non è facile come dirlo... Ma dai che ti ridai, Elena riesce a scovare una cassiera che parla un po' di italiano e che, dopo averla stesa con la richiesta di una mitragliata di dettagli sulla ricetta del ripieno dei ravioli di carne alla piastra – quale parte del maiale, esattamente? il cavolo cappuccio deve tassativamente essere della varietà cuore di bue o si può usare anche quello più comune? farina 00 o meglio farina di riso? –, è pronta a dire qualsiasi cosa pur di liberarsi di lei. Hu Mei Chang, detta Sofia, sa benissimo chi è il maestro Arcángel, perché una volta al mese si fa portare sei confezioni di acqua e «lui abita ultimo piano...». E quindi? Come si fa a dimenticare una consegna di trentasei bottiglie da farsi al quarto piano, rigorosamente a piedi?

Elena si segna l'indirizzo e va. Via San Gregorio angolo via Tadino. Ex Lazzaretto. Oggi zona multietnica, trionfo di latitudini e varia umanità, un pullulare di locali e intasamenti notturni. Stessa zona in cui abitano i due ragazzi di Piacenza. Anzi, proprio dietro l'angolo di largo Fra Paolo Bellintani, nota Elena, che non pensa possa trattarsi di una semplice coincidenza.

Arrivata davanti al palazzo, Elena scorre i nomi sul citofono e individua un «A. Blanco» in elegante Bodoni su targa di ottone che spicca sulle consunte etichette adesive con i cognomi scritti a mano. È evidente che l'inquilino argentino è uno dei pochi che vive nel condominio da parecchi anni.

Prova a suonare il citofono, ma nessuno risponde. Intercetta la portinaia, una donnetta tarchiata, spiccia e rude, con un accento sardo piuttosto pronunciato che si rifiuta di rispondere a qualsiasi domanda, non dà informazioni e non fa entrare nessuno. Diffidenza e discrezione assoluta sembrano essere le parole d'ordine di quella sorta di agente del KGB.

Elena non può far altro che prendere atto del buco nell'acqua, ma non è disposta a lasciar perdere. Deve trovare il modo di entrare nel palazzo e quindi nell'appartamento del maestro di tango. Perché è certa che lì si possano trovare degli indizi o almeno escludere delle ipotesi: magari il vecchio si è sentito male ed è lì dentro…

Lentamente un'idea prende forma nella sua testa. Hu Mei Chang ha detto che il maestro Arcángel si fa consegnare l'acqua una volta al mese e che l'agente del KGB in portineria costringe il fattorino a salire a piedi fino al quarto piano. Ma, cosa fondamentale, lo fa salire. Ottimo. L'idea per provarci, Elena ce l'avrebbe, ma le serve un aiuto. Chi? Suo padre? No, meglio lasciarlo in pace. Andrea? Figurarsi se riesce a lasciare la redazione. Ettore? Perché no? Ci può provare... Deve riuscire a coinvolgerlo e convincerlo a darle una mano. In fondo si tratta solo di un piccolo aiuto. Al resto penserà lei. Se non sbaglia il martedì Ettore non ha lezione e di solito passa la giornata chiuso nel suo studio a casa, immerso nella musica classica, le sue letture e i suoi studi.

Dovrà solo riuscire a distoglierlo dalle sue cose per un'oretta…

## 4.

Ettore è esattamente dove Elena lo aveva immaginato. Chiuso nel suo ordinatissimo studio, immerso nella lettura e con Bach – per la precisione le variazioni Goldberg suonate da Glenn Gould – a tutto volume. Ciò che Elena non aveva previsto era che il marito si sentisse in colpa per l'assenza di tatto con la quale l'aveva abbandonata alle sue riflessioni la sera precedente. Cosicché, contrariamente al solito, quando anche solo bussare alla porta dello studio poteva causare crollo di nervi, musi lunghi e recriminazioni, l'irruzione di Elena viene accolta con inedita gentilezza e, soprattutto, disponibilità ad ascoltare. Perché pur non potendolo ammettere né a sé stesso né a Elena, sa di non aver ascoltato nulla di quel che la moglie gli aveva raccontato. Un po' se ne vergogna, ma Ettore è convinto, forse a ragione, che la strategia faccio-finta-di-ascoltarti-ma-in-realtà-sono-nel-mio-mondo sia stata la salvezza del loro matrimonio. Quand'è che è iniziata? Esattamente non se lo ricorda, ma quel suo modo di staccare la connessione audio deve essere cominciata dopo la nascita di Marco. È stato allora che non ce l'ha più fatta.

Chiacchierare con Elena era stato per lui sempre un piacere, uno stimolo. Certo che la prima cosa che lo aveva colpito quando l'aveva conosciuta era stato il suo fantastico culo, un inno alla vita di fronte al quale era difficile restare indifferenti. Particolare che ai tempi non avrebbe ammesso nemmeno sotto tortura, pena zoccolata sui denti e pubblica lapidazione. Ma immediatamente dopo quell'impagabile fondoschiena, era stata la testa di Elena a conquistarlo. Quel suo modo, per lui del tutto imprevedibile, di leggere gli eventi e quella sua curiosità onnivora, lo stuzzicavano da morire. Parlare con lei era come entrare in un'altra galassia. Raccontava di film e libri che lui non aveva mai visto né letto, frequentava locali di cui lui ignorava l'esistenza, poneva domande alle quali lui non aveva mai pensato. Le loro chiacchiere erano intense, divertenti ed eccitanti tanto quanto fare sesso. Anzi, diciamola tutta, il massimo era fare sesso e poi stare ore a chiacchierare.

Poi un giorno le parole di Elena erano cambiate.

Cacca, nanna, baby-sitter, tachipirina, pediatra, bagnetto, mughetto, ciuccio.

Inizialmente l'aveva ascoltata. Tutto lo spingeva a farlo. La sua parte razionale, quella di padre, di uomo innamorato, di intellettuale, di compagno cresciuto con il femminismo. Poi non ce l'aveva più fatta. Non era riuscito ad appassionarsi alla montagna di inutili cazzate – per altro, tutta roba che con il sesso mal si conciliava – che sembrava occupare la mente di Elena. Ovviamente non aveva avuto il coraggio né di dirlo a lei né di ammetterlo a sé stesso. Non avrebbe mai potuto farlo. Amava Elena. Amava i suoi figli. Aveva troppa stima di sé per accettare di assumere il ruolo di stronzo. Così aveva trovato quella soluzione. Manteneva sguardo e aria partecipi, di tanto in tanto annuiva, ma spegneva l'udito e i pensieri volavano altrove. Alla lezione da preparare. A quell'articolo che aveva letto. Al libro da finire. Al viaggio in Namibia di cui il collega gli aveva parlato. A tutto ciò che non fosse cacca, nanna, baby-sitter, tachipirina, pediatra, bagnetto, mughetto, ciuccio.

Certo, ogni tanto qualche errore era capitato. Aveva annuito a sproposito o non lo aveva fatto quando la conversazione lo avrebbe richiesto e aveva rischiato di essere scoperto. Ma si era sempre salvato grazie a quella che Noam Chomsky ha identificato come «strategia di distrazione», ovvero riprendendo velocemente lucidità e inondando Elena di una marea di informazioni insignificanti, riuscendo così a deviare la sua attenzione da quella sua piccola défaillance.

Superati i faticosi anni dell'infanzia, Ettore non aveva abbandonato quella modalità di presenza stand-by, ma ne aveva anzi fatto un'arte, grazie alla quale era riuscito a scavallare l'adolescenza dei due figli e festeggiare oltre trent'anni di relazione con Elena.

Adesso invece ha ascoltato. *Criminal Minds*, il maestro di tango delle tre vecchie – «Un corso di tango alla loro età?» «Be', c'è chi non considera l'età che avanza una dichiarazione di morte dei sensi...» –, la bonarda, lo squalo in redazione, l'Argentina, Twitter... Non si può dire che abbia capito proprio tutto, ma un'idea, anzi due, se le è potute fare. La prima è che per Elena il caso è importante per non avere il fiato di sua madre sul collo, ma soprattutto perché nella sparizione di quel tizio argentino intravede un potenziale scoop grazie al quale riconquistare la sua postazione in redazione.

La seconda è che sua moglie è pazza.

«Pazza? Perché, scusa?»

«Sei sicura di stare bene?»

«Perché?»

«E me lo chiedi pure?!»

«...»

«Mi hai appena chiesto di travestirmi da "omino delle consegne" per riuscire ad aggirare la portinaia ed entrare abusivamente nell'appartamento di un maestro di tango argentino che sembra essere scomparso da venerdì, giusto?»

«In estrema sintesi, sì. Però...»

Effettivamente Ettore ha tutte le ragioni per essere recalcitrante e non voler assecondare quella richiesta che, obiettivamente, mal si addice a un professore universitario di storia moderna. Ma Elena non demorde e – a malincuore – cala l'asso di denari, ovvero una promessa in cambio della quale sa che Ettore non riuscirà a dire di no.

«*Do ut des.*»

«Cioè?»

«Il prossimo weekend vengo con te in campagna.»

«...a lavorare l'orto?»

«Pure?!»

«Esatto.»

«E va bene...»

«Affare fatto. Cosa dovrei consegnare?»

«Trentasei bottiglie di acqua naturale.»

«No, dai. Ho l'ernia...»

«Non è vero.»

«L'osteopata non sarebbe d'accordo con te.»

«Fare un po' di pesi non può farti altro che bene...»

«Ma se lui non c'è, come faccio a entrare nell'appartamento?»

«Dovrai intortare il cappagibì...»

«Chi scusa?»

«La portinaia.»

«Come l'hai chiamata?»

«Cappagibì, i servizi segreti dell'Unione Sovietica!»

«Cheghebé, vorrai dire...»

«Cappa-gi-bì: si scrive così!»

«Fidati: cheghebé.»

«Ti pare il caso di stare a disquisire adesso?»

«Scusa, non è importante... Ma ti assicuro che si dice cheghebé.»

«Ho capito! Quindi, riepiloghiamo.»

«Se il maestro non c'è, devo intortare il cheghebé, scusa, la portinaia... Perché?»

«Perché le portinaie hanno sempre le chiavi degli appartamenti del loro palazzo!»

## 5.

«E se incontro qualcuno che conosco? Come glieli spiego questa discarica su quattro ruote e l'abbigliamento da camallo?»

«Smettila di offendere la mia Kangoo che altrimenti non parte.»

«Manca solo che non parta...»

«Visto? Non parte. Devi chiedere scusa.»

«A chi?»

«Alla Kangoo.»

«Per favore, Elena...»

«È sensibile. L'hai chiamata discarica.»

«È pure un catorcio.»

«Bravo, adesso non parte di sicuro.»

«Dai, prova a girare di nuovo la chiave.»

«Non parte.»

«Riprova.»

«Devi accarezzare il volante...»

«Non ci credo!»

«...e intonare: *Quello che potremmo fare io e te / Senza dar retta a nessuno / Senza pensare a qualcuno / Quello che potremmo fare io e te / Non lo puoi neanche credere.*»

«Dimmi che non è vero...»

«Eddai, la conosco! Provaci, altrimenti non ci muoviamo da qui.»

«Lo faccio per dimostrarti che sei impazzita. Tu giura che non lo racconti a nessuno.»

«Lo giuro.»

«*Quello che potremmo fare io e te / Senza dar retta a nessuno /*

*Senza pensare a qualcuno / Quello che potremmo fare io e te / Non lo puoi neanche credere*», sussurra Ettore con un filo di voce.

«Visto? Si è messa in moto!»

«Pazzesco.»

«Adesso però concentrati e prova a entrare nel personaggio ed essere minimamente credibile, ok?»

«Cosa mi manca? Stivali di gomma, jeans bucati di Marco, T-shirt bianca macchiata, orrendo cappellino con visiera e marchio di fertilizzante ben in vista...»

«L'abito non fa il monaco. Dovrai cercare di riesumare i ricordi del corso di teatro fatto al liceo.»

«Fantastico. Ero un cane già allora...»

Arrivati dietro l'angolo del palazzo di via San Gregorio, Elena ed Ettore seduti nella Kangoo prendono gli ultimi accordi. Perché, da lì in poi, Ettore dovrà fare da solo.

«Mi raccomando, tieni il cellulare acceso e fammi sapere come va», gli ordina Elena scendendo dall'auto, mentre Ettore prosegue, gira l'angolo e parcheggia davanti al palazzo. Scarica le prime dodici bottiglie ed entra in portineria.

«Consegna per il signor Blanco. Salgo?»

Il KGB lo squadra. Quella faccia non l'ha mai vista. Da quando in qua i cinesi mandano un italiano a fare le consegne? Pensa te la crisi come cambia la vita... Oltretutto il tipo deve essere veramente messo male: non è certo un ragazzino e ancora fa le consegne? Quanti anni avrà? Sessanta tutti. Poveretto. Comunque il signor Arcángel non ha lasciato detto niente e quindi da lì, crisi o non crisi, non passa nessuno.

«Questo non è un porto di mare con gente che va e viene come gli pare. Qui entra solo chi è autorizzato. Punto.»

«E io cosa me ne faccio di trentasei bottiglie d'acqua già pagate? Se lei mi rimanda indietro, il supermercato addebiterà al signor Blanco la mancata consegna. E chi l'assicura che non si sia semplicemente dimenticato di dirlo? Torna a casa, non trova l'acqua e la prima volta che va al super scopre che gli viene aggiunta al conto pure la mancata consegna. Secondo lei, quando avrà capito di chi è la colpa, la busta a Natale continuerà a lasciargliela?»

Ettore inonda la portinaia di parole a tal punto che alla fine cede. Parzialmente. Non lo farà certamente entrare in casa del signor Arcángel, ma gli permetterà di scaricare l'acqua e portarla fin su al quarto piano, perché è lì che lui abita. Dovrà lasciare le bottiglie davanti alla porta di casa. Questo è il massimo che gli permetterà di fare.

«A piedi.»

«...»

«L'altro garzone lo sa: l'ascensore qui lo possono usare solo gli inquilini.»

«Ma sono quattro piani e trentasei litri...»

«Quindi?»

«La schiena...»

«*Tottu sas cosas passant.*»

Ettore capisce di non poter far altro che accettare e mentre va in auto a scaricare il resto dell'acqua, chiama Elena e l'aggiorna.

«Perfetto!»

«Perfetto cosa? Quattro piani? Tre volte su e giù? A piedi? Con un cartone di sei bottiglie per braccio? Mi vuoi morto?»

«Ti voglio tonico! E, mi raccomando, fotografa tutto: porta, serratura, portone di entrata...»

«E poi?»

«E poi... ho già un piano!» risponde Elena che, dopo aver chiuso bruscamente la conversazione con Ettore, digita immediatamente un numero al cellulare.

«Roberto! Tutto bene? Sì sì anche noi... Ti devo parlare di una cosa delicata... Che ne dici di una bella pizza a casa nostra stasera? Senti tu Stefano?»

## 6.

«No, no, no e poi no. Sei impazzita?!? E tu, Ettore? Non dici niente?»

Roberto e Stefano non ci possono credere. Mai e poi mai avrebbero pensato che quell'invito a cena potesse avere un doppio fine. Ma soprattutto non avrebbero mai immaginato che Elena avesse la sfrontatezza di chiedere loro un favore di quel tipo. Lei?! A loro?! Nel silenzio connivente di Ettore?!

Roba da non credere. Ma Ettore, che finalmente ha messo a fuoco il momento difficile che Elena sta vivendo in redazione, non ha intenzione di ostacolare i piani della moglie. E poi ha dovuto ammettere a sé stesso – ma non a Elena – che, a parte i quattro piani a piedi di cui la schiena sta reclamando vendetta, la recita pomeridiana lo ha divertito come non gli succedeva da tempo.

«È uno scherzo. Ammettilo», implora Roberto.

«Una provocazione. Per metterci alla prova», suggerisce Stefano.

Ma Elena scuote la testa. Non è un gioco. Fa sul serio.

«Wow! Amore, non mi avevi detto che Eva Kant era una tua amica...» commenta garrula e sinceramente incredula Anita.

A Stefano la pizza si è fermata sullo stomaco e gli ha creato un'arsura che tenta di placare ingollando birra neanche fosse all'Oktoberfest. Roberto, invece, sembra in balia di una fame nervosa che lo costringe a raccattare gli avanzi delle pizze d'asporto sparpagliati sul tavolo e nascosti sotto le stampe delle foto che Ettore ha scattato nel palazzo di via San Gregorio.

«Eddai, non mettetela giù così dura! In fondo vi ha solo chiesto di aiutarla a entrare in un appartamento...» azzarda Filippo, rompendo il silenzio di ghiaccio che avvolge la tavolata.

Effettivamente è questo che Elena ha proposto agli amici: aiutarla a entrare nella casa di Blanco. Loro maneggiano chiavi, brugole e seghette da trent'anni, sapranno ben come aiutarla, no?

Roberto e Stefano sono sbalorditi. Passi Elena che è sempre stata imprevedibile. Passino Anita e Filippo che sono giovani e suggestionabili. Ma Ettore? Non dice nulla? Non disapprova? Non ritiene quell'idea una follia? Pare che sia stato addirittura lui a scattare le foto che in questo momento hanno sotto gli occhi... Proprio lui, che all'università faceva parte dell'area più pacata della protesta, sempre lì a disquisire sul rispetto della legge, a cazziare quelli che invece volevano spingere, ostile alle occupazioni, contrario a scardinare cancelli di fabbriche abbandonate da anni. Insomma, proprio lui, trent'anni dopo, non batte ciglio di fronte alla proposta della moglie di mettere fuori uso serrature, entrare in casa di uno sconosciuto e infrangere serenamente la sacralità della proprietà privata. Una statua di sale. Roberto e Stefano non ci si raccapezzano.

«In realtà, quel che vi sto chiedendo, non si configurerebbe esattamente come reato...» prova a suggerire Elena.

«No, certo... Scassinare la serratura di un palazzo e di un appartamento, cosa vuoi che sia?»

«Non ti agitare amore che poi stai male...» dice Filippo cercando di placare Roberto.

«E lasciamola parlare, no?» insiste Anita sempre più incuriosita.

Elena spiega che a lei interessa solo entrare in quella casa, ma non intende toccare nulla. Quel che sta chiedendo loro è l'unico modo per capire se un tale sta bene. Non ha famiglia, non ha parenti, è sparito, non risponde al telefono e non se ne sa nulla. Potrebbe aver bisogno di aiuto. Potrebbe essere stato male e non essere riuscito a lanciare l'allarme. Potrebbe essere morto.

«E allora perché non chiami la polizia?» chiedono giustamente Roberto e Stefano. Elena non vuole fare accenno alla possibilità che ci possa essere una connessione con il cadavere ritrovato nei trolley e di cui tutti hanno letto. Ipotesi che spaventerebbe Ettore e ancor più i due amici, chiudendo le porte a qualsiasi collaborazione. Ma deve convincerli. E l'unico modo che ha per farlo è raccontare una parte di verità e cioè che la sparizione di quel tizio è una notizia che per ora ha solo lei ed è quindi un potenziale scoop che potrebbe salvarle il posto. Insomma, ha bisogno di loro. Del loro aiuto. Della loro solidarietà, «in nome della nostra trentennale amicizia».

Roberto e Stefano tentennano. Dovessero essere scoperti, Elena (ed Ettore!) rischiano forse la galera, ma anche loro puliti puliti non ne uscirebbero. Perché mettere a rischio di chiusura la loro attività, costruita con fatica negli anni?

«E smettetela!» irrompe a sorpresa Anita. «Dove sono finiti tutti i vostri valori? Uguaglianza di qua, uguali opportunità di là...»

«Amore, ti pre...» tenta Roberto

«Amore, 'sta bella cippa! Quello che stanno facendo a Elena è gravissimo. Vi ha chiesto aiuto. E voi state solo ponendo problemi. Dovete assolutamente aiutarla.»

«Ma significa mettere a rischio la nostra attività!» s'inserisce Roberto.

«Uhhhh, amore, non ti facevo così noioso...» interviene Filippo. «Eppoi quando ci siamo conosciuti, mi hai detto che volevi aggiungere un po' di pepe e di avventura nella tua vita, o no?»

Elena non ci può credere. A sorpresa sono Anita e Filippo a venirle in aiuto. Solidarietà femminile? Voglia di avventura? Assenza di scrupoli? Poco importa. Fatto sta che, grazie a loro, Roberto e Stefano si portano via tutte le foto e promettono di pensarci. L'indomani le faranno sapere cosa hanno deciso.

# MERCOLEDÌ

## 1.

Usciti i quattro amici, Elena ed Ettore sono andati a letto senza chiudere occhio fino alle prime luci dell'alba. A dire la verità Ettore, che ambiva alle sue otto ore di sonno, sarebbe stato ben felice di poter crollare, ma non gli è stato possibile. La recita con la portinaia del palazzo del maestro Blanco e il suo silenzioso appoggio nei confronti della moglie a cena, hanno piacevolmente sorpreso Elena che, a questo punto, lo considera decisamente più complice di quanto in realtà Ettore si reputi. Ma lui, a quell'ora della notte, non ha ritenuto fosse il caso di mettersi lì a chiarirlo. Elena era sovreccitata. Una tempesta di parole, congetture e strategie. Per ore si è interrogata e lo ha sommerso di domande sulle possibili risposte che di lì a poche ore Stefano e Roberto le avrebbero dato. A un certo punto Ettore, esausto e preoccupato per la notte che vedeva assottigliarsi, ha deciso che la moglie andava in qualche modo sedata.

La sua fortuna è stata l'arsura. Dopo ore di parole non stop, Elena ha infatti avuto bisogno di bere. E qualche goccina di Minias è finita casualmente nel bicchiere di acqua che Ettore si è precipitato a prendere in cucina. E finalmente il silenzio è sceso in camera.

Solo per poche ore, però, fino a quando prima un bagliore e poi una fanfara dei bersaglieri a volume altissimo hanno annunciato l'arrivo di un messaggio.

«Oddiooo, eccolo!»

Nonostante il sonnifero, Elena è una molla. Spalanca gli occhi e si tuffa sul suo cellulare. Lo afferra e fa in tempo solo a vedere che il messaggio è di Roberto, ma non riesce a leggerlo perché lo schermo si spegne.

«Eh no, dai... Maledetto *energy saver*!»

Serve il codice per sbloccarlo. Scuote Ettore che, nonostante la luce e gli squilli di tromba, sta russando alla grande e probabilmente ha incluso tutto quel trambusto in un sogno dal quale non ha alcuna intenzione di uscire.

«È Robertooo! Svegliati che leggiamo il messaggio assieme!»

Ettore, che non ricorda di chiamarsi Ettore e forse nemmeno di essere sposato con quella signora agitatissima che gli sta a fianco nel letto, fa fatica a riemergere dalle tenebre e capire che cosa sta succedendo. Guarda la sveglia. Le sei. La riguarda con incredulità e attenzione, ma quella non fa altro che confermargli che non è ancora l'alba. Piano piano nella mente riesce a ricostruire il puzzle della sua vita. Intuisce di essere a casa, dove da qualche giorno sembra non essere possibile dormire. Riconosce Elena. Capisce che il dolore al trapezio non è dovuto a un pugnale piantato tra la clavicola e la scapola, bensì al carico d'acqua che il giorno precedente ha portato fin su al quarto piano di quel palazzo sorvegliato dal cheghebé versione sarda, un marchio che – tra l'altro – andrebbe depositato vista l'estrema efficienza del controllo esercitato... Ricorda la cena di qualche ora prima e, trattenendosi dal proferire qualsiasi mugugno, si mette a fatica a sedere sul letto avvicinandosi a Elena che, impaziente come una bambina la mattina di Natale, è finalmente riuscita a inserire il codice, sbloccare il cellulare e visualizzare il messaggio.

«*Vieni da noi alle 13. Entra dal retro.* Ci stanno!» Elena urla di felicità. Roberto non le ha dato un due di picche. Con un paio di calci si libera di lenzuola e coperte, salta giù dal letto e parlando a raffica senza prendere fiato va in cucina, fa partire *Vita spericolata* e, cantando a squarciagola con Vasco, inizia a preparare la colazione. Ettore capisce che di dormire non se ne parla e, domandandosi perché mai non abbia sposato una donna con la pressione bassa che la mattina fatica anche solo a parlare, si alza e si chiude in doccia.

## 2.

Caffè, centrifugato, fette biscottate, marmellata, pane tostato, burro, succo d'arancia, formaggio, prosciutto cotto e crudo. E Vasco a palla che nel frattempo è passato a cantare *Una splendida giornataaa / Straviziata, stravissuta, senza tregua / Una splendida giornataaa…*

Quando Ettore mette piede in cucina, un'emozione improvvisa gli scalda il petto. È come essere tornati indietro negli anni, ai primi tempi della loro convivenza, quando staccarsi era più difficile e la giornata iniziava così. Non si sarebbero visti fino a tarda sera e quindi si erano ripromessi che la mattina dovesse essere una festa, con musica – Vasco per l'esattezza, perché Elena non poteva iniziare la giornata senza di lui –, chiacchiere e litri di caffè. Poi questo appuntamento si era perso. I bambini, certo. Da piccolissimi non dormivano la notte, ma la mattina sì ed Elena con loro. Così Ettore aveva iniziato a fare colazione da solo, cercando di fare meno rumore possibile. Poi c'era stata l'epoca in cui i figli andavano accompagnati a scuola e la cucina era un trionfo di latte, Nesquik, cereali e soprattutto «sbrigati», «veloce», «siamo in ritardo, dai…». Poi erano arrivate le colazioni dell'adolescenza, con caffè frettolosi in piedi, discussioni, porte sbattute, musi lunghi e nodo allo stomaco. Infine, le recenti colazioni solitarie e dietetiche, fatte di lettura dei quotidiani e comunicazioni di servizio.

Ma oggi no.

Nonostante le poche ore di sonno, Elena ha un'energia e un sorriso che Ettore non ricorda di vederle da molto tempo. È eccitata. Forse un po' troppo. Già s'immagina di riuscire a entrare nell'appartamento, scoprire che lì si è consumato un delitto, oppure trovare l'argentino segregato dalla sadica portinaia-KGB... Insomma, fare lo scoop e costringere così quel maledetto Scotti a scongiurarla di rimanere... Anzi, viste le sue indubbie capacità investigative maturate in anni di professione, la proprietà potrebbe addirittura chiederle di prendere il posto di quell'idiota che aveva maldestramente tentato di mettere alla porta una così valida risorsa per il giornale. E lei a quel punto farà un po' la preziosa, si prenderà del tempo per valutare e decidere.

«Elena, ti prego... Roberto ti ha solo dato un appuntamento...» Ettore prova a riportarla con i piedi ben piantati per terra.

«E allora? Cosa vuoi dire?»

«Dico solo di calmarti e aspettare di sentire che cosa ti diranno.»

«Ovvio! Ma nel frattempo non posso pensare alle prossime mosse?»

«Aspetta perché non è affatto detto che la cosa vada in porto.»

«Perché scusa?»

«Forse perché è una rischiosa follia?»

«O smettila... Sei il solito fifone!»

Elena è troppo su di giri per farsi smontare da Ettore. Non vuole assolutamente prendere in considerazione l'ipotesi che Stefano e Roberto non vogliano aiutarla, altrimenti perché le avrebbero dato l'appuntamento?

«Ci troviamo lì?» chiede Elena al marito che, già con il caschetto da ciclista in testa, sta uscendo per andare all'università. Ma Ettore ancora non lo sa. Usa come scusa una serie di non precisati impegni in dipartimento, ma in realtà non è così convinto di volersi far coinvolgere oltre. Vuole pensarci. Adesso deve andare, ma le promette che appena può le farà sapere. Elena accusa il colpo. Ci contava e, per cercare di non far trasparire la delusione, cambia completamente tema e chiede a Ettore se ultimamente ha avuto notizie da Anna.

«È da domenica che è sparita e inizio a essere un po' preoccupata...»

«Perché?»

«L'avevo sentita agitata per un testo che doveva consegnare.»

«Credo che l'abbia fatto... Io l'ho sentita ieri. Era a Edimburgo.»

«In Scozia?! A fare cosa?»

«È andata per un paio di giorni, con un gruppo di compagni, a un festival musicale pare molto bello.»

«...»

«Non te l'aveva detto?»

«No.»

«L'avrà deciso all'ultimo momento.»

«Sì, può essere...»

«Mi sembra di ricordare che oggi torni a Londra. Vedrai che ti chiama», le dice Ettore uscendo di casa. Ma Elena non ne è così convinta. Quando Anna ha dei problemi, è in crisi, non sta bene, ricorre a lei. Poi scompare. Quando sta bene chiama Ettore. È sempre stato così. Lo sa che è sciocco da parte sua, ma sente una fitta di gelosia attraversarla. Ha sempre invidiato il loro rapporto padre-figlia. Fin da piccola Anna ha condiviso con il papà giochi e risate, mentre a lei sono sempre toccati compiti, regole e mugugni. E nonostante il dottor Palughi le avesse più volte detto che quel comportamento suggeriva una profonda fiducia nei suoi confronti che permetteva ad Anna di lasciarsi andare e mostrarle la sua parte più fragile e bisognosa di coccole, Elena non riusciva a far altro che pensare di essere per la figlia solo un cestino dove vomitare ansie e problemi, per poi potersene andare più leggera a ballare nel mondo. Da sola. O con papà.

Ma non è questo il momento per ragionare sulla sua relazione con Anna. Seduta al tavolo della cucina, scorre velocemente i giornali sull'iPad. Non trova alcun aggiornamento interessante né sull'arresto di Piacenza né sui trolley di via Settembrini. Evidentemente la Scientifica sta ancora lavorando e non ha elementi da spendere con la stampa. E i due ragazzi non avranno scucito parola. Andrea non le ha più fatto sapere nulla, ma sarà di sicuro assillato da Scotti e quindi troppo occupato a cercare di sopravvivere costruendo stories di fumo. Una telefonatina al magistrato ci starebbe, pensa Elena che sa di avere in mano un bel jolly.

Detto fatto.

«Se non vuole che apra le gabbie e liberi le tre vecchiette, un caffè me lo deve concedere...»

Non è stato difficile. Il magistrato Capelli ha sempre avuto un debole per Elena, una dei pochi cronisti corretti che negli anni ha incontrato: rispettosa del lavoro altrui, concentrata sui fatti e scarsamente propensa a farcire i suoi pezzi con particolari inutili, morbosi e, nella maggior parte dei casi, falsi. Una della vecchia scuola, esattamente come lui. Niente a che fare con le nuove leve, cresciute a pane, social e serie *crime*. E poi, il solo pensiero di incrociare nuovamente quelle tre vecchiette fuori di testa, gli fa correre un brivido lungo la schiena. Un caffè? Anche due, tre, cento... quanti ne servono per tenerle lontane, molto lontane, da lui.

«Vogliamo concederci le migliori brioche della città?»

«Cosa mi propone, dottoressa Donati?»

«Pasticceria Sissi. Tra mezz'ora.»

«Perfetto. A dopo!»

Elena si sta vestendo quando il suo cellulare inizia a squillare. È Mario.

«Papà scusa ma devo corr...» Elena non ce la fa a terminare la frase.

«Mi hanno preso!»

«Dove?»

«Come dove? In comune, no? Non ti ricordi? Stai bene?» Il padre è travolgente. Sembra Margherita. Non l'ha mai sentito così eccitato. Da lunedì sarà un nonno vigile e tutte le mattine e i pomeriggi si dovrà occupare di rendere sicuro l'attraversamento stradale dei piccoli della scuola elementare Quintino Sella: «Pensa un po' che coincidenza: quella dove andavi tu!».

Elena è felice di sentire il padre così vitale ed entusiasta. È sicura che quell'impegno lo aiuterà a riconquistare un po' di fiducia in sé stesso. È certa che i bambini lo adoreranno, esattamente come avevano fatto Anna e Marco quando erano piccini ed era tra le braccia di quel nonno che correvano per farsi fare le coccole.

«Quindi d'ora in poi, se avrai bisogno del tuo autista preferito, dovremo cercare di organizzarci...» Queste ultime parole di Mario le fanno venire in mente che nella notte potrebbe effettivamente avere bisogno di un autista-palo. Ma adesso deve correre all'incontro con il magistrato. Ci penserà più tardi a parlargliene.

## 3.

Quando Elena entra da Sissi, trova il magistrato Capelli seduto nel giardinetto sul retro. È l'unico uomo presente. A quell'ora, la caffetteria, così come tutti i bar della città ubicati vicino alle scuole dell'infanzia ed elementari, pullulano di madri che hanno lasciato i figli a maestre e educatrici e finalmente possono concedersi un caffè senza doversi occupare di nessun altro se non di loro stesse.

Elena se le ricorda bene quelle irrinunciabili mezz'ore. Vere e proprie bolle salvifiche fatte di chiacchiere e anche di parecchie risate che permettevano di affrontare il resto della giornata sapendo di non essere la sola a fare fatica a tenere tutto assieme. Erano in maggioranza madri tardive, ex primipare attempate che avevano spinto la maternità più in là negli anni, perché avevano studiato a lungo e investito tempo ed energie nella realizzazione professionale. Traguardo che adesso vedevano messo a durissima prova. Non solo dal contesto sociale che le identificava esclusivamente nella loro funzione di madri, ma anche dalle aziende che si rivelavano per quello che realmente erano: organizzazioni pensate solo per uomini o donne senza figli. Ma il colpo basso più inaspettato arrivava dagli affetti più vicini. Dai mariti e compagni che, essendo cresciuti negli anni Settanta-Ottanta e non nel medioevo, erano sì disponibili ad aiutare – «Basta che tu mi dica cosa fare...» –, ma consideravano il carico mentale dell'intera organizzazione familiare un affare che non li riguardava affatto. Per finire con madri e suocere che, dopo aver dichiarato con entusiasmo di volersi occupare dei nipoti, non perdevano occasione per brontolare, sottolineando come quel lavoro così amato e impegnativo mal si conciliasse con l'avere figli e famiglia...

Quelle mattine al bar erano contemporaneamente mercatino dell'usato con vorticosi scambi di vestiti per bambini che crescevano a un ritmo indiavolato, resoconti Tinder, coaching motivazionale e planning settimanale. Il gioco d'incastri tra figli e infinite attività extrascolastiche, la casa, il lavoro, la spesa, le riunioni, le malattie da prevedere, le baby-sitter da trovare: tutte loro sapevano che senza il reciproco aiuto non ce l'avrebbero mai fatta. Elena si ricorda ancora la volta che aveva abbandonato Marco alla materna. Come dimenticare l'8 ottobre 2001? In quella nebbiosissima mattina, a Linate un Cessna Citation CJ2 privato era entrato erroneamente nella pista principale ed era stato investito da un aereo di linea della Scandinavian Airlines in fase di decollo. L'impatto e l'incendio successivo non aveva lasciato scampo agli occupanti di entrambi gli aeromobili. L'avevano chiamata dalla redazione mentre stava lasciando i bambini alla materna e, da lì, si era catapultata direttamente a Linate. La tragedia l'aveva assorbita a tal punto da farle dimenticare tutto il resto, figli compresi. Quel pomeriggio, Anna sarebbe andata a danza con la sua amica Irene e poi a casa sua a giocare fino a dopo cena. Insomma, lei era piazzata. Marco invece no. Per fortuna c'era stata «mamma Alessandra» – perché era così che le maestre le chiamavano: da solo, il nome, non sembrava essere più sufficiente –, che, arrivata come al solito all'ultimo minuto a recuperare la figlia, aveva trovato strano non vedere Elena, colei con la quale condivideva l'oscar-della-mamma-ritardataria. Non volendo irritare le maestre e allarmare Marco, le aveva mandato un messaggio discreto: Ti spiace se porto Marco a bere una cioccolata calda a casa mia? Elena non ricorda dove fosse e che cosa stesse esattamente facendo in quel momento, ma non ha mai dimenticato la scossa elettrica che l'aveva attraversata, il senso di colpa che le aveva strozzato il fiato e l'eterna gratitudine che aveva giurato ad Alessandra.

«Buongiorno! Era l'unico tavolo e ho pensato di occuparlo...» Il saluto del magistrato la riporta in sé.

«Ha fatto benissimo!»

«Ordiniamo?»

«Se mi dà carta bianca ci penso io che, si fidi, di colazioni me ne intendo...»

Croissant con crema e cioccolato, trecce con uvetta e canditi, cannoli e sfoglie appena sfornate, cappuccino con il latte montato al punto giusto. Il paradiso esiste e quella colazione ne è la prova. "'Fanculo Marina e l'acquabike", si ritrova a pensare Capelli. La serotonina non risolverà i problemi, ma aiuta ad accantonarli per un attimo. E se il magistrato aveva mai avuto qualche dubbio sull'opportunità di dar credito o meno a Elena, quella colazione gliel'ha spazzato via definitivamente. Non solo. Trasgressione dolciaria e conseguente produzione di serotonina hanno anche contribuito a creare un clima di confidenza che permette ai due di uscire dai rispettivi ruoli.

Elena racconta brevemente i cambiamenti in redazione e scopre così che anche in magistratura il nuovo che avanza è un caterpillar che si nutre di slide, *data analysis, financial linkages, business cycle, social surveys*... insomma gli stessi concetti che aveva sentito in redazione.

«Secondo le alte sfere, oggi le indagini si dovrebbero fare dall'ufficio, piazzando squadre di hacker davanti al computer», spiega sconsolato Capelli. «Utilissimi, eh... Ma così si perde il contatto con il territorio e, quel che è più grave, il senso della realtà...»

A Elena quell'uomo piace. O meglio, l'ha sempre incuriosita, fin dal liceo. Più volte si erano sfiorati, avevano avuto frequentazioni comuni, ma non avevano mai fatto parte della stessa compagnia. Più irruenta e barricadera di lui, in quegli anni di capelli lunghi e jeans, Elena se lo ricorda diverso, un po' antico, con quel taglio di capelli da barbiere di periferia e la camicia in ordine, infilata dentro i pantaloni e non svolazzante fuori. Senza alcuna ragione particolare, le loro strade si erano incrociate di frequente, tanto che Elena aveva sospettato che si fosse infatuato di Claudia. Minuta e seduttiva, con quelle gonne a balze che ai tempi andavano per la maggiore e provocanti camicettine indiane, la sua amica riscuoteva parecchio successo. Ma all'epoca lei e Claudia avevano occhi solo per puzzolenti ma fascinosi narcisi che, tempo due giorni, scomparivano nel nulla, in nome di una libertà sessuale che in realtà sembrava soprattutto essere libertà dai sentimenti. Quindi quel ragazzo, così pulitino e compito, non riusciva proprio ad attirare la loro attenzione.

Ricorda solo che un giorno, doveva essere l'ultimo anno di liceo, durante un'assemblea che sembrava girare a vuoto senza che nessuno avesse il coraggio di ammetterlo, proprio lui aveva preso il megafono e aveva proposto di organizzare un ciclo di seminari per riflettere sulla legalità, invitando a parlare esponenti della magistratura e delle forze dell'ordine. Elena ricorda perfettamente ancora i fischi, le urla e l'accusa di fascismo che avevano accolto quella proposta che dall'assemblea era stata considerata provocatoria, ma che lei aveva ascoltato con ammirazione e curiosità.

Durante gli anni dell'università lo ricorda molto meno. Si era iscritto a giurisprudenza e Claudia di tanto in tanto lo incrociava a lezione. Lei, invece, lo scorgeva nei chiostri della Statale, dove si dava appuntamento con l'amica e il suo cospicuo seguito di amori improbabili. Quando poi lei – a differenza di Claudia – si era stufata delle montagne russe del cuore, aveva salutato come una benedizione la comparsa di Ettore nella sua vita e si era chiusa in quel rapporto. Per lungo tempo aveva quindi perso le tracce di quel ragazzo così fuori dal mondo che, a un certo punto, era proprio scomparso, probabilmente per qualche specializzazione all'estero.

La vita per tutti era andata avanti e le loro strade non si erano più incrociate fino a molti anni dopo, quando Elena se l'era ritrovato davanti a una conferenza stampa, lei con il bloc-notes a prendere appunti e lui dall'altra parte del tavolo a parlare. Il lavoro li aveva fatti incontrare e avevano avuto più volte l'opportunità di apprezzare la professionalità e la correttezza reciproche, ma niente di più. Ruoli così diversi non avevano mai permesso loro di entrare in confidenza.

Il momento di fragilità che entrambi stanno attraversando, unito alle celestiali brioche di Sissi, permette loro per la prima volta di entrare in contatto. Parlando, passano dal lei al tu. Si ragguagliano sulle conoscenze comuni, tra cui Claudia, per la quale ai tempi il magistrato confessa di aver fatto più di un pensiero.

«L'avevo intuito, sai?»

«D'altro canto tu eri così inavvicinabile...»

«Scusa?» chiede Elena colpita e incuriosita.

«Assolutamente inarrivabile per noi comuni mortali.»

«Chi? Io?»

«Sì, tu. Altera.»

«Ma io ero terrorizzata. Temevo di essere inadeguata, di far anche solo intravedere quanto ero fragile.»

«Lo avevo intuito. Ed era il contrasto tra quello che vedevo e ciò che sospettavo che ti rendeva affascinante.»

«E allora perché non ti sei mai fatto avanti?» civetta Elena.

«Perché ero intimidito. E lento. E quando finalmente avevo deciso di buttarmi, nella tua vita è comparso... come si chiamava?»

«Ettore?»

«Esatto! L'hai mai più visto?»

«È mio marito... Stiamo assieme da allora.»

«Veramente? Complimenti! Non avrei mai detto che sarebbe durata...»

«Perché?»

«Eravate così diversi.»

«Lo siamo ancora...» ammette Elena con un lieve accenno di amarezza nella voce.

«Tutto bene?» chiede Capelli appoggiando con dolcezza la sua mano sopra quella di Elena.

Perché quell'uomo, di fatto uno sconosciuto, ha compreso un disagio, una difficoltà, che suo marito sembra non cogliere? Perché con Ettore è così difficile riuscire a parlare? Il dorso della mano, lì dove è appoggiato il palmo di Capelli, le brucia. Ma lei non fa nulla per sottrarsi. Da quanti anni non sfiora la pelle di un uomo che non sia Ettore? Da quanto tempo ha smesso anche solo di desiderarlo? Suvvia, si dice Elena, non facciamo l'adolescente che inizia a fantasticare solo perché il ragazzetto in metropolitana le ha inavvertitamente sfiorato la mano. Ma qui non si tratta di inavvertenza. Il gesto è stato consapevole, anzi consapevolissimo. Un segnale? Un gesto che avrebbe voluto compiere trent'anni prima e che ha trattenuto fino a oggi? Elena è lusingata. L'idea di poter piacere a un uomo che l'ha tenuta nel cuore per così tanto tempo è seducente. La testa ha iniziato a fantasticare, il corpo ha colto il segnale e il desiderio ha iniziato a mettere in moto gli ormoni. Se Claudia fosse lì, la spingerebbe a buttarsi e scoprire il gioco. Ma a lei piace osare, mentre a Elena il rischio blocca il respiro. E se tutto questo si rivelasse una fantasia? Ipotesi altamente probabile, dato che l'uomo che ha di fronte e che le ha confessato che trent'anni prima avrebbe (forse!) voluto fare un passo verso di lei, è da mesi un'anima in pena a causa dell'abbandono di sua moglie. E se invece quella mano aspettasse solo un cenno? Eccitazione. Panico. Come panico? Sì, smarrimento, batticuore e paura. Tradimento. Elena rabbrividisce al solo pensiero. In Italia una donna su tre tradisce il marito e lei nemmeno si concede di flirtare? «Quanto la fai lunga», le direbbe Claudia sbuffando, «aggiungi un po' di pepe alla tua vita… mica te lo devi sposare, no?» Ci mancherebbe altro. Ma forse un uomo così dolorante per la recente separazione non è l'ideale per una relazione tutta sesso, risate e poco impegno. Come scrisse Natalia Aspesi: «Gli amanti sono fatti per distrarre e dare attimi di presunta felicità». Mentre il magistrato Capelli ha tutta l'aria di aver bisogno di una spalla su cui piangere. Leggera, ecco come vorrebbe essere. Ma non ce l'ha mai fatta. L'avere avuto una madre leggerissima come Margherita non l'ha aiutata, anzi. L'ha trasformata in zavorra. E Capelli non ha l'aria di essere molto diverso.

«Tutto bene?»

La voce del magistrato strappa Elena dai pensieri che si inseguono velocemente nella sua testa. Le mani nel frattempo si sono staccate. Quelle di lui stanno trafficando con l'ultimo croissant alla crema. Le sue, invece, sono fredde e abbandonate a loro stesse.

«Sì, tutto bene. Sai, le solite fatiche di chi ha figli...» risponde Elena cercando di riprendere il controllo di sé e riportare la conversazione al tono intimo e brillante che aveva avuto prima dell'interruzione. Gli racconta di Anna e Marco, di come sia per lei difficile lasciarli andare dopo che per vent'anni le hanno riempito giornate e pensieri, di come sia faticoso affrontare quel vuoto.

«Sarebbe piaciuto anche a me avere dei figli...» Un velo di malinconia cala improvvisamente sul volto del magistrato Capelli.

«Succede...»

«Marina non li voleva e, con il senno di poi, forse è stato un bene così.»

«Potrebbe ancora capitarti...»

«No. Più che un padre, a questo punto sarei un nonno!» Una risata amara disegna due rughe profonde sul viso di Capelli. «È andata così. Pazienza.»

«Potresti innamorarti di una trentenne in pieno richiamo da orologio biologico...»

«Francamente a una trentenne non saprei proprio che dire... E un innamoramento, in questo momento, lo vedo molto difficile.»

"Quindi non flirtava con me?" si domanda Elena a metà strada tra il sollievo e la delusione.

Il clima adesso è amichevole e sereno e, ribadito che niente di quel che le dirà potrà usarlo per un articolo, il magistrato inizia a sbottonarsi sull'indagine. Ammette che stanno arrivando al dunque. Elena scopre che il possibile collegamento tra il cadavere nei trolley – di cui ancora non sono riusciti a risalire alle generalità – e i due squinternati arrestati a Piacenza, lo hanno fatto anche loro. Ma per ora i casi rimangono distinti. Capelli è in contatto con il magistrato di Piacenza e cerca riscontri. Il più importante è la coincidenza tra il gruppo sanguigno del cadavere e quello del sangue trovato sui pantaloni che i due ragazzi avevano buttato nel cassonetto. «Si tratta di un gruppo sanguigno piuttosto raro, A negativo», spiega Capelli, «e questa è un'informazione più che riservata...» Ma per mettere i due sopettati nell'angolo – visto che persistono a non voler aprire bocca – è necessario che l'indagine riesca quanto prima a evidenziare altri elementi. Nel frattempo è necessario che arrivi velocemente l'esito dell'esame del DNA rilevato su quel che rimane del pover'uomo: dovesse coincidere con quello dei ragazzi, non ci sarebbe più alcun dubbio sulla loro colpevolezza.

Elena registra l'informazione, tentenna un po', ma alla fine decide di non rivelare i suoi sospetti, ovvero che il cadavere nei trolley possa essere quello del maestro Arcángel. Se il sospetto si rivelerà giusto, vuole essere lei a gestire come meglio crede l'informazione.

Si è fatto tardi. Capelli deve tornare al lavoro e lei deve correre all'appuntamento con Roberto e Stefano. Elena si domanda come salutarlo. Far finta di nulla e optare per una cameratesca stretta di mano? Un bacio veloce sulla guancia come due amici di vecchia data? O un bacio interlocutorio, quello che dalla guancia si sposta leggermente verso le labbra di lui e lascia la possibilità di procedere? O retrocedere, se dovesse essere il caso...

Lo squillo del cellulare di Elena taglia la testa al toro.

«Mia madre...»

Il magistrato Capelli si dilegua salutandola a gesti e lei sbuffando risponde.

«Scusa, mamma, sono di fret...» Non riesce a finire la frase perché, come al solito, la parlantina della madre la sovrasta.

«Cos'è questa cosa che quell'*imbesüi* di tuo padre adesso si mette a dirigere il traffico?»

«Scusa?!»

«Mi ha telefonato, dicendomi che in futuro dovessi avere problemi di attraversamento posso contare su di lui. Cos'è 'sta cazzata? Si è bevuto il cervello? Lo dicevo io che c'erano tutti i segnali di demenza senile... Ma gli stai accanto? Guarda che per lui è un brutto momento...»

Elena le spiega che il padre inizierà a fare il nonno vigile e quindi si occuperà quotidianamente di supervisionare gli attraversamenti pedonali dei bambini davanti alla scuola Quintino Sella.

«La tua scuola? Gliel'hai procurato tu questo lavoro?»

«Io? No mamma, ha fatto tutto da sé!»

«Maddai! Non dirmi che ha mollato pantofole e poltrona... Lo sapevo io che la separazione gli avrebbe fatto bene.»

«Be', mamma, proprio bene bene bene non gli ha fatto. Capisco che tu voglia liberarti di qualche senso di colpa, ma non esagerare... Diciamo piuttosto che sta cercando di reagire.»

«Guarda che *a parlà pocch se falla mai*, eh!»

«Scusa?»

«Da quando sei diventata così pesante, Elena?»

«Pesante?»

«Sempre pronta a fare la predica. Noiosa. Sembri quell'uggioso di Jon Snow.»

«Chi?!?»

«Non dirmi che non sai chi è Jon Snow?!»

«No, non lo so.»

«Non posso crederci. Dove vivi?»

«E smettila, dai... Chi è questo Jon?»

«Oddio... Come faccio a parlare con una che non ha visto *Il Trono di Spade*?!?»

«*Il Trono di Spade?!?* Scusa mamma, ma da quando i tuoi riferimenti sono le serie televisive?!» urla Elena non rendendosi subito conto che Margherita ha troncato la comunicazione.

Ma chi è veramente sua madre? E, soprattutto, che cosa ha mai avuto in comune con Mario?

E con questi pensieri, corre all'appuntamento.

## 4.

Elena è agitata. Si sente gli occhi del mondo puntati addosso. Come se tutti sapessero che cosa ha intenzione di fare e quindi dovesse muoversi con molta circospezione in modo da far perdere le sue tracce. Per questo ha parcheggiato la Kangoo lontanissima dal negozio di Roberto e Stefano, ha indossato un cappellaccio a falda larga, infilato un paio di occhialoni neri e compiuto un giro assurdo per arrivare fino al negozio. O meglio, fino al retro. Al quale però non si avvicina immediatamente, perché proprio lì, davanti alla serranda chiusa, c'è qualcuno che cammina avanti e indietro e che non sembra avere alcuna intenzione di andarsene. Baffi, occhiali scuri e cappello modello Trilby Tweed. Sembrerebbe proprio l'ispettore Clouseau, se non fosse che zainetto e caschetto da ciclista sono identici a quelli di suo marito.

«Non ci credo... Ettore?!?»

I due si guardano, si indicano reciprocamente e scoppiano a ridere come non facevano da anni. Sono conciati neanche fossero agenti del Mossad sotto copertura. Insomma, due deficienti.

«Ma siete scemi?!» Roberto e Stefano non riconoscono più i loro amici. Tesi come due corde di violino hanno sollevato la serranda e trovato Elena ed Ettore piegati dalle risate.

«Volete proprio farvi notare da tutto il quartiere?»

«Scusa Roberto, ma guarda come si è conciato il prof!» riesce a dire Elena, cercando a fatica di ricomporsi.

«Perché tu invece, Miss Cronaca Cittadina, pensi di essere molto meno ridicola di me?» ribatte Ettore cercando di togliersi i baffi finti senza scorticarsi il labbro superiore.

Roberto e Stefano sono visibilmente inquieti e preoccupati. È evidente che i rispettivi compagni li hanno lavorati ai fianchi fino a farli cedere. E infatti ci sono anche loro. Sempre più increduli di fronte a quella coppia che si sta rivelando molto più vivace e divertente di quanto l'avevano frettolosamente giudicata. Anzi, a voler essere sinceri, sono Stefano e Roberto che con le loro paure e gli sfinenti tentennamenti, si stanno rivelando monotoni e prevedibili. Vecchi.

Anita e Filippo vorrebbero essere coinvolti in questa operazione. Lei già si vede novella suffragetta, eroina contro le ingiustizie, strizzata nei panni della Bond girl – per essere più precisi, nel costume che Ursula Andress indossa in *Agente 007 – Licenza di uccidere.* Lui in quelli di Sherlock Holmes, versione cinematografica. Ma hanno sottovalutato l'ansia. Quella che attanaglia lo stomaco di Roberto, accorcia il respiro di Stefano e allo stesso tempo dà loro un piglio autoritario insospettato. E così Filippo e Anita vengono con fermezza invitati a uscire, in modo da poter trasferire in segretezza a Ettore ed Elena tutte le informazioni e gli strumenti necessari a irrompere prima nel palazzo e poi nell'appartamento di Mr XY.

«Chi??» chiede Ettore.

«Immagino il maestro Arcángel Blanco, giusto?» azzarda Elena, scatenando le ire di Roberto e Stefano che non vogliono assolutamente sapere il nome dell'inquilino dell'appartamento che gli amici hanno intenzione di violare.

Roberto e Stefano raccontano che in un primo momento avevano pensato fosse necessario ricorrere alla chiave bulgara.

«Ma Arcángel è argentino...»

«E allora?! Non vi abbiamo detto di non pronunciare mai il nome? Siete veramente scemi...»

«Scusateci... Ma cos'è 'sta chiave bulgara?»

«È uno strumento che pare sia stato creato dagli 007 bulgari ai tempi della guerra fredda. Serviva per aprire qualsiasi porta senza che l'infrazione fosse visibile e così poter piazzare pulci e microspie all'insaputa dell'inquilino», spiega Roberto.

«È una sorta di grimaldello, composto da due attrezzi, un tensore e una cosiddetta chiave morbida», prosegue Stefano, che tra i due è sempre stato quello dalle manine da fata, «che permette di ricostruire il profilo della chiave di una serratura a doppia mappa, senza avere la chiave originale e senza smontare le serrature della porta blindata.»

Elena ed Ettore non ci hanno capito molto, ma non intendono fare domande, perché temono che Stefano possa andare avanti ore a spiegare nel dettaglio il funzionamento di questa benedetta chiave bulgara. Si limitano ad annuire.

«Quindi?»

«Quindi, non sareste in grado di farcela. Troppo complessa per voi.»

«Invece?»

Invece no. Per fortuna la chiave bulgara non serve. Dopo aver studiato con attenzione le foto scattate da Ettore si sono convinti che la situazione sia meno complessa. Non hanno dubbi sul portone del palazzo.

«È un modello vecchissimo. Si vede che nel condominio sono di manica stretta.»

«È la serratura più comune che esista sul mercato. L'aprite con il nostro passe-partout, quello che usiamo per gli antifurti delle bici quando vengono perse le chiavi.»

«Con questa lo aprite senza problemi», dice Roberto allungando quella che a Elena sembra essere una normalissima chiave.

«Più complessa, invece, la questione della porta di casa di Mr XY.»

«Arcángel???»

«Shhh!»

«Oh, cazzo. Scusate!»

Anche nel caso della porta dell'appartamento non dovrebbero esserci particolari problemi: la serratura è piuttosto semplice e la porta non è blindata. Le possibilità si riducono a tre e quello è esattamente il numero di chiavi che vengono consegnate a Elena.

«Una di queste funziona di sicuro.»

«Quindi? Dove sta il problema?»

Roberto e Stefano non sono riusciti a capire se è collegata a un allarme.

«Il prof, quel genio di tuo marito, non ha fotografato il campanello.»

«Perché avrei dovuto fotografarlo?»

«Se l'appartamento è dotato di un sistema di allarme, di solito lì a fianco dovrebbe esserci l'interruttore con la lucetta verde o rossa, a seconda se l'allarme è stato inserito oppure no...»

Quindi c'è quel rischio lì. A naso gli verrebbe da escluderlo, ma non si può mai sapere. Ci dovesse essere e la luce fosse verde, vorrebbe dire che l'allarme non è stato inserito. Dovesse essere rossa, invece: «Girate i tacchi e andatevene. Di corsa».

Roberto e Stefano augurano a Elena buona fortuna e avvertono gli amici che il negozio rimarrà chiuso per una settimana. Strategicamente hanno deciso di prendersi una vacanza. Qualunque cosa accada, non vogliono esserne coinvolti. Amici sì, ma nel caso le cose non dovessero andare bene, non vogliono in alcun modo essere collegati all'effrazione. Hanno quindi fissato un aereo per l'indomani mattina. Destinazione Maldive.

«Ma tutti lì andate?» commenta Elena sconsolata.

«Con quel sole accecante?» chiede Ettore stupito.

«Lascia fare...» rispondono all'unisono Roberto e Stefano, ammiccanti, ed Elena, decisamente sconsolata.

«Vi assicuro che la campagna è più rilassante. Ed è ormai risaputo che il sole dei tropici non fa bene alla pelle, soprattutto dopo una certa età...» insiste Ettore mentre inizia ad armeggiare nelle tasche alla ricerca della chiave per aprire l'antifurto della sua bici.

«...e chi lo vede il sole?!» ribatte ironico Stefano.

«Ma allora... perché andare fin lì?» chiede soprappensiero Ettore mentre continua a scandagliare lo zainetto.

«Eddai, Ettore...» interviene Elena imbarazzata. «Vogliamo andare che abbiamo parecchie cose da fare?»

«Scusa, ho dato a te la chiave dell'antifurto?» chiede Ettore alla moglie.

«No. Perché?»
«Non la trovo...»
«Hai guardato anche nelle tasche dei pantaloni?» s'inserisce Roberto. «Le mie le ritrovo sempre lì.»
«Ho guardato ovunque... Non capisco dove possa essere finita.»
«Vabbè, dai», risponde Elena. «Siamo nel posto giusto per perderla, no?»
«Direi proprio di sì!» conferma Stefano.
«Vi abbiamo pure dato il passe-partout...» sottolinea Roberto.
«Giusto. Proviamo dai, Ettore», cinguetta Elena allungando la chiave al marito.
«Vedrai: un gioco da ragazzi!» insiste Roberto.
«Sì, vedrai non serve alcuna abilità manuale», ridacchia Stefano, facendo l'occhiolino a Elena.
In realtà non sembra essere affatto così. Ettore prova e riprova ma l'antifurto non cede. Alle sue spalle sente il peso dei sei occhi che lo scannerizzano e lo giudicano... Ma nonostante sappia che lì si sta giocando una parte consistente della sua autorevolezza, alla fine cede.
«Scusate ma non riesco... Fate voi?» chiede con la fronte imperlata di sudore.
Tronfi, Stefano e Roberto gli rubano la chiave dalle mani e fischiettando afferrano il lucchetto dell'antifurto pronti a farlo scattare in un nanosecondo.
«Vedrai: un gioco da ragazzi...»
Ma nulla sembra accadere.
La chiave non sembra girare e l'antifurto non si apre.
«Un gioco da ragazzi, eh?» sussurra Elena all'orecchio del marito che si sta godendo l'inaspettato riscatto dall'umiliazione subita.
I due amici, prima leggermente sorpresi, poi sempre più nervosi, tentano in vari modi di scassinare senza successo la serratura. Dopo aver passato tutte le fasi dell'irritazione corredate da un vasto campionario di imprecazioni, si rendono conto che quello che Stefano, in piena crisi di nervi, ha scagliato con rabbia a terra, non è il passe-partout bensì la chia-

ve del magazzino che avevano erroneamente consegnato a Elena.

«Sono identiche...»

«È facile confondersi...»

«Ma adesso il mistero è risolto e...»

«...l'antifurto aperto», bofonchiano imbarazzati i due amici che, da sgallettanti maschi alfa sembrano essersi trasformati in dimessi uomini-zerbini.

«Bravi. Proprio bravi! Meno male che Ettore se n'è... accorto! Sennò vi immaginate la scena stanotte davanti alla porta di Arcángel Blanco?»

«Shhh, Elena! Ti abbiamo detto che non vogliamo sapere il nome...»

«Ma ti sembra questo il punto, Stefano?»

«No, certo. Il vero problema è la figura di merda che...»

«Esatto.»

«...che vorrei evitare con Anita.»

«...e io con Filippo.»

«Cosa?!?»

«Sarebbe carino da parte vostra non fare accenno a quanto successo...»

«Questa cosa ci aveva fatto conquistare un bel po' di punti...»

«Ci considerano Q!» confessa Stefano.

«Scusa?»

«Maggiore Geoffrey Boothroyd. Nome in codice Q», spiega Roberto.

«Dovrei conoscerlo?»

«Be', sì. È lui che fornisce le armi, i gadget, le auto accessoriate all'agente 007. Non te lo ricordi?» s'inserisce Ettore.

«Non credo di aver mai visto un suo film fino alla fine.»

«Ma avrai sicuramente sentito la sua frase più celebre...» insiste il marito.

«*Tu quoque, Brute, fili mi?*»

«No, Elena», intervengono Stefano e Roberto all'unisono. «*La prego di riconsegnare intatto l'equipaggiamento al termine della missione.*»

## 5.

«Rincitrulliti.»

«Hanno fatto un po' di confusione. Può succedere, dai.»

«*Ci considerano Q...* Ma li hai sentiti?! Due deficienti.»

«Non essere così dura.»

«La verità è che Jessica Rabbit e il dio greco gli hanno fatto andare il cervello in pappa.»

«Non esagerare, Elena.»

«Hai ragione. Nel loro caso *cervello* è una parola grossa... Qui si tratta di un unico neurone che vagola solitario nella scatola cranica. Bruciato. Fulminato. Insomma: *missing.*»

Da quando è uscita dal negozio, Elena non ha mai smesso di parlare. Non le sembra vero di poter finalmente dare sfogo alla rabbia accumulata nei mesi nei confronti di Stefano e Roberto. Da quando i due amici avevano lasciato Nicoletta e Laura, era la prima volta che con Ettore si concedeva di dare voce alla pancia senza il timore di essere giudicata «troppo di parte». L'errore fatto con il passe-partout le aveva offerto l'alibi perfetto per potersi finalmente lasciar andare.

«Due palloni gonfiati.»

«Eddai... E adesso che facciamo? Non hai veramente intenzione di entrare in quell'appartamento, giusto?»

Ma Elena, che non è mai stata più seria di così, passa a fare congetture. Nelle sue intenzioni, infatti, l'operazione deve svolgersi quella notte stessa. Dovrà riuscire a coinvolgere il padre: ha bisogno che le faccia da autista e da palo, in modo che possa allertarla nel caso in cui ci dovessero essere movimenti strani. Prima di tutto però dovrà procurarsi l'occorrente: torce, passamontagna, tutina nera...

Ettore ascolta preoccupato e sorpreso. Mai avrebbe pensato che sua moglie potesse essere così intraprendente. Prova a dissuaderla, dicendole che forse il gioco si sta facendo un po' troppo pericoloso, ma Elena è irremovibile. Gli ricorda la ragazza che aveva conosciuto più di trent'anni prima. Testarda e ostinata. Ma era proprio di lei che si era innamorato o se l'è dimenticato? No, come avrebbe potuto? È che negli anni, di quella ragazza si erano perse le tracce. Ettore aveva pensato che si fosse dissolta nello scorrere della vita, *collateral damage* di quel bagaglio di responsabilità che l'età adulta si porta appresso. Invece no. Si era acquattata sotto traccia. Ogni tanto, infatti, gli era sembrato di intravederla. Come quella volta che erano in montagna ed Elena non aveva voluto sentir ragioni e assieme ad Anna e Marco – che ai tempi avevano otto e sei anni – si era lanciata con il parapendio dal Seceda, da oltre 2500 metri di altitudine. Lui in preda all'ansia non era riuscito a guardarli volare nel cielo sopra Ortisei, ma ancora oggi rivede gli occhi, il sorriso e l'eccitazione di tutti e tre all'atterraggio. I ragazzi lo considerano il ricordo più bello della loro infanzia. Ed eccola qui di nuovo, pronta a infrangere la legge per salvare il proprio lavoro. Così lei gli ha detto. Ma Ettore intuisce che c'è dell'altro. Perché è evidente che non è la sopravvivenza a essere in gioco. È qualche cosa di molto più complesso che ha a che fare con il senso, l'età, i figli che se ne vanno. Probabilmente Elena ha anche cercato di dirglielo in questi anni. Perché non l'ha ascoltata con più attenzione la sera, a letto, invece di chiudersi nelle sue letture? Ettore rimpiange le loro serate a raccontarsi la vita e si ripromette di riprenderle. Ma intanto che fare? Non avrebbe assolutamente voglia di farsi coinvolgere oltre, ma ora che è lì è evidente che Elena dia per scontata la sua presenza. E poi, vuole veramente che sua moglie affronti tutto questo da sola? Certamente no. E quindi, con molta circospezione, le conferma che quella notte sarà della partita.

«Sarai il mio Diabolik?»

«Proprio come la vecchia Alfetta di tuo padre sarà la nostra Jaguar E-Type…» risponde baciandola sul naso.

## 6.

*Vivere / È passato tanto tempo / Vivere / È un ricordo senza tempo / Vivere...*

La voce di Vasco fa eco ai pensieri di Elena che, alla guida della Kangoo, sta girovagando per la città nel tentativo di mettere assieme tutto l'occorrente di cui lei ed Ettore avranno bisogno per la spedizione notturna.

Elena deve ammettere a sé stessa che la decisione del marito l'ha sorpresa. Ci sperava, ma non si aspettava che accettasse d'irrompere con lei nell'appartamento di Arcángel quella notte. A pensarci bene, era stata proprio quella sua capacità di stupirla che, più di trent'anni prima, l'aveva attratta. Sempre molto giudizioso, prudente e soprattutto pignolo, Ettore l'aveva conquistata con le sue improvvise e inaspettate stravaganze. Alcune delle quali, gli va dato merito, avevano contribuito a risolvere situazioni potenzialmente rischiose. Elena sorride al pensiero di quella volta che il rettore aveva impedito l'organizzazione di un'assemblea, vietando qualsiasi tipo di assembramento. Ettore, cavilloso com'era, aveva cercato sul vocabolario la definizione esatta di assembramento e, avuta conferma che si trattava di «raggruppamento di persone con intenzioni ostili, sospette o sconosciute», aveva fatto girare voce tra gli studenti di presentarsi l'indomani con al collo un cartellino che indicasse dati anagrafici e numero di matricola, ma soprattutto chiese a tutti di indossare un naso rosso da clown. E aveva quindi indetto l'assemblea. Il rettore aveva gridato alla provocazione e chiamato la DIGOS. Peccato che, dopo aver dato uno sguardo in giro, il sovrintendente capo non aveva potuto far altro che sorridergli, dargli una pacca sulle spalle e invitarlo a rilassarsi e a non rompere troppo i coglioni.

Ma da quanti anni Ettore non la sorprendeva più? Invecchiando le sembrava che fosse diventato sempre più prevedibile e monotono. E invece, già la sera precedente l'aveva lasciata di stucco. Be', non solo lei, ridacchia tra sé e sé Elena, anche per Stefano e Roberto, per non parlare poi di Anita e Filippo, era stata una bella sorpresa quel silenzioso appoggio di Ettore.

Elena sorride al pensiero delle facce degli amici, e se qualcuno glielo chiedesse, dovrebbe ammettere che in quel preciso istante è felice. Stupidamente felice, perché in realtà non ha alcuna ragione per esserlo. Anzi, è perfino un po' folle che lo sia poche ore prima di compiere un reato che potrebbe rovinare la reputazione sua e di suo marito.

Eppure…

I pensieri di Elena vengono interrotti dallo squillo di tromba che annuncia un messaggio.

Anna.

Un vocale.

«Alla buon'ora!» esclama Elena che è allo stesso tempo offesa per il silenzio della figlia e felice, anzi felicissima, che il black-out si interrompa. Sfiora l'icona con il polpastrello e la voce di Vasco fuoriesce dagli auricolari.

*Silvia / Fai presto che sono le otto / Se non ti muovi fai tardi lo stesso / E poi la smetti con tutto quel trucco / Che non sta bene te l'ho già detto…*

E poi le parole di Anna.

«Mamma ricordi?»

E certo che Elena ricorda…

«Era questa la canzone che ascoltavamo in auto in loop quando mi accompagnavi – in ritardo – a scuola.»

Di corsa, bruciando semafori e smadonnando contro il traffico, contro la sveglia che non aveva suonato e maledicendo chi aveva avuto l'idea di far iniziare la scuola alle otto del mattino.

«Mamma, che nostalgia! TVB. XXX.»

Anna è così. Chiede aiuto, scompare, non si fa sentire

per settimane e poi, a sorpresa, manda un messaggio che straccia il cuore e toglie l'aria per l'emozione. Colpisce e affonda. E in un attimo tutto è perdonato, sommerso da quel ricordo così caldo e intenso rievocato dal messaggio (e dalle parole di Vasco). Elena ha le lacrime agli occhi. Quella figlia sempre così priva di fronzoli e vera, è merce rara e va maneggiata con cura.

Accosta e si mette a digitare.

– Ti voglio bene anch'io. Tantissimo. Mamma. PS. Mi manchi

– Anche tu

Asciugate le lacrime, Elena si ricorda di dover telefonare al padre. Deve convincerlo a far loro da autista quella notte.

«Pronto!»

«Che tono squillante papà!»

«Sto guardando un video che ho fatto oggi...»

«Un video?»

«Massì, sai con il cellulare... Ho filmato i vigili!»

«Perché?»

«Così studio i segnali manuali, no?»

«...»

«Per l'attraversamento dei bambini, ti ricordi?»

«Ah, certo...»

«Ho comprato anche un fischietto. Credo possa essermi utile. Tu che dici?»

«Hai fatto bene papà!» risponde Elena, divertita dalla serietà con cui Mario sta affrontando il nuovo impegno. «Ma io ti ho chiamato perché ho bisogno di un autista e della sua Alfetta.»

«Scusa, ma devo guardare l'agenda.»

«Capisco...»

«Quando?»

«Stanotte.»

«Stanotte?!»

«Sì. Alle 02.30 per la precisione. Missione supersegreta.»

«Tipo 007?»

«Tipo.»

Era bastato quello per convincere Mario, vero appassionato della serie di James Bond. Più complesso spiegargli come silenziare il cellulare e memorizzare alcuni messaggi standard da usare nel caso ci fossero delle complicanze.

«Ci vorrebbe quel genio di Q...»

«Q? Anche tu con 'sta fissa?»

«Be', non sarebbe male poter contare su di lui...»

«Vabbè dai, lasciamo perdere, papà... Ci vediamo alle due e mezzo da me?»

«Ok! Stasera mi tengo leggero, faccio un pisolo e poi arrivo, cara M.»

«?»

«Sempre lui. James. James Bond.»

«Papà, ti prego!»

## 7.

La casa di Elena ed Ettore sembra essere stata attraversata da un tornado. Scarpe, attrezzi da lavoro, nastro adesivo, forbici, cuffie da piscina, cappelli, mute da sub, stivali, borracce, zaini, marsupi e molto, moltissimo altro è sparso un po' ovunque. Una confusione che mette a dura prova la vena «precisetti» di Ettore che, disorientato e piuttosto preoccupato, s'aggira sollevando cuscini, spostando libri e aprendo cassetti, contribuendo così ad aumentare il disordine.

«Scusa ma che fai?»

«Non trovo il mio cellulare.»

«Non ricordi dove l'hai appoggiato?»

«In questo caos?»

«Vuoi che provi a farlo squillare?»

«Non serve... L'ho silenziato.»

«Prova a pensare all'ultima volta che lo hai visto.»

«Sto provando a ricostruire... Avevo cercato un posto sicuro, dove il caos non l'avrebbe raggiunto.»

«Sulla libreria?»

«Ho guardato. Non c'è.»

«Sotto i divani?»

«Non c'è.»

«Vabbè, dai, non può essere andato lontano... salterà fuori...»

«Difficile, non credi? Non ha le gambette.»

«...»

«Il cellulare, intendo...»

«E me la spieghi anche?»

«Scusa. Sono nervoso.»

«L'ho capito, ma adesso dobbiamo risolvere il problema delle impronte digitali!»

Nel suo giro di acquisti, Elena ha dimenticato o non ha trovato alcune cose. I guanti usa e getta, per esempio.

«Vabbè, dai, possiamo usare questi!»

«I guanti della colf?»

«Perché no?»

«Non credi che siano un po' troppo arancioni?»

Purtroppo Elena non ha acquistato nemmeno i passamontagna. Avevano rovistato in casa, alla ricerca di vecchie maschere di carnevale dei ragazzi, ma poi si erano ricordati che un giorno Ettore, durante uno dei suoi attacchi di precisettitudine, aveva riempito due capienti borsoni e portato tutto alla ricicleria di via Corelli.

«Mannaggia a te e alla tua mania di buttare via tutto ciò che secondo te non serve...»

«Eh... Fosse per voi tre, vivremmo sepolti in casa.»

«Mi è venuta in mente un'alternativa per mascherare il viso...»

«Cioè?»

Elena corre a rovistare nell'armadio in corridoio e dopo una serie di tonfi e imprecazioni, torna da Ettore con indice e medio della mano destra che formano una V, in segno di vittoria. Nell'altra mano tiene due mascherine, quelle che danno sugli aerei quando si vola in business e che lei aveva conservato per anni, da quella volta che aveva accompagnato Ettore a un convegno a Berlino, molto tempo prima.

«Che ne dici?»

«Che non vanno bene, perché noi avremo assoluto bisogno di vedere, non credi?»

«Uff, quanto sei poco fantasioso... Passami le forbici che ricavo due fori per gli occhi.»

«Rischiamo di essere ridicoli. Impresentabili.»

«Non dobbiamo mica partecipare al concorso del ladro più elegante dell'anno!»

«Molto spiritosa. Credo che dovremmo rimandare almeno di ventiquattr'ore, così da avere il tempo per procurarci tutto per bene.»

«Non se ne parla proprio! Abbiamo tutto. Devi solo cambiare le scarpe: non penserai di venire con le tue Church's, vero?!»

«Perché no?»

«Perché fanno rumore! Prova queste sneakers di Marco.»

«Non ce la posso fare...»

«Perché?»

«Come perché?»

«Qual è il problema?»

«Non la senti la puzza?»

«Ma per favore...»

«No, dico, non la senti la puzza?»

«Secondo me esageri... Sono sformate, sporche e puzzano solo un poco.»

«Ma non senti un odore strano?»

«Ma non sono le scarpe. Potrebbe essere il forno. Forse è un po' sporco.»

«...»

«L'ho acceso. Si sta scaldando. Pensavo di infilarci una pizza surgelata, che ne dici?»

«Oddio... no!»

«Preferisci una pasta? A me va bene. Non è una trage...»

«Il forno! L'hai acceso?»

«Be', sì. Così se vogliamo infilarci la piz... Qual è il problema?»

«Mi è venuto in mente dove ho messo il cellulare...»

«Nel forno?»

«Esatto...»

8.

Alle due e mezzo Elena ed Ettore sono in strada, davanti a casa, in attesa di Mario.

Che però non si vede.

02.31, 02.32, 02.33, 02.34, 02.35, 02.36, 02.37, 02.38, 02.39…

Niente.

Panico.

«Ma dove sarà mai finito? Non si vede nemmeno l'ombra…»

«Alle due del mattino è difficile, non credi?»

«Cosa?»

«Vedere l'ombra.»

«…»

«È necessario il sole, o almeno la luce di un lampione.»

«Non ci credo. Sei serio?»

«Be', è così che funziona l'ombra.»

«…»

«Rientriamo?»

Proprio quando Ettore ed Elena stanno nervosamente per ritornare a casa, sgommando e sbandando l'Alfetta gira l'angolo. Mario inchioda, parcheggia davanti ai due e spegne il motore. Evidentemente non li riconosce, perché non sblocca le portiere. Anzi, guarda l'orologio, si allunga sul sedile e sbuffando si mette in posizione d'attesa.

«Papà! Apri, dai… Siamo noi!» sussurra Elena bussando con forza sui vetri.

«Elena? Ettore?»

«E chi vuoi che ci sia a quest'ora sotto casa?!»

«Ma come vi siete conciati?»
«Lasci perdere, Mario, la prego...» s'inserisce Ettore.
«No, scusa, papà, tu piuttosto in che condizioni sei?»
«Perché?»
«Arrivi in ritardo e sei pure ubriaco.»
«Eddai, esagerata! Ho bevuto solo un paio di bicchieri!»
«Un paio?»
«D'altro canto come si fa a mangiare il *porceddu* senza del buon cannonau?»
«Hai mangiato il *porceddu*?! Ma non avevi detto che saresti stato leggero?»
«E infatti non ho mangiato le patate al forno!»
«Ah vabbè, ti sei trattenuto... Bravo, molto bravo. Devo farti i complimenti?»
«Grazie. D'altro canto, non sarei mai riuscito ad alzarmi.»
«Ma va'?»
«Eh no, lo sai che alla mia età le patate, mangiate di sera, possono essere pesanti...»
«Lo so! Accidenti a te! Ma da quando in qua sai cucinare il maiale?»
«Il *porceddu*. Non l'ho fatto io. È stata la Maria.»
«La Maria chi?»
«La Maria, sai, la portinaia del mio palazzo.»
«...»
«Da quando tua madre se n'è andata si è offerta di portarmi pranzo e cena.»
«...»
«Ma poi ci siamo detti: perché mangiare da soli?»
«Bella idea, Mario!» interviene Ettore.
«Già, soprattutto stasera...» sottolinea Elena acida.
«Lei cucina e poi sale da me. Io apparecchio e ci metto il vino.»
«Giusto! Così immagino facciate anche un paio di chiacchiere», lo incoraggia Ettore.
«Esatto! La Maria ha un sacco di aneddoti di quando ancora viveva in Sardegna... E poi è una donna interessante, una che legge tantissimo. Mi ha consigliato un libro che ha

appena terminato. Mi sembra che s'intitoli *Anime di notte*, di un tale che adesso non ricordo.»

«*Le nostre anime di notte*, di Kent Haruf. L'ho letto. Bel libro, veramente», commenta Ettore.

«La Maria dice che parla di due anziani come noi e che potrebbe fare al caso nostro...»

«Effettivamente può essere una bella idea», prosegue Ettore, «il libro parla di due anziani che...»

«Scusate il disturbo, non vorrei interrompere questa piacevole conversazione», interviene Elena seccata, «sono quasi le tre del mattino e voi disquisite di letteratura? Ma vi sembra il caso?!»

«Vabbè, dai. Due chiacchiere, giusto per parlare, no?»

«Papà, per favore, vuoi mettere in moto?»

«Comunque, tua madre me lo aveva sempre detto: guarda che la Maria ha un debole per te. Ma io non ci credevo. E invece...»

«...»

«Eppoi, pensa la fortuna...»

«...»

«Conosce tutti i film di James Bond! Pazzesco, vero?»

«...»

«Chi l'avrebbe mai detto, eh?»

«...»

«...»

«Papà, ma tu sai chi è Jon Snow?»

«Jon cosa?»

«Snow.»

«Mai sentito.»

«*Il Trono di Spade*?»

«Zero.»

«Ma tu e la mamma, esattamente, che vita facevate assieme?»

## 10.

Mario parcheggia in via San Gregorio, giusto sotto il palazzo di Arcángel Blanco. Il silenzio avvolge la strada e lo stabile è immerso nel buio. Elena ed Ettore, quasi trattenendo il fiato, si avvicinano al portone e, prima ancora che inizino ad armeggiare con la chiave fornitagli dagli amici, Mario li sorprende alle spalle spaventandoli a morte.

«Cazzo, papà, ma vuoi farci venire un infarto?» sussurra arrabbiatissima Elena.

«Dovevo dirti una cosa importante...»

«Shhh! Mario, per favore, può parlare sottovoce?»

«Che cosa c'è, papà?»

«Ho dimenticato il cellulare a casa.»

«Tre cose dovevi fare: non bere, arrivare puntuale e portarti il cellulare!»

«Eddai... La Maria mi ha distratto. Non è mica un delitto, no?»

«Non è professionale, Mario. Se lo lasci dire.»

Che fare? Tornare indietro? Mandare tutto all'aria? Ettore vorrebbe rimandare l'operazione ed Elena è tentata di cedere. Anche perché lo spavento le ha fatto venire l'urgenza di un bisognino che quella stupida muta integrale dalla cerniera mal funzionante rende complesso da soddisfare... Ma chi glielo assicura che l'indomani, o il giorno dopo ancora, quell'idea non le appaia per quello che in realtà rischia di essere, ovvero un azzardo, e decida di lasciar perdere? Elena guarda i suoi compagni di avventura. Un ottantenne un po' ciucco e un professore universitario che, più che Diabolik, ricorda uno dei componenti del compianto gruppo dei Gufi, ma con i guanti da colf. Non rischiassero tutti la galera, ci sarebbe molto da ridere.

Riuscirà a convincerli a seguirla una seconda volta? Ne dubita fortemente. L'operazione non deve essere rinviata, troppo rischioso. Elena decide che faranno a meno del cellulare del padre e, dovesse essere necessario avvertirli, Mario dovrà inventarsi qualche cosa.

«E la pipì?» chiede Ettore.

«La tratterrà. Come faceva da piccola quando stava facendo un gioco che le piaceva troppo», sussurra Mario, mostrando di conoscere molto bene sua figlia. Forse meglio di Ettore.

## 10.

Per fortuna il passe-partout di Stefano e Roberto ha funzionato. Elena ed Ettore sono nell'androne del palazzo. È buio, ma i due si guardano bene dal premere l'interruttore della luce. Nel silenzio che avvolge il condominio si sente solo il respiro leggermente accelerato dei due. Poi un urlo soffocato.

«Che schifo... Un topo!»

«Elena, spostati... È il mio piede.»

«Così morbido e scivoloso?»

«Sono le sneakers di Marco.»

«Ah, ecco cos'era quell'odore...»

«Vedi? Te l'avevo detto io!»

Finalmente accendono le torce e, spalla contro spalla, si guardano intorno. E quello che forse fino a quel momento tutti e due avevano considerato una sorta di avventura, si rivela per quello che è: una folle intrusione. Illuminato malamente e percorso dalle ombre, il severo androne inizio secolo ha un che di inquietante. Ettore non è mai stato un cuor di leone, ma è soprattutto Elena che inizia ad agitarsi. E non potrebbe essere diversamente, vista la sua avversione per tutti i film che riescono a tenere costantemente in tensione lo spettatore e l'ansia che la paralizza anche solo a sentir raccontare le scene di *Shining*, film che non ha mai nemmeno pensato di vedere. Ma Elena non ha alcuna intenzione di mostrare le sue paure al marito, offrendogli così la possibilità di interrompere e dichiarare chiusa l'impresa. Si fa forza e, camminando sulle punte, cerca di orientarsi. Ed è in quel momento che vede Ettore avvicinarsi all'ascensore in ferro e legno e allungare pericolosamente la mano verso i pulsanti.

«Ma che fai? Sei matto?!» gli urla sussurrando all'orecchio, dopo che gli si è tuffata addosso, afferrandogli in malo modo il polso.

«Ahia! Matto io? Tu piuttos…»

«Shhh! Parla sottovoce! Vuoi svegliare tutto il palazzo?»

«E tu? Vuoi farmi venire un infarto?»

«Come puoi pensare di salire in ascensore?»

«Riflesso automatico, scusa. Ma non dimenticare che io ieri questi quattro piani me li sono già fatti. Su e giù più volte, con trentasei bottiglie di acqua, oltretutto!»

È evidente che se i due avessero deciso di buttarsi nel crimine, non sarebbero sopravvissuti a lungo. Mancano proprio del fisico e della tempra giusti. E se alla fine – nonostante i battibecchi, gli inciampi, i cazziatoni di Elena e le richieste di scuse di Ettore – l'improbabile coppia di scassinatori ce la fa ad arrivare fino al quarto piano, è solo grazie al sonno profondo di KGB e condomini.

## 11.

Sul pianerottolo ci sono tre portoni. Quello centrale, di fronte all'ascensore, è l'appartamento del maestro Arcángel che, evidentemente, non è rientrato dato che appoggiate alla porta ci sono ancora le bottiglie di acqua lasciate da Ettore. Ma questo Elena lo aveva previsto. Quel che invece non immaginava è che sotto il campanello ci fosse effettivamente il dispositivo dell'allarme. Che però non emette alcuna luce. Né rossa né verde. Elena ed Ettore si guardano: che significa? E soprattutto, che fare? Restare o andare? I due discutono sottovoce. Ettore non vede alternative: devono tornarsene a casa. Ci hanno provato ed è stato pure divertente, questo non se la sente di negarlo, ma adesso il gioco rischia di farsi pericoloso, loro sono adulti, professionisti stimati e non possono che prendere una decisione responsabile: andarsene. Il più velocemente possibile.

Per comprendere la reazione poco elegante di Elena, va tenuto conto che mentre Ettore sussurra questo discorso – o «pippone», come poco rispettosamente lei lo definisce – il prof non è seduto né su una poltrona né dietro una cattedra, ma accovacciato sullo zerbino di un palazzo sconosciuto, illuminato da una torcia, con il volto protetto da una mascherina nera con un foro per gli occhi più grande dell'altro e strizzato in una muta integrale da sub di un paio di taglie inferiori alla sua. Ecco perché Elena non ce la fa a trattenersi e gli scoppia a ridere in faccia, cercando di soffocare qualsiasi suono. In un primo momento Ettore ci rimane male e si offende. Ma basta un attimo perché anche lui, alla vista della moglie conciata in quel modo, debba soffocare le risate.

«Ma a te non scappava la...»

«Shhh! Ti prego! Che me la sto facendo addosso.»

È vero, probabilmente sono degli incoscienti, ma da quanti anni non ridevano e si divertivano in quel modo? Non c'è tempo né per domandarselo né per rispondersi, perché il rischio di trovarsi nel palazzo alle prime luci dell'alba, quando la portinaia inizierà le attività della giornata, diventa sempre più probabile. Ettore propone un compromesso: manderanno un messaggio a Roberto e Stefano per farsi dire come comportarsi.

«Sempre che siano ancora svegli», conclude preoccupato Ettore.

«Figurati! Per il dio greco e la bomba del sesso la notte è solo all'inizio...» sussurra maliziosa Elena.

E infatti, nel giro di pochissimo, arrivano in rapida successione due sms che sostanzialmente dicono la stessa cosa: quel sistema d'allarme dovrebbe essere un fake.

– In che senso dovrebbe...? digita Elena.

– La certezza non possiamo certo averla... risponde Stefano.

«Ma questi sono veramente matti! Che facciamo?» sussurra Ettore preoccupato.

«Cosa vuoi fare? Ormai ci siamo... Fidiamoci di loro, no? A parte l'errore iniziale, per ora è andata bene. Proviamo e alla peggio... scappiamo!»

«Forse la più matta sei tu. Io direi di lasciar perdere...»

Elena non ci pensa nemmeno. Prende le tre chiavi e, incurante dei borbottii di Ettore, inizia ad armeggiare con la serratura. Fortunatamente la sirena dell'allarme non si attiva e al secondo tentativo la porta si apre, permettendo loro di entrare.

L'appartamento è immerso nell'oscurità. Provano ad aggirarsi con le torce, ma inciampano in qualche cosa di piuttosto grosso nel corridoio e, soprattutto, continuano a calpestarsi i piedi. Elena anche se non l'ha mai voluto ammettere, ha paura del buio e sta appiccicata a Ettore che, pur essendo piuttosto goffo e imbranato, sembra voler mostrare alla moglie tutto il suo sangue freddo.

«Scusa, Ettore, perché non accendiamo le luci?» sussurra Elena.

«Ottima idea... Facciamoci notare!»

«Da chi? Guarda che secondo me le persiane sono tutte chiuse...»

Fatto un veloce controllo e verificato che Elena ha ragione, decidono di accendere le luci. L'appartamento è un bilocale arredato con gusto esotico. Ci sono le radici argentine, testimoniate dai colori delle pareti che sembrano arrivare direttamente dalle strade di La Boca, gli scaffali traboccanti di libri tra i quali Elena riconosce Borges e Soriano, ma anche Elsa Osorio che aveva letto mentre era incinta di Marco e sulle cui pagine ricorda di aver versato tutte le sue lacrime. Le pareti sono tappezzate da foto, molte in bianco e nero con gli angoli di Buenos Aires che fanno da sfondo a una gioventù antica. E poi c'è il tango. Ovunque. Dischi, CD, foto, libri e locandine, ma soprattutto nel clima e nell'aria che si respira, allo stesso tempo felice e malinconica, languida e voluttuosa.

«Guarda qui», sussurra Elena indicando a Ettore il mobiletto all'entrata, dove è appoggiata una ciotola svuota-tasche nella quale giace un cellulare evidentemente spento.

«Ecco perché il maestro non risponde alle chiamate delle tre *tanguere*...»

In cucina un paio di tazzine stazionano sporche da qualche giorno nel lavello; una valigia, quella in cui entrando erano inciampati, giace misteriosamente abbandonata in mezzo al corridoio; in camera il letto è sfatto e le ante dell'armadio sono aperte; in bagno ai piedi della vasca ci sono stracci e pezze evidentemente utilizzati per asciugare il pavimento.

Per Elena la situazione è improvvisamente chiara. La conferma di ciò che sospettava: lì è stato compiuto un omicidio. E la vittima conosceva gli assassini. Tutto torna. Le tazzine sporche, il cellulare abbandonato all'entrata, gli stracci in bagno che sono stati utilizzati per ripulire lo scempio, la valigia scartata e lasciata in corridoio. Elena ne è sicura: il cadavere nei trolley è senza dubbio quello del maestro Arcángel.

«Scusa? Quale cadavere? Quali trolley?» chiede Ettore inquieto. «No no no. Aspetta. Non mi dirai che stai pensando a quelli ritrovati qualche giorno fa in via Settembrini, vero?» insiste sempre più allarmato.

Elena balbetta. Si rende conto della gaffe e non sa come venirne fuori.

«Vuoi dirmi che mi hai trascinato qui, pur sospettando che ci sia dietro un omicidio?»

«...»

«Un assassinio che si sarebbe consumato esattamente tra queste mura?»

«...»

«E la vittima sarebbe l'inquilino di questo appartamento, che altri non è se non il maestro di tango di tua madre?»

«...»

«Il desaparecido Arcángel Blanco, i cui poveri resti sarebbero quelli ritrovati chiusi in due trolley non lontano da qui?»

«...»

«E tutto questo senza coinvolgere la polizia?!»

Ettore è allibito. Furente. I due iniziano a discutere, quando sentono provenire dall'esterno del palazzo uno strano suono. Sembrano essere dei lamenti acuti e prolungati, probabilmente il pianto di un bambino o, molto più probabilmente, i versi di un gatto in calore. Tranquillizzati, Ettore ed Elena stanno per riprendere a discutere, quando Ettore s'interrompe improvvisamente zittendo la moglie.

«Guarda che non mi zittisci così, eh! Non sono mica uno dei tuoi studenti.»

«Shhh!»

«Cosa c'è?»

«Potrebbe essere Mario...»

«Oddio è vero!»

I due si agitano. Non sanno che cosa sia accaduto, ma sentono l'ascensore che sta salendo. Forse Mario voleva avvertirli di questo. Si paralizzano. Non sanno che fare. Iniziano a correre sulle punte per tutta la casa, muovendosi in modo scoordinato e inconsulto. Poi Ettore ha la lucidità di dire «spegniamo tutte le luci», giusto in tempo, prima che l'ascensore si fermi al loro piano e che anche solo il minimo bagliore possa filtrare sul pianerottolo da sotto il portoncino d'ingresso.

Elena ed Ettore terrorizzati trattengono il respiro e hanno gli occhi sprofondati nello spioncino. Quando le porte dell'ascensore si aprono, sentono le gambe venire meno.

Un poliziotto.

Che esce dall'ascensore e si ferma davanti all'appartamento di Arcángel. Elena ed Ettore sono ormai in carenza di ossigeno. Gambe larghe, mani appoggiate ai fianchi, sguardo perso nello spioncino dietro al quale la coppia si domanda come sia possibile che il battito dei loro cuori non abbia ancora svegliato l'intero palazzo, l'uomo sembra dover decidere con quale colpo di karate abbattere il portone. Poi infila la mano destra nella tasca, rovista un po', tira fuori un mazzo di chiavi e si dirige verso sinistra, fuori dal campo visivo dei due finti ladri. Apre ed entra chiudendosi rumorosamente la porta alle spalle.

Elena ed Ettore sanno di aver perso almeno dieci anni di vita. L'adrenalina è a mille. La tensione pure. Non sanno cosa fare. Devono andarsene, ma c'è il rischio di fare rumore e risvegliare l'attenzione del poliziotto appena rientrato in casa. Sono quasi le quattro del mattino.

«Avrà finito il turno...» sussurra Ettore.

«Andrà in bagno e se ne andrà a dormire, no?»

«Speriamo... Ma quanto impiegherà a addormentarsi?»

«Per sicurezza dobbiamo aspettare almeno mezz'ora...»

«E noi nel frattempo che facciamo?»

«Be', visto che qui non hai il tuo solito libro, potremmo parlare...» suggerisce Elena.

«Di cosa?»

«Di tutto... Secondo te, all'università, io ero inarrivabile?»

«Scusa?»

«Inavvicinabile?»

«Ma cosa ti viene in mente?»

«No, sai, mi domandavo come mi vedevano gli altri...»
«A più di trent'anni di distanza?»
«Massì, sai, quelle cose che ogni tanto vengono in mente, no?»
«Veramente no...»
«Insomma, tu, come mi vedevi?»
Certo che il funzionamento della testa delle donne è bizzarro, pensa Ettore sorpreso e intenerito. Chissà perché, proprio adesso, Elena vuole riportarlo a quella ragazza che – lui se lo ricorda benissimo – aveva dovuto studiare a lungo prima di decidersi a provare ad avvicinarla. Girava sempre con un'amica, Claudia. E assieme erano una coppia che non passava certo inosservata. Ma mentre l'amica aveva un'aria estroversa e leggera, Elena appariva più distante e impegnativa. Soprattutto quando la mattina la incrociava da sola mentre andava in Statale. Il «Manifesto» sotto il braccio, sguardo a terra e passo veloce. Tutto in lei sembrava comunicare autosufficienza. Inarrivabile, per l'appunto. Poi una volta per sbaglio l'aveva urtata e quando i loro sguardi si erano incontrati, l'aveva vista arrossire violentemente. Ma com'è possibile, si era domandato, che una che interviene con il megafono in mano in un'assemblea con oltre mille persone, arrossisca così facilmente? Osservandola meglio aveva capito che quella distanza che lei trasmetteva era il frutto di una corazza. Non era stato semplice lo stesso, ma rispetto agli altri aveva un vantaggio: l'aveva vista, aveva capito che la vera Elena era il contrario di quel che appariva.
«A me questa situazione mi riporta a trent'anni fa... Ricordi?» chiede Elena a cui la chiacchiera del mattino con il magistrato Capelli ha evidentemente mosso ricordi e pensieri che continuano a lavorare sotto traccia.
«Cosa?»
«Massì, dai, non ti ricordi? Durante l'occupazione.»
«Dici quella volta che il rettore aveva chiamato gli sbirri e noi ci eravamo rinchiusi nel ripostiglio delle scope?»
«Esatto! E io avevo paura del buio...»
«È vero! Ma quanti anni sono passati? Certo che lì tra gli ormoni dei vent'anni e la tensione... Ti ricordi?»

«Come no…»
«Avevamo iniziato a ridere come dei cretini…»
«Sì, anche…»
«La paura di essere beccati ha agito da eccitante…»
«Era stato divertente, no?»
«Vabbè, ma avevamo poco più che vent'anni…»
«Vero, ma quelli sono meccanismi inconsci, quasi meccanici, che non cambiano con il passare degli anni…»
«Dici?»
«Dico dico…»
«…»
«Dico…»
«Sai che forse hai ragione?...»
«E sì che ho ragione…»
Saranno i ricordi, la tensione, la ritrovata complicità o l'assurdità della situazione, fatto sta che la temperatura nell'appartamento di Arcángel sembra essere salita e un desiderio da tempo sopito si è fatto spazio, nonostante le mute da apnea obiettivamente poco erotiche e l'inopportunità di quel che sta per accadere proprio lì, proprio in quel momento.
«Certo che questa cerniera…»
«Passano gli anni, ma tu e la meccanica siete rimasti due estranei, eh?»
«Che dici?»
«Non ricordi? Trent'anni fa? Il gancetto del reggiseno?»
«Ce l'avevo fatta, no?»
«Ricordi malissimo. Saremmo ancora lì, se con discrezione non ti avessi aiutato io…»
«Veramente?»
«Giuro.»
«Non è che hai portato dello Svitol?»
«Lascia perdere. L'ho aperta io.»
«…e il tuo gel?» sussurra Ettore all'orecchio della moglie.
«Vai sereno. Gli ormoni sono in azione…»

## 12.

Mezz'ora dopo, felicemente scarmigliati, Elena ed Ettore escono dal portone del palazzo. Sembrano due adolescenti che l'hanno appena combinata grossa. Non parlano – *Ognuno in fondo perso / Dentro i fatti suoi*, come canta Vasco –, ma si tengono per mano. Nessuno dei due sembra voler rovinare l'intimità appena ritrovata, una sorta di incantesimo protetto dal buio. Parlare sarebbe un po' come rompere la quarta parete, infrangere quel muro immaginario che a teatro separa il palco dal pubblico. Non hanno fretta di rientrare nei loro panni e lasciare quella situazione paradossale così lontana dal loro quotidiano.

«Dov'è Mario?!»

Peccato che, come in ogni fiaba che si rispetti, la magia venga interrotta. Questa volta dalla voce allarmata di Ettore. Ed è solo allora che Elena si rende conto che Mario e l'Alfetta non sono nel punto in cui li avevano lasciati prima di avventurarsi nel palazzo di Arcángel.

«Ma dove se n'è andato?»

«Gli sarà successo qualcosa?»

«Cosa vuoi che gli sia successo?»

«Avrà capito che doveva aspettarci, no?»

«Proviamo a chiamarlo…»

«Non possiamo: non ti ricordi che ha dimenticato il cellulare a casa?»

«È un inetto. Purtroppo ha ragione mia madre.»

«Shhh! Senti?»

Nel silenzio della città ancora addormentata, in lontananza si sente un motore acceso. Elena ed Ettore si muovono velocemente in quella direzione e scoprono che è Mario. Fradicio e chiuso nell'abitacolo dell'Alfetta con il riscaldamento a palla.

«Papà! Ma cosa ci fai qui?»

«Mario che cosa le è successo?» chiede Ettore preoccupato alla vista del suocero che trema e starnutisce.

Quando Mario aveva visto il poliziotto entrare, spaventato all'idea di quel che poteva succedere, aveva iniziato a miagolare in modo piuttosto rumoroso per riuscire ad avvertirli. Una finestra s'era aperta e lui si era beccato un secchio d'acqua gelata in testa. «Che con il freddo che fa rischio di prendermi una polmonite.»

«Macché polmonite», lo interrompe Elena, «con tutto quello che hai mangiato, rischi la congestione...»

Comunque Mario non si era perso d'animo. Accendere il motore per poter avviare il riscaldamento proprio lì sotto il palazzo sarebbe stato rischioso perché avrebbe potuto svegliare la portinaia, e così aveva deciso di spostarsi in via Tadino.

«E voi? Missione compiuta?»

«Sì, ma ancora non conclusa. Devo fare un piano d'azione e credo tu mi dovrai dare ancora una mano...» risponde Elena con fare misterioso.

«Magari di giorno, no?»

«Sì, certo...» risponde Elena, mentre nella sua testa i neuroni si stanno muovendo freneticamente.

«Va bene... Però adesso si va a casa, vero?» chiede Mario che inizia ad accusare l'orario.

«Sì, papà. Andiamo che siamo tutti stanchi. Un'ultima cosa... Con la Maria sei quindi in confidenza, giusto?» chiede Elena con finta noncuranza.

«Be', stiamo chiacchierando molto... Ci stiamo conoscendo... Perché? Ti dà fastidio?»

«Assolutamente no, papà! Ero solo curiosa.»

«Ah, bene...»

«E da quando la mamma se n'è andata di casa, mangiate spesso assieme? Prendete il caffè? Fate due passi?»

«Massì, te l'ho detto, mangiamo assieme tutti i giorni... Siamo soli tutti e due!»

«Perfetto...»

«Scusate, ma possiamo andare a dormire?» interviene Ettore che non si regge più in piedi dal sonno e non capisce dove voglia andare a parare Elena con queste domande sui pasti di suo padre.

Mario fa per inserire la marcia ma si sofferma a guardare Elena. Poi si volta e guarda Ettore. C'è qualche cosa che non torna. Già, ma cosa?

«Elena... ma le tutine?»

«Le tutine cosa?»

«...sono invertite!»

«Lascia fare, papà, dai...»

# GIOVEDÌ

# 1.

Margherita indossa un vestito leggero, vaporoso e giallo. Sta ballando su un tavolo, dove fino a pochi minuti prima ha mangiato e bevuto con una trentina di altre persone. Il tavolo è rettangolare e molto lungo. Sopra la tovaglia immacolata, ci sono piatti di ceramica finissima, vasi di fiori, candele e soprattutto bicchieri. Tanti bicchieri. È evidente che la compagnia ha bevuto parecchio. Ci sono flûte per champagne, coppe da cocktail, calici per vino bianco e rosso, balloon per il cognac, tumbler, boccali, shooter. Margherita si è tolta le scarpe, è salita sul tavolo e adesso si muove spavalda, senza paura. Esattamente come Berger, quando nella scena di *Hair* sale sul tavolo imbandito della famiglia very-upper-class di Sheila, anche Margherita canta *I Got Life* danzando e saltando tra piatti e bicchieri. Dopo un primo momento di silenzio agghiacciante e sussurri scandalizzati, i commensali sembrano apprezzare la performance. Anzi, ne vengono contagiati e cominciano a battere il tempo picchiettando con le posate su quell'infinita distesa di calici di cristallo. All'inizio il suono è piacevole, poi il volume diventa fastidioso. Intollerabile.

Ed è a causa di quell'insopportabile suono che Mario apre gli occhi.

Il telefono.

«Ma porca paletta», lanciare insulti non è nello stile di Mario.

Accende la luce. Guarda la sveglia.

Le sette?!?

«Chi caz...» Ok, imprecare non sarà nel suo stile, ma quando ci vuole ci vuole.

Il telefono continua a squillare. Non può essere il cellulare perché, quando dorme, Mario lo tiene spento. Quindi cos'è? Sta suonando il telefono fisso, quello che sta in sala e quindi per rispondere bisogna alzarsi.

Le sette.

Orario che sarebbe accettabile se non fosse andato a dormire alle cinque del mattino. E alla sua età queste sono cose che si accusano. Il telefono continua a suonare. Sembra non abbia intenzione di smettere. Sarà un'urgenza o qualcuno avrà sbagliato numero? Tocca proprio alzarsi e andare a rispondere.

«Pronto», bofonchia assonnato.

«Papà, sei tu?»

«Elena?!»

«Cos'hai? Non starai mica dormendo, vero?»

«Be', veramente… sì. Erano le cinque quando ho toccato il letto.»

«Due ore di sonno bastano e avanzano, su!»

«Scusa?!»

«Alla tua età, se si sta troppo a letto, si rischia la depressione.»

«…»

«Ho bisogno che tu vada a bere il caffè dalla Maria.»

«Adesso?»

«Sono certa che lei è già in piedi!»

«Sicuro. Starà già pulendo le scale, ma…»

«Quindi un caffè le farà sicuramente piacere!»

«L'avrà già bevuto…»

«Sono sicura che un altro lo beve volentieri.»

«Ma io non posso presentarmi in queste condizioni, dai…»

«Fatti una doccia e la barba. Spruzzati un po' di profumo. Prendi due brioche e presentati da lei.»

«Scusa, perché?»

«Devi scoprire se conosce la portinaia del palazzo di stanotte.»

«…»

«È possibile che tra portinaie si conoscano, no? I due

condomini non sono lontani e oltretutto Maria è sarda, esattamente come il cappagibì!»

«Il cappaché?»

«Cappagibì...»

«Scusa Elena, ma si dice cheghebé!»

«Anche tu?»

«Anche io cosa?»

«Anche tu, come Ettore, ti ostini a fare inutili disquisizioni.»

«Va bene. Però si dice cheghebé. E tra l'altro, scusa se te lo dico, ma erano i servizi segreti sovietici, non sardi.»

«Massì, certo! È la portinaia del palazzo di via San Gregorio che è sarda! Non fare confusione, dai...»

«E perché vuoi sapere se la Maria la conosce?»

«Così vai a trovarla con lei.»

«...»

«Devi riuscire a raccogliere più informazioni possibili su un inquilino del suo palazzo. Si chiama Arcángel Blanco ed è un maestro di tango. Devi riuscire a scoprire tutto di lui: abitudini, familiari, amicizie... tutto!»

«...»

«Se le due portinaie si conoscono il gioco è fatto!»

«...»

«Ti giro su WhatsApp le foto di un paio di ragazzi. Devi capire se lei li ha mai visti, se le ricordano qualcuno che Arcángel frequenta.»

«...»

«Ma mi raccomando: non devi assolutamente farle capire che sei interessato!»

«Ma... come faccio a essere interessato senza fargliel capire?»

«Ti sarà servito a qualche cosa vedere tutta la saga di James Bond o no?»

«Ma quelli sono film...»

«Appunto. Recita! Poi mi relazioni. Immediatamente. È importantissimo.»

«Ma...» Mario non fa in tempo a rispondere che Elena ha già interrotto la comunicazione.

## 2.

A casa di Elena non si dorme. L'aria che si respira è quella del giorno dopo, ovvero l'imbarazzo non dichiarato del mattino che segue la prima notte di sesso, quando due perfetti sconosciuti, dopo aver condiviso una profonda intimità fisica, affrontano la luce senza saper bene che cosa dire. Non sono mai le parole a mancare, anzi. Quelle ci sono in quantità eccessiva. Ciò che crea un clima di sovreccitazione è infatti la fottuta paura di scegliere le parole sbagliate, la preoccupazione di far percepire un coinvolgimento che non c'è, oppure il timore di rivelare un trasporto maggiore di quanto inizialmente dichiarato. Detto in altro modo, quel che rende difficoltoso il *day after* è la paura che il significato attribuito dai due protagonisti a quella notte di sesso differisca profondamente.

Nonostante quasi trent'anni di convivenza, e le numerose mattine dopo, questo è quel che sta succedendo a Elena ed Ettore. Lei vorrebbe parlarne, ma teme di essere accolta dai silenzi sfuggenti di lui, che ben conosce e teme. Lui vorrebbe chiedere, ma ha paura di essere frainteso. Quindi reagiscono inserendo il pilota automatico e recitando il solito copione: lei che parla di lavoro e lui che vorrebbe andare a letto. E, come spesso accade, perdono una preziosa occasione.

Elena ha bevuto un caffè dietro l'altro e non ha mai smesso di parlare del caso. Ettore, pur sbadigliando e reclamando il letto, l'ha ascoltata e aiutata a tirare le fila. Elena ha riepilogato tutto quello che sa, incrociando date e informazioni sul maestro Arcángel che aveva avuto dalla madre e dalle sorelle Giuffrida, con le voci sui due ragazzi arrestati che lei aveva raccolto a Piacenza e Andrea a Milano. E alla fine si è fatta l'idea, confermata da Ettore – che stremato com'è potrebbe approvare qualsiasi cosa dica la moglie, purché si decida ad andare a dormire o almeno conceda a lui di farlo – che i punti d'incontro tra i tre ci sono. Di conseguenza, le sue supposizioni sarebbero giuste: il cadavere dei trolley potrebbe effettivamente essere quello di Arcángel. Certo ha bisogno di conferme. Quindi deve riuscire ad avere più notizie sul maestro di tango. E da quel che ha potuto capire, la portinaia ha tutte le caratteristiche per saperla molto lunga sugli inquilini del palazzo. Per questo ha chiamato Mario: certo, servirebbe un po' di fortuna, ma se fosse vero che la Maria ha un debole per lui e che conosce il KGB, Elena è certa di riuscire a ottenere un bel po' di dritte.

«Ma finché tuo padre non viene, non possiamo riposarci un po'?» chiede Ettore. Perché va bene non dormire otto ore, ma fare *after*, come dice Marco, questo no, non può proprio permetterselo.

Elena è d'accordo. Suo marito ha ragione. La giornata sarà lunga. Meglio riposare un po'.

E mentre Ettore si fionda in bagno con l'obiettivo di lavarsi e poi sprofondare a letto, lei prova a scorrere le notizie sull'iPad per capire se ci sono aggiornamenti sul caso di Piacenza. Ma a quanto pare gli inquirenti hanno le bocche cucite.

Sta per scattare il suo turno in doccia, quando le viene in mente che forse una telefonatina al magistrato Capelli potrebbe essere utile. Doppiamente utile, per le indagini e per chiarire il dubbio: amico o, come direbbe Claudia, potenziale trombamico?

«Novità?»

«Nessuna.»

«Su dai, non facciamo i misteriosi... Lo sai che di me ti puoi fidare.»

Capelli ci riflette un attimo. Sì, ormai ha deciso che di Elena si fida. E poi c'è quell'accordo... Certo che due chiacchiere dal vivo, magari seduti a un tavolino di quel piacevole caffè, inzuppando un croissant in quella schiumina tanto perfetta del cappuccio... Ma purtroppo Elena proprio non ce la fa.

«Sicura?» sussurra Capelli.

«Purtroppo sì», risponde Elena, mentre un brivido di eccitazione le percorre la schiena.

«Avete identificato la vittima?» chiede riprendendo il controllo delle emozioni.

« Ancora no.»

«Nient'altro?»

«Le famiglie dei due ragazzi hanno messo in pista uno stuolo di avvocati grazie ai quali riusciremo a trattenerli ancora al massimo per quarantott'ore...»

«Mai una gioia, eh? Siamo sicuri che sia tutto qui?»

«Tutto qui.»

«Sei proprio certo di non voler fare una chiacchiera con le tre vecchiette?»

«È un ricatto?»

«Dici?»

«Dico.»

«Un'indiscrezione non vogliamo proprio tirarla fuori?»

«Off the record.»

«Ok.»

«Da non pubblicare.»

«Accetto.»

«Un paio di telecamere hanno registrato la presenza dei due ragazzi in via Settembrini nelle primissime ore di sabato.»

«Quindi sono stati loro.»

«Non correre.»

«Erano lì.»

«I ragazzi abitano da quelle parti e quella notte, prima di andare a Piacenza, bazzicavano in zona. Non sappiamo altro.»

«Una strana coincidenza, no?»

«Nelle immagini i due non hanno i trolley.»

«Potrebbero averli già lasciati in strada, davanti al palazzo delle Giuffrida.»

«Potrebbero.»

«Oppure essere in procinto di squartare il ma...»

«Chi?»

Elena per un attimo ha rischiato di tradirsi.

«...il malcapitato, dicevo...»

Bisogna aspettare la Scientifica e proseguire con le indagini.

E, comunque, dubbio non chiarito. Amico o trombamico, ancora da verificare.

Delusa? Un po'. Le piacerebbe che Capelli fosse più esplicito? Forse sì. Sicura, sicura? No. Perché, diciamocelo, l'idea la eccita e la spaventa. Elena non è sicura di volersi trovare di fronte a un desiderio esplicitato. Al solo pensarlo le tremano le gambe. Il brividino lungo la schiena però le piace. E quindi non può negare di essere grata a quell'uomo che – consapevolmente o meno, prima o poi conta di scoprirlo – è riuscito a risvegliarle uno sfrigolio che ha poi dato i suoi frutti nell'appartamento di Arcángel.

Elena corre in camera da letto per aggiornare Ettore. Ma lo trova in piena fase REM. Possibile che ci impieghi così poco ad andare nel mondo dei sogni? È seccata. Avrebbe voluto raccontargli della telefonata con Capelli. Ma poi, guardando quel corpo a lei così familiare, s'intenerisce. Ne conosce fragilità e punti di forza, negli anni ha imparato a calmarlo o farlo fremere, confortarlo o eccitarlo. E lui conosce lei meglio di chiunque altro. Anzi, addirittura meglio di quanto lo conosca lei stessa. E questa consapevolezza l'ha sempre lasciata senza parole. Dopo quasi trent'anni, Elena sa che lei ed Ettore hanno angoli tutti loro, stanze impenetrabili, corridoi nascosti, pensieri non condivisi e parole taciute che li rende mai fino in fondo svelati. Ma i corpi no. Loro sono libri aperti e parlano.

Elena non ricorda come ci fosse arrivata, ma attorno ai vent'anni aveva sperimentato l'analisi bioenergetica, un approccio psicoterapico che integra l'interpretazione dei sogni e delle parole con l'osservazione delle manifestazioni del corpo e delle emozioni collegate. Il terapista non osserva il corpo solo nella sua realtà statica, ma anche e soprattutto nel suo modo di muoversi, respirare, lasciar uscire la voce. Elena aveva saltato, urlato, digrignato i denti, preso a racchettate enormi cuscini di gommapiuma, sbattuto pugni e gambe su morbidi materassi. E lì aveva potuto sperimentare come il suo corpo non riuscisse a mentire. Se le ricorda ancora quelle sedute in cui arrivava con il sorriso stampato sul volto dichiarando che quella era stata una buona settimana, che forse era giunto il momento di finire la terapia, perché le cose andavano bene, sì proprio bene e lei si sentiva in equilibrio, in grado di affrontare serenamente gli alti e bassi della vita. Poi bastavano due esercizi e le lacrime sgorgavano copiose senza preavviso. Ecco, lì aveva verificato quanto con le parole era in grado di ingannare sé stessa e gli altri e di costruire una cortina fumogena che funzionasse da arma di distrazione. Ma con il corpo no. Sono la disattenzione, la frettolosità e l'abitudine che permettono ai corpi di raccontare storie diverse dalla verità, di non essere la cartina al tornasole delle emozioni che li abitano. Esattamente quello che negli anni è successo a loro due.

Elena sfiora Ettore con lo sguardo. Sta russando.

Ha ragione lui. Cosa gli cambierebbe sapere adesso o fra qualche ora che la notte del delitto i due ragazzi erano in via Settembrini? Assolutamente niente. Meglio togliersi quell'orrenda muta, farsi una doccia e infilarsi nel letto accanto a lui. A respirare quel profumo conosciuto.

– Help!

Lo squillo di tromba ha annunciato il messaggio di Andrea. Erano passati un paio di giorni dall'ultima volta che si erano sentiti. Lui le doveva dare ancora qualche informazione ed Elena gli aveva promesso che non l'avrebbe abbandonato, ma gli eventi le avevano fatto passare completamente di mente il ragazzo. Chiamarlo adesso però non ne ha voglia. Uno scambio di messaggi dovrebbe bastare.

– Eccomi. Hai news per me?

– Nessuna denuncia di scomparsa negli ultimi giorni.

– Merda

– Un aiutino?

Elena non può rivelargli quel che Capelli le ha detto. Ancora non lo conosce abbastanza. Deve capire quanto può fidarsi di lui. Quanto sa essere discreto. E coraggioso. Adesso quel che può fare è mettere il ragazzo sulla giusta via. E vedere di cosa è capace.

– Prova a verificare se il gruppo sanguigno del corpo nei trolley e quello presente sui vestiti dei due ragazzi arrestati a Piacenza coincidono. Dovesse essere così, vai a sentire i magistrati che coordinano le indagini e costruiscici una storia che suggerisca il collegamento tra i due casi

– Pensi che sia così?

– Sì

– E se i due gruppi non coincidono?

– Costruisci una storia ancora più grande

– Fumo

– Esatto

# 3.

«007 a rapporto.»
«Papà?!»
«Missione compiuta, M!»
«M?! Ah, sì, giusto... Ti prego, sali...»
Sono passate un po' di ore, Ettore è ancora *missing*, Elena non proprio lucidissima ha appena messo sul fuoco una caffettiera XXL, quando il campanello ha squillato e al citofono una voce trionfante ha annunciato l'arrivo di Mario che, in quattro e quattr'otto, ha divorato i centosessanta gradini che dall'entrata del palazzo portano a casa della figlia.
«Ma dove la trovi tutta questa energia papà?»
«Sei stata tu a dirmi che, alla mia età, due ore di sonno bastano e avanzano!»
«Ho detto questo?!»
«Stamattina.»
«Senz'altro scherzavo...»
«Non sembrava...»
«Vabbè, dai. Entra. C'è una tazza di caffè.»
«Veramente non dovrei. Sai, la pressione...»
«Quanti ne hai già presi?»
«Uno quando mi hai svegliato, un altro quando ho fatto colazione con la Maria. Poi uno dopo pranzo. Un altro ancora quando siamo andati dall'Antonia... Se la pressione mi si alza, glielo spieghi tu al dottore che sto lavorando per te, vero?»
«Aspettate... Antonia chi? Il cheghebé?» chiede Ettore che, svegliato dalla doppia scampanellata, è comparso in cucina in pigiama. «Voglio sapere tutto anch'io!»

Mario non ci può credere. Che cosa sta succedendo all'impeccabile professore? Il precisetti di famiglia è irriconoscibile. Poche ore prima l'ha lasciato con indosso una muta – spacciata per tuta di Diabolik – che non era quella con cui l'aveva visto entrare nel palazzo del maestro di tango e adesso compare in cucina in pigiama...

«Il cappagibì vorrai dire...» risponde Elena piccata e poi, rivolta al padre, intima: «Eddai, racconta!» mentre allunga il caffè di Mario a Ettore. «Tanto tu non puoi berlo, no?»

Mario aveva fatto esattamente come aveva suggerito Elena. Era andato a comprare le brioche e poi aveva invitato la Maria a bere un caffè. Chiacchierando aveva scoperto che sì, la portinaia del palazzo di Arcángel la conosceva molto bene.

«Pensate: sono tutte e due di Villasalto, un paesino nel Sud della Sardegna», spiega Mario. Emigrate giovanissime, erano arrivate assieme a Milano. Si erano sempre aiutate e negli anni non si erano mai perse di vista, anzi. Nessuna delle due si era mai sposata – «E non capisco perché, dato che sono entrambe delle belle donne. Be', sì, forse l'Antonia è un po' sovrappeso, ma se solo...» «Papà, per favore...» – e l'amicizia negli anni si era fatta ancora più forte. Sapevano di poter contare l'una sull'altra, come sorelle. Avevano fatto di tutto per trovare un lavoro che non le facesse vivere lontane tra loro. Si telefonavano tutti i giorni e si vedevano almeno una volta a settimana, oltre alla domenica che passavano sempre assieme. E proprio quel giorno, visto che le portinerie sarebbero state chiuse nel pomeriggio, avevano appuntamento dopo pranzo per un caffè. Non ci era voluto molto a farsi invitare anche lui. Erano anni che quell'uomo, così riservato e – agli occhi della Maria – succube di una moglie che lei considerava solo un'altezzosa bambina viziata, era oggetto delle lunghe chiacchiere tra le due amiche.

«Veramente?» chiede Ettore stupito.

«Effettivamente Margherita mi diceva spesso che secondo lei la Maria si era invaghita di me. E non l'ha mai potuta sopportare. Diceva che era sempre lì, con quell'accento da primitiva, le disgrazie attaccate alle caviglie e le lacrime pronte per cercare di attaccare bottone con me.»

«Probabilmente era gelosa», suggerisce Ettore.

«Gelosa? Mamma non lo avrebbe mai ammesso», commenta Elena.

«*Dona che la piang e cavall che süda hinn fals me Giuda*, mi sussurrava ogni volta che la incontravamo», racconta Mario.

Fatto sta che quella donnina, silenziosa e discreta, gli aveva confessato di aver veramente coltivato un sentimento profondo per lui che, nutrito dalle fantasie rubate ai romanzi di cui lei è accanita lettrice, aveva assunto la forma dell'amore impossibile. E questa passione era ovviamente stata per anni al centro di telefonate, pensieri e chiacchiere delle due amiche. Quindi la Maria non vedeva l'ora di presentarlo all'Antonia «una donna molto dura all'apparenza, ma d'altro canto la vita non è stata clemente con lei...» spiega Mario.

«Papà, cerchiamo di non farla troppo lunga, ti prego...»

Per non presentarsi a mani vuote, Mario era corso in pasticceria ad acquistare un bel cabaret di pasterelle e poi aveva preso la bottiglia di mirto che ricordava di avere in cantina da chissà quanti anni.

«Bravissimo!» applaude entusiasta Ettore, mentre Elena si domanda, di fronte alle lungaggini del padre, come abbia potuto non accorgersi fino a quel momento di avere un padre che ama parlare quanto se non più di sua madre?

Insomma, l'Antonia era più che ben disposta nei confronti di Mario, che quindi era riuscito a mettere assieme un po' di informazioni sul maestro di tango. Certo aveva dovuto improvvisare quando lei gli aveva chiesto perché Arcángel Blanco lo incuriosisse così tanto.

«Non avrai mica detto che...» chiede spaventata Elena.

«Effettivamente non ero certo di poter dire che stavi facendo un'inchiesta.»

«...»

«Mi sono domandato che cosa avrebbe detto James.»

«...»

«Bond.»

«...»

«007.»

«Papà...»
«Be', io ero lì in missione segreta, come Bond!»
«Quindi?!»
«Ho improvvisato!»
«...»
«Le ho detto che mi sarebbe piaciuto imparare a ballare il tango.»
«Non ci credo...»
«Le ho detto che vorrei farlo con la Maria, privatamente, senza dover frequentare un corso con altre persone perché questa cosa un po' mi imbarazza...»
«Ma Maria che ha detto?» chiede Ettore sempre più incuriosito da questa inedita versione del suocero.
«Si è emozionata e ha iniziato a piagnucolare. A quel punto l'Antonia, che le vuole veramente molto bene, secondo me ha sbarellato.»
«Ha sbarellato?! Ma come parli papà?»
«Me l'ha insegnato Anna...»
«Anna?!»
«Massì, l'ultima volta che ci siamo sentiti mi ha raccontato di aver *sbarellato* per un tipo... Un tale Brian, mi sembra di ricordare. Ed è allora che le ho chiesto che cosa significasse esattamente sbarellare.»
«Brian?!?»
«Andare via di testa.»
«Scusa?»
«Sbarellare significa andare via di testa, mi ha spiegato Anna.»
«Chiarissimo.»
«Eddai, Elena, non fare la bacchettona. Se non sbarella un po' alla sua età, quando vuoi che lo faccia?»
«Lasciamo perdere, papà, e prosegui con il racconto», lo implora Elena che, data la situazione, fa fatica a non... sbarellare.
Sarà stato il mirto «che scendeva che era una meraviglia», i pasticcini «buoni da sciogliere la lingua anche a un muto», o molto più probabilmente che dietro la corazza di roccia anche il cheghebé sardo nasconde un cuore e appe-

na visti gli occhi luccicanti della Maria aveva immediatamente considerato Mario come un fratello... fatto sta che Antonia non aveva fatto fatica a vuotare il sacco.

Arcángel Blanco abitava nel palazzo da almeno vent'anni. Era scappato da Buenos Aires, dove insegnava economia all'università, nel 1977. Giunto in Italia aveva dovuto constatare che purtroppo la sua laurea non era riconosciuta e gli era stato necessario inventarsi un altro modo per mantenersi. Era un bravo ballerino e per insegnare a danzare non serviva alcun diploma, quindi aveva introdotto il tango a Milano. All'inizio aveva fatto fatica e aveva dovuto continuare con le lezioni di spagnolo e mille altri lavoretti, ma negli ultimi anni quel ballo audace e indecente era diventato una passione e allora, tra corsi privati, lezioni nelle scuole della città e serate nelle milonghe, era riuscito a costruirsi uno stile di vita più che dignitoso. Il tango gli riempiva la vita.

Non aveva famiglia. Nel senso che non ne aveva formata una sua, né sembrava aver mantenuto alcun rapporto con quella di origine.

«Che forse non esiste nemmeno più...» commenta Ettore.

«Antonia dice che del passato il maestro parla pochissimo. Ha sempre avuto l'impressione che fosse un tema molto doloroso.»

«In quegli anni in Argentina c'era un regime di terrore, una dittatura crudele e assassina che è riuscita a eliminare quasi per intero una generazione. Sono poche le famiglie che non sono state toccate da orrori o lutti. Aprire la porta ai ricordi può essere dolorosissimo. Ci credo che non avesse voglia di parlarne...»

Per tutto il resto però, la vita di Arcángel non aveva segreti per Antonia che «oltre ad avere più occhi del KGB, sa anche come ottenere le informazioni che vuole».

«Scusa, Mario, ma tu come fai a saperlo?» chiede Ettore incuriosito.

«Le è bastata mezz'ora per riuscire a sapere tutto della mia vita!»

«Quindi? Che altro ti ha raccontato di Arcángel?» lo incalza Elena che non vuole sottovalutare le capacità di Antonia, ma ben ricorda come domenica fosse stato facile per le infermiere degli ospedali milanesi farlo parlare della sua vita...

«Per qualsiasi urgenza lei ha le chiavi del suo appartamento e lui in cambio di questa disponibilità le fa piccoli regali, molto particolari.»

Un giorno le aveva regalato una scatola di legno contenente un set di preziosi acquerelli e una tavolozza di porcellana, dicendole che secondo lui avrebbe dovuto iniziare a dipingere. Ed effettivamente lei si era iscritta a un corso e da allora non aveva più smesso. Insomma, tra Antonia e quel signore così educato e dall'accento carezzevole, si era costruito un rapporto di fiducia. Antonia aveva capito che il signor Blanco aveva una vita privata sulla quale voleva mantenere la discrezione più assoluta. Quando lei aveva notato alcuni movimenti un po' strani, non aveva fatto alcun commento. E lui aveva apprezzato.

«Che movimenti, papà?»

«Uomini...»

«Scusa?»

«Massì, dai, cerca di capire, no?»

«Ti ha detto che Blanco è gay?»

«Ehhh, che paroloni!»

«Ma che dici, papà? Ti sto solo chiedendo se Antonia ti ha detto che Blanco è g...»

«Eddai, Elena!»

«Be', almeno su questo, tu e la mamma andate d'accordo.»

«Scusa? Cosa c'entra Margherita?

«Niente. Dico solo che sulla questione dell'omoses...»

«E basta, Elena!»

«Va bene, va bene. Quindi dicevi?»

«Massì, che Blanco aveva degli amici e che ogni tanto qualcuno di loro si fermava a dormire.»

«E lei come fa a saperlo?»

«Te l'ho detto: il KGB non è niente in confronto ad Antonia!»

«Quindi Antonia li saprebbe riconoscere?»

«Ovvio!»

«Le hai fatto vedere le foto che ti ho inviato?»

«Sì, certo!»

«Aveva mai visto quei ragazzi?»

«No, Antonia dice che quei due nel palazzo non hanno mai messo piede.»

Quindi, se effettivamente ad Antonia nulla – o almeno pochissimo – sfugge, la sparizione di Blanco non dovrebbe avere niente a che vedere con i due ragazzi arrestati. Per un attimo Elena vede dissolversi la sua teoria e di conseguenza la possibilità di realizzare lo scoop. Ma non ha intenzione di mollare. In fondo, Antonia potrebbe non averli visti. Il cadavere nei trolley potrebbe non avere nessun rapporto con i due di Piacenza, ma potrebbe comunque essere quello di Blanco, visto che lui è sparito e il suo appartamento era piuttosto sottosopra. Insomma, il caso è ancora tutto aperto.

«E adesso? Secondo Antonia dov'è finito Blanco?»

«La portinaia non lo sa. Ma non è preoccupata. È vero che i suoi spostamenti più o meno li conosce sempre, ma è altrettanto vero che Blanco è un uomo distratto e spesso non si ricorda di avvertirla di una sua partenza, soprattutto se si tratta di un'assenza di pochi giorni. È già successo in passato.»

«E gliel'hai chiesto quando è stata l'ultima volta che l'ha visto?»

«Sì, ho pensato ti servisse saperlo...»

«Bravo Mr Bond!»

«Mi ha detto che l'ha visto giovedì verso l'ora di pranzo, prima che la portineria chiudesse.»

«Chissà dove stava andando...»

«Antonia dice che sicuramente in serata sarebbe andato alla milonga, per poi rientrare all'alba, come tutti i giovedì.»

«Se non ricordo male, le "tanghere" avevano accennato alla serata del giovedì all'ARCI Bellezza...» dice Elena come se parlasse a sé stessa.

«Chi scusa?»

«No, niente... Tre ragazze che non conosci.»

«Comunque, da quanto ha detto Antonia, io fossi in voi starei tranquillo... Il vostro amico si sarà semplicemente preso qualche giorno di vacanza.»

Forse ha ragione lui, ma Elena non ne è convinta e non vuole coinvolgere oltre il padre. Le è venuta un'idea e vuole parlarne al più presto con Ettore. Quindi bisogna congedare velocemente Mario.

«Bravo il nostro 007!»

«Sempre a tua disposizione, M!» risponde Mario mettendosi finalmente a sedere.

«Va bene, ma adesso devi andare a riposare che stanotte hai fatto le ore piccolissime...»

«Avevi detto che, alla mia età, dormire troppo non fa bene...»

«Sull'argomento le teorie si contraddicono, quindi conviene tenere un comportamento bilanciato...»

«...»

«Vai a dormire, papà!»

## 4.

«Che ne dici se stasera andiamo a ballare?»

Elena ha congedato il padre e poi, appoggiata alla porta appena chiusa, guardando il marito con occhi da ragazzina, ha lanciato la bomba.

«A ballare?!?»

«Esatto.»

«Ma non balliamo da più di vent'anni.»

«Anche di più! A me è sempre piaciuto...»

«Mi spiace... Se ben ricordi io sono una frana.»

«Come potrei dimenticarlo?»

«Appunto...»

«Ma si tratta di lavoro!»

«Lavoro?»

«Sì. Il mondo di Blanco è quello del tango, quindi è lì che dobbiamo cercare le sue tracce.»

«Lì, dove, scusa?»

«Alla milonga!»

«Alla milonga?»

«Hai sentito anche tu quel che ha riferito mio padre, no? L'ultima volta che Antonia l'ha visto era giovedì scorso e la sera sarebbe andato all'ARCI Bellezza.»

«Quindi?»

«Oggi è giovedì...»

«Ti prego...»

«Eddai, potrebbe essere divertente...»

«Ti ricordo che né io né te sappiamo ballare il tango!»

«Ma questo non è un problema...» risponde sorridendo Elena mentre digita un numero sul cellulare.

## 5.

«Scusa, puoi ripetere? Non credo di aver capito.»

«Ti ho semplicemente chiesto se stasera tu e le tue amiche volete andare a ballare il tango.»

«Dove?»

«Alla milonga, no?»

«Con te e quel *pantula* di tuo marito?»

«Sì, esatto.»

«Io, la Daria, la Carlina, te ed Ettore alla milonga?»

«Esatto.»

«Stai scherzando?»

«Eddai, mamma, smettila! Sono serissima.»

«Ma se non sapete nemmeno da che parte si inizia a ballare il tango!»

«E che ci vorrà mai!»

«Non hai idea di quel che dici, Elena.»

«Non metterla giù così pesante... Passate di qui, ci fate un corso accelerato, giusto qualche passo per non essere proprio dei pesci fuor d'acqua...»

«Tu stai scherzando! Il tango non si improvvisa. Il tango è un'arte. Noi stiamo prendendo lezione da più di sei mesi e ancora non siamo mai andate alla milonga...»

«Appunto! Non avete voglia di andarci stasera?»

«All'ARCI Bellezza?»

«Balliamo e magari scopriamo che fine ha fatto il vostro Arcángel!»

A Margherita, ovviamente, la proposta piace. Sono mesi che lei e le sorelle Giuffrida sognano di andare alla milonga per poter sfoggiare gli abiti fatti su misura e mettere in pratica gli insegnamenti del maestro. Ma non ha certo voglia di occuparsi di sua figlia e di Ettore che, se non ricorda male, è sempre stato un vero impiastro sulla pista da ballo.

«Va bene. A una condizione…»

«Quale?»

«Arrivati alla milonga, le nostre strade si separano.»

«Scusa?»

«Faremo finta di non conoscerci.»

«Perché?»

«Perché vogliamo ballare e non farvi da baby-sitter!»

«Grazie mamma, sempre un amore…»

«Allora ci vediamo fra qualche ora. Preparate l'abbigliamento!»

«L'abbigliamento?!»

«Non vorrai andare alla milonga con i tuoi soliti maglionacci e pantaloni senza forma vero? Il tango ha le sue regole.»

«Cioè?»

«Eleganza e sensualità.»

«Cioè?»

«Per te, abito con spacco e scollatura.»

«Non esageriamo. Solo scollatura. Basta e avanza, mamma…»

«Ricordati che *se te voeret fatt amà, fatt on poo desiderà.*»

«La tua filosofia di vita…»

«Non hai proprio idea di cosa significhi essere femmina tu! Chissà da chi hai preso…»

«Da te no di certo.»

«Direi proprio di no!»

«Poi?»

«Sandalo aperto con tacco di almeno dodici centimetri.»

«Scusaaa?!»

«Non vorrai mica venire con le tue solite ballerine, vero?»

«No?»

«Escluso. Il tacco non si discute.»

«Io arrivo al massimo a sei centimetri.»

«Che tristezza…»

«Smettila. Dimmi di Ettore.»

«Scarpa classica di cuoio, pantalone morbido, camicia e giacca. Però...»

«Però?»

«Dammi retta: meglio se trovi un altro cavaliere. Ettore non ha la postura adatta. Gli manca proprio... come si dice? *Le physique du rôle!*»

«Mamma!!!»

«Vabbè. Contenta tu...»

# 6.

Siamo a casa di Elena ed Ettore, è tardo pomeriggio e Margherita e le sorelle Giuffrida sono irriconoscibili. Le tre vecchiette indossano morbidi abiti di impalpabile *voile* nero dalle scollature discrete. Le labbra, così come le unghie di mani e piedi, sono rosso ciliegia. I capelli sono freschi di parrucchiere e i piedi sono fasciati in eleganti sandali tacco dodici – classico camoscio nero quelli delle due sorelle Giuffrida, argento sberluccicante quelli di Margherita – sui quali le tre sembrano esserci nate, tanta è la disinvoltura con cui si muovono. Padrone della situazione e totalmente calate nel ruolo delle *tanguere* professioniste, si rubano la parola l'una con l'altra, ognuna cercando di far vedere di saperla più lunga delle altre. Ma è Margherita la regina della scena.

«Tango significa incanto ed eleganza...»

Ettore la guarda totalmente rapito. Elena, invece, scalpita. Conosce sua madre, sa quanto le piace stare sul palcoscenico... Quante volte l'ha vista? Un pavone che fa la ruota, ecco a chi assomiglia Margherita appena c'è un po' di pubblico. E Mario l'ha sempre lasciata fare. L'amava troppo? Elena aveva sempre pensato di sì. Adesso si domanda se invece non si fosse trattato più semplicemente di pigrizia. Serve molta energia per contenere Margherita, per difendersi dalla sua forza vitale. E dal suo narcisismo.

«Mamma, ti prego, lascia perdere i convenevoli. Stasera dobbiamo essere solo in grado di fare qualche semplice passo.»

«Elena», interviene la Daria, «credo che questa volta tu debba ascoltare tua madre!»

«Prima ancora di iniziare dovete sapere cos'è il tango», riprende Margherita seccata. «*Una possibilità infinita che tocca tutte le corde dell'animo umano*, come disse il poeta Leopoldo Marechal, o ancora meglio come dice il maestro Blanco...» E qui le tre vecchiette si mettono in posa, assumendo tono e postura di un'eleganza a Elena ed Ettore sconosciuta, per poi proseguire all'unisono. «*Sguardi. Abbracci. Cuore. Eros. Anima. Carne. Passione. Eleganza. Sogno. Il tango è una compenetrazione che va molto oltre il semplice contatto fisico. È un'intesa totale e così profonda da riuscire a chiudere il mondo fuori e volare.*»

Elena ed Ettore sono senza parole. È evidente che il tango non è un semplice ballo, ma un mondo a sé, con linguaggio, modelli e regole di cui le tre vecchiette si sentono vestali. Come altrimenti spiegare quelle spalle aperte, lo sguardo fiero e il tono vagamente dittatoriale che non lascia spazio ad alcun contraddittorio? Inutile sbuffare e lamentarsi, se Elena vuole andare alla milonga deve mordersi la lingua e accettare regole e toni perentori della madre.

«Non credo che servirà, dato che ballerete solo tra di voi e probabilmente non metterete mai più piede in una milonga, ma è importante che sappiate come ci si comporta. Prima di tutto come si invita a ballare», inizia acidissima a spiegare Margherita.

«Che ci vorrà mai, mamma... Ci si avvicina e si chiede, no? Come in tutte le balere e sale da ballo del mondo.»

«Perdonala perché non sa quello che dice...» esclama Margherita volgendo gli occhi teatralmente al cielo.

«Ettore, deve sapere che è severamente vietato invitare una donna quando siede al tavolo in compagnia di un uomo», s'inserisce quasi in punta di piedi la Carlina.

«State tranquille, non lo farà», risponde Elena.

«Mai dire mai...» la punzecchia Ettore a sorpresa.

«Bravo! E adesso ascoltami bene», prosegue Margherita afferrando il volto di Ettore per il mento e costringendolo a non sfuggire al suo sguardo severissimo. «L'invito deve partire dall'uomo. Fondamentale è la *mirada*, cioè lo sguardo intenso che l'uomo rivolge alla ballerina che intende invitare, finché lei incrocia il suo sguardo e lo sostiene. Il cavaliere a quel punto deve fare un cenno col capo, il *cabeceo*, come per dire alla donna "balliamo?". Solo se lei risponde con un cenno affermativo della testa, l'uomo si alza e va verso il tavolo della donna, aspettandola nella zona della pista antistante il tavolo. Ed è qui che avviene l'incontro. Lo stesso posto dove l'uomo dovrà accompagnare poi la ballerina alla fine della *tanda.*»

«La *tanda*?!» la interrompe Ettore preoccupatissimo di non capire.

«È una serie di brani, di solito tre, di tango, milonga e vals», spiega la Daria con tono da professoressa. «Dopo ogni *tanda* c'è una breve pausa, il tempo per accompagnare la dama al suo tavolo.»

«Possiamo tornare all'invito?» domanda Margherita che non vede l'ora di riprendere la scena. «Il *cabeceo* è quindi un gentile invito non verbale, praticato con un leggero cenno del capo, al fine di evitare un invito verbale e diretto che risulterebbe talvolta invadente o poco gradito.»

«Addirittura?!» ironizza Elena.

«E se la donna non ha voglia di ballare?» chiede Ettore ormai rapito dall'intensità di Margherita.

«Se non vuole ballare con l'uomo che la sta *mirando*», s'inserisce la Carlina che vorrebbe avere anche lei la possibilità di sfoggiare le sue competenze in fatto di tango, «la donna eviterà di guardarlo, oppure distoglierà lo sguardo in caso di incrocio fortuito.»

«Quindi... Gli uomini invitano, ma le donne decidono, giusto?» chiede Elena incuriosita.

«Come nella vita, no?» ribatte sorniona la madre.

«E se invece di fare filosofia ci mettessimo al lavoro?» chiede piccata Elena.

«Non possiamo insegnarvi *rebote*, *ocho redondo*, *boleo* e *cruce*... Non c'è abbastanza tempo. Se stasera riuscirete a maneggiare la *salida básica* sarà già un miracolo!» s'inserisce la Daria, nel tentativo di rompere il monopolio dell'amica.

«La *salida básica*?!?»

«Sì, letteralmente "uscita di base"...» spiega Margherita,

riprendendo il controllo della scena. «Un passo che si esegue in otto tempi e che rappresenta la base del tango.»

«Vabbè, mamma, forse possiamo fare di meglio, dai!»

«Elena, non hai idea di cosa stai parlando...» la zittisce Margherita serissima.

«Coraggio, Ettore, venga qui», lo invita la Carlina.

«E tu, Elena, avvicinati a me», le ordina la Daria.

«Signori, iniziamo con la postura», declama Margherita serissima. «Il braccio sinistro dell'uomo, quindi di Ettore e in questo caso di Daria, è aperto, all'altezza delle spalle e la mano contiene la mano destra della compagna. Le teste della coppia sono parallele e devono guardare in direzione delle mani unite. I volti quasi si sfiorano ma senza toccarsi mai...»

«Scusi, Margherita, ma non credo serva essere così precisetti.»

«*Sta' schisc!* L'abbraccio deve essere morbido e accogliente. Ettore fai passare il tuo braccio destro sotto il sinistro della Carlina, fino al centro delle sue spalle, tra le scapole. Il braccio sinistro di Elena deve invece appoggiarsi lungo la spalla destra dell'uomo, quindi della Daria... L'intreccio deve essere perfetto, non ci deve essere separazione, quando si balla insieme si deve mantenere la minore distanza possibile tra uomo e donna.»

«Eddai, mamma, facciamola un po' più breve!»

«Shhh!»

È evidente che mentre Margherita si è calata senza alcuna fatica nel ruolo della maestra e impartisce le indicazioni per postura e passi con piglio da sacerdotessa, Elena ed Ettore faticano non poco ad accettare che i primi rudimenti di quello che per loro è un semplice ballo e non un rituale sacro, dovranno impararli in coppia con le sorelle Giuffrida.

«Il tango si balla in silenzio.»

Oltretutto, eseguendo gli ordini senza fiatare.

«Ricordatevi che in milonga non c'è solo il movimento della coppia, ma anche la *ronda*, cioè la direzione di ballo, il movimento dato da tutte le coppie che si muovono sulla pista.»

«Scusa, mamma, ma Daria mi sta facendo camminare all'indietro, senza poter vedere dove vado... Mi spieghi come faccio a non calpestare piedi e urtare gli altri?» chiede Elena.

«È molto semplice cara: non sei tu che guidi. Nel tango devi affidarti completamente al tuo cavaliere...» risponde pungente Margherita che sa quanto questo sia difficile per sua figlia.

## 7.

«Ragazze, sentite?!» domanda felice Margherita.

«Sììì! Questo è vals, vero?» chiede la Daria improvvisamente liberatasi dal ruolo di maestrina.

«Mi sembra di sognare...» riesce solo a dire la Carlina con un filo di voce da quanto è emozionata.

«Su su, andiamo! Infiliamoci i sandali che, appena termina questa *tanda*, ci buttiamo in pista!»

«Ma... un piccolo ritocco al rossetto non ce lo vogliamo dare?»

«E una spruzzatina di acqua di Colonia?»

«Acqua di Colonia?!? Ma cosa dici Daria?»

«Be', Margherita, sì, che c'è di strano?»

«No dico... Ma a che epoca ti sei fermata? L'acqua di Colonia?!!»

«Sì... Perché?»

«Ma per favore... quella la usano solo le vecchie!»

Sono le undici di sera quando il gruppetto fa la sua entrata al Bellezza, lo storico circolo ARCI a due passi dal parco Ravizza, il primo locale della città ad accogliere con allegria e lungimiranza quella che negli anni era poi diventata una febbre, quella del tango. E come pattuito, appena varcata la soglia, le tre vecchiette sovreccitate e cinguettanti come adolescenti alla loro prima uscita serale, si fiondano nella sala da dove fuoriesce la musica, abbandonando Elena ed Ettore al loro destino.

Dire che i due, rimasti soli al bar, siano a disagio, non rende sufficientemente l'idea.

Ettore ha le mani sudate come non gli succedeva da secoli, per l'esattezza da quando, qualche giorno prima che finisse la quinta elementare, aveva trovato la forza di dichiararsi alla sua compagna di classe, Buzio Graziella. La cosa aveva richiesto una fatica immane perché aveva dovuto farlo di fronte alle migliori amiche di lei – Marta, Irene e Ilaria – che per tutta la durata della sua dichiarazione non avevano fatto altro che ridacchiare e darsi di gomito. Lo strazio era probabilmente durato pochi secondi, ma lui, ancora oggi, lo ricorda come un tempo infinito. Anche perché il risultato di quel sovrumano travaglio, che non avrebbe dimenticato per tutta la vita, fu un sereno due di picche.

Elena, invece, non riesce a stare ferma. Come dice sua madre, non è abituata a vestirsi da donna. L'abituccio scollato la imbarazza. E muoversi a fatica su quelli che Margherita nemmeno considera tacchi e che per lei sono veri e propri trampoli, la innervosisce non poco. L'idea poi di doverci pure ballare sopra, la terrorizza. Improvvisamente l'idea del tango le appare un'enorme cazzata. Dov'è finita tutta la spavalderia con cui aveva convinto Ettore?

Evidentemente le coppie così in difficoltà, il giovedì sera al Bellezza, non sono una novità. Perché quando Ettore ed Elena si avvicinano al bancone, prima ancora di ordinare alcunché, due shottini si materializzano proprio davanti a loro.

«Questi li offre la casa...» sussurra il barista allungando i bicchierini verso la coppia.

«Scusi, ma cosa c'è dentro?» chiede Ettore che anche nei momenti peggiori non riesce a evitare il piglio da precisetti.

«Eddai, Ettore, che t'importa, beviamo, no? Credo che il signore ci abbia visto giusto...»

«Bravissima! Io mi chiamo Enrico. Lui ho capito che è Ettore. E tu bella signora, come ti chiami?»

«Elena. Piacere», risponde lei arrossendo.

«È la vostra prima volta qui?»

«Si vede molto?» chiede Elena preoccupata.

«Abbastanza... Ma la prima volta è così per tutti!»

«Davvero?»

«Siete fortunati perché siete una coppia e quindi, pur essendo dei principianti, non avrete problemi a ballare.»

«In che senso scusi?»

«Nel senso che tu, caro il mio Ettore, potrai risparmiarti *mirade* e *cabecei* a vuoto...»

«Ma che dice, scusi?»

«Massì, Ettore...» interviene Elena. «Non ti ricordi che Margherita ci ha spiegato come funziona in milonga? Lo sguardo e il cenno con il capo che l'uomo fa alla ballerina che intende invitare a ballare...»

«Esatto, bella Elena!»

«...e allo stesso tempo evito a mia moglie di stare seduta al tavolino tutta la serata, no?»

«Caro Ettore, questo non potrebbe mai accadere. Una donna così, qui, non passa di certo inosservata», risponde galante Enrico.

È evidente che flirtare con le clienti è la regola della casa, ma, essendo Elena poco avvezza ai complimenti ed Ettore per nulla abituato a essere trattato con tale disinvoltura, tutto ciò non fa altro che aumentare il disagio della coppia.

Imbarazzo che rompe gli argini nel momento in cui i due entrano nella sala dove si svolgono le danze. Qui è tutto esattamente come avevano raccontato le tre vecchiette. La luce è bassa, tavolini e sedie sono seminati lungo i bordi della sala. Sul palco c'è il deejay che qui si chiama *musicalizador.* I ballerini, avvinti e chiusi nel loro mondo, distribuiti su invisibili piste circolari e parallele, si muovono in senso antiorario all'unisono, come a comporre un unico organismo. Le donne sono – o almeno sembrano – tutte bellissime, nei loro abiti impalpabili, gambe e schiene nude. L'aria trasuda testosterone.

Ciò di cui invece Margherita non li ha avvertiti è che dal momento in cui avessero messo piede in quella sala, il gruppo di *tanguere* che occupa i tavolini sotto il palco avrebbe iniziato a scannerizzarli e giudicarli senza pietà. E pur non essendoci stato alcun movimento, sguardo o cenno, appena varcata la soglia, Elena sente i loro sguardi farle da seconda pelle e insinuarsi nelle pieghe delle sue insicurezze. Perché si è ficcata in quella situazione? Andare lì è stato un errore… Adesso recupera marito e vecchiette e se ne va. Arcángel? Chissenefrega! Il suo posto in redazione? Dovrà trovare un altro modo per salvarlo. Lì, con quei tacchi e quell'abito, non ci può stare un minuto di più.

Ma Elena ha fatto male i conti.

Non li ha fatti né con Margherita e la Carlina che sono in pista, la prima concentrata nell'abbraccio di un ballerino che sembra avere parecchi anni meno dei suoi e le fa volare la gamba con sensualità ed eleganza, la seconda abbandonata e con gli occhi chiusi tra le braccia di un *tanguero* il doppio di lei che difficilmente la lascerà andare al termine della *tanda.* Non li ha fatti nemmeno con la Daria che, seduta al tavolino, contravvenendo a qualsiasi regola del tango, sta mandando segnali espliciti a un signore che è alto la metà di lei, ma che ha l'aria di essere un habitué del luogo.

Ma soprattutto non ha previsto che Ettore, contro ogni possibile previsione, terminata la sequenza tango-milonga-vals le avrebbe afferrato la mano per portarla al centro della sala.

«Ettore… Che stai facendo?!?»

«Che cosa stiamo facendo, vorrai dire. Ci stiamo preparando a ballare la prossima *tanda,* no?»

«Ma non sappiamo da che parte iniziare…»

«Coraggio, Elena, dammi la tua mano destra e metti la tua mano sinistra sulla mia spalla…»

«Non ce la faremo mai.»

«Rilassati. Appoggiati a me. Chiudi gli occhi.»

«Sei matto?»

«Fidati. Rilassati e prova a sentire il ritmo della musica.»

«Non ce la faremo mai.»

«Shhh!» soffia Margherita passandole a fianco e facendo finta di non conoscerla.

«Coraggio, Elena…»

«Ma che ti è successo? Non ti è mai piaciuto ballare…»

«Shhh!» soffia la Daria roteandole a fianco, abbarbicata all'abile *tanguero* di cui è riuscita faticosamente a conquistare l'attenzione.

«Ma questa è una congiura!»

«Coraggio, partiamo… Passo avanti con il piede destro!»

E il tango di Elena ed Ettore ha finalmente inizio.

Certo è un tango piuttosto raffazzonato, con improvvisi cambi di direzione che creano qualche difficoltà alle altre coppie, incroci che mettono a rischio tibie e rotule, bisticci poco sussurrati che disturbano la musica e improvvise fermate che interrompono il ballo e creano ingorghi. Dopo la prima *tanda* i due vengono identificati come principianti assoluti e snobbati dalle coppie assorte nelle danze. Soprattutto dalle tre vecchiette che, passando vorticosamente da un partner all'altro, si tengono molto alla larga da Elena ed Ettore, con i quali non vogliono correre il rischio di essere collegate.

Ma i due non se ne rendono conto. Hanno gli occhi chiusi. Sono lui e lei, uniti in quella danza sensuale. Quel ballo così intimo ha preso il sopravvento anche sull'iniziale imbarazzo di Elena che, dopo un po', ha iniziato a prenderci gusto. Chiusi nella loro bolla, concentrati su passi e ritmo, non si accorgono del mondo che li circonda. Sentono solo il loro respiro e la loro pelle. Elena lentamente riesce a lasciarsi andare e affidarsi a Ettore che, per la prima volta in vita sua, non vorrebbe fuggire a gambe levate da una pista da ballo.

Il tango. "Chi l'avrebbe mai detto", pensa tra sé e sé, mentre le gambe sembrano sciogliersi sempre più. Certo gli servirebbe fare un paio di giri con una ballerina esperta.

«Che ne dici se mi fermo un attimo e provo a recuperare qualche informazione su Arcángel?» sussurra Elena all'orecchio del marito, come se gli avesse letto nei pensieri.

«*Perfecto, mi guapa.*»

## 8.

Elena lascia la sala della milonga e si sposta al bar. Adesso è con inedita disinvoltura che cammina sui tacchi e indossa quella scollatura che le mette in risalto la schiena. Si sente osservata, ma stranamente quegli sguardi non la fanno sentire in imbarazzo. Per la prima volta in vita sua, giocare con il suo corpo sembra non spaventarla. Bizzarro, no?

Non l'ha mai voluto mettere in mostra. Non si è mai concessa di divertirsi con trucco, abiti e tacchi. Non ha mai giocato con i vestiti e le scarpe di Margherita, nemmeno durante i lunghi pomeriggi da adolescente, quando solo lo specchio avrebbe potuto confermarle di esistere. La sua divisa è sempre stata la stessa: pantaloni, maglietta, sneakers o ballerine. Margherita non se n'è mai voluta fare una ragione. Una figlia così poco femmina è sempre stata incomprensibile per lei. E se all'inizio l'aveva considerata una provocazione giovanile, negli anni non aveva potuto far altro che giudicarla una terribile insensatezza.

In realtà, per Elena non era mai stata solo una semplice ribellione adolescenziale. Certo, c'era stato anche il desiderio di cancellare da sé qualsiasi traccia di Margherita, della sua idea di abito che sta bene, di vestirsi e truccarsi per piacere all'altro, di donna che è prima di tutto corpo. Adesso anche a lei sembra ridicolo, ma ai tempi di liceo e università, lei l'aveva considerata una scelta politica. Rifiutare gonna e tacco, rossetto e abituccio, reggiseno e scollature, significava per Elena diciassettenne rifiutare lo stereotipo del femminile. Solo molto tempo dopo, una volta diventata madre, Elena aveva capito che l'aveva fatta troppo semplice. I condizionamenti sociali e culturali erano molto più profondi e radicati. Non bastava buttare al rogo il guardaroba di sua madre per non farsi intrappolare in uno stereotipo che aveva iniziato a interiorizzare succhiando il latte materno. Insomma, si era riscoperta cornuta e mazziata: non si era permessa di giocare con la sua femminilità in nome di un nuovo modello di donna che era miseramente evaporato nel momento in cui era diventata madre e con estrema naturalezza aveva indossato i panni della tradizione.

Questa sera, però, è diverso.

Sarà stato il tango, la schiena nuda o la scarpa con il tacco, ma adesso Elena percepisce la seduzione che il suo corpo esercita. Assapora il potere che questo le attribuisce. *Quanti anni hai / Stasera / Quanti me ne dai / Bambina.* Sorride tra sé e sé. Vasco riesce sempre a fotografare l'attimo. E lei finalmente capisce che cosa intendeva dire Claudia quando ridendo le raccontava di quelle volte in cui «aveva fatto la bionda». Ed Elena è effettivamente biondissima quando si avvicina al bancone senza abbassare gli occhi dallo sguardo di Enrico.

«In cerca di uno shottino?»

«Preferirei un cocktail. Mi faccia vedere di cosa è capace...»

«La signora provoca. Mi piace...»

«Be', devo capire se scrivere un pezzo su *el mejor* barman della città...»

«La signora è una giornalista?»

«Bravo.»

«Uh uh uh...»

«Che ne dice di prepararmi un moscow mule?»

«Il mio preferito!» risponde Enrico che, immaginando il suo ritratto a tutta pagina, si tuffa nella preparazione di quello che nelle sue intenzioni dovrà essere il miglior moscow mule della città.

«Mug di rame, quattro cubetti di ghiaccio, succo di mezzo lime, vodka Żubrówka che ha un sapore più vegetale della classica Smirnoff, ginger beer, scorza di limone, fettina di cetriolo fresco e – tocco assolutamente personale –

spruzzata di zucchero a velo. Olé! Goditi il tuo moscow, bella signora.»

È ovviamente troppo tardi per confessare al galante barista – che sta scrutando Elena con evidente ansia da prestazione – che lei quel cocktail non l'ha mai bevuto. Le sue personali conoscenze, oltre il gin tonic non vanno. E questo benedetto moscow mule le era venuto in mente solo perché qualche giorno prima Margherita lo aveva nominato. Le basta il primo sorso per capire di aver commesso un tremendo errore. Come aveva potuto privarsi di un tale piacere fino a quel momento della sua vita?

«Sbaglio, o da come ti brillano gli occhi, credo di averti conquistata mia bella signora?»

Elena non può far altro che annuire.

«Dato che i *tangueri* non bevono molto, abbiamo tutto il tempo per fare due chiacchiere… assaporando un bis! Che ne dici?»

E, nuovamente, Elena non può che limitarsi ad annuire. Felice come una bambina che ha appena scoperto la Nutella.

## 9.

Grazie al moscow mule, la chiacchiera con Enrico è stata più piacevole di quanto Elena avesse messo in conto. Prima di riuscire a fare qualche domanda sul maestro Arcángel, si era dovuta sorbire il racconto integrale della sua vita dato che il barman, immaginando un inserto di dodici pagine interamente dedicato a lui, l'aveva inondata di aneddoti e ricordi che lei era riuscita a reggere solo grazie al benedetto cocktail. Poi piano piano, dopo aver conquistato la totale fiducia di quel narciso, prima girando molto al largo e poi ponendo domande più dirette, era riuscita a ottenere qualche informazione.

Effettivamente lui, il maestro Arcángel lo conosce molto bene. Non solo è un nome nella comunità del tango milanese – comunità che negli anni è diventata sempre più numerosa –, ma è anche una presenza fissa alle serate del giovedì sera. Persona a modo, molto giovanile per la sua età, anche il giovedì precedente aveva passato lì tutta la serata. Se n'era andato via con un paio di amici che l'avevano raggiunto dopo mezzanotte. Li aveva visti parlottare e bere una birretta a fine serata. L'unica cosa che poteva dire con certezza era che quei due, lì, non ce li aveva mai visti prima. Che tipi erano? Non certo due che avevano a che fare con il tango. Non ne avevano né il look né il portamento. Di più non sapeva dire. D'altro canto lui quella sera aveva avuto molto da fare, «se capisci cosa intendo», aveva aggiunto ammiccando vistosamente.

«Immagino...» aveva commentato Elena, che ormai aveva capito che quel ragazzo considerava la galanteria e il corteggiamento una sorta di appendice del contratto, oltre che una sua personale missione. Poi aveva chiuso il taccuino, gli aveva sorriso e, per toglierselo di torno, aveva ordinato il suo terzo moscow mule.

Elena ha voglia di stare sola. Ha bisogno di riflettere. Per quanto tenti di tenere a freno l'immaginazione e si ripeta di non fare collegamenti azzardati, tutto in lei richiama la connessione tra la scomparsa del maestro Arcángel, i ragazzi fermati a Piacenza, i due amici segnalati da Enrico e il cadavere nei trolley. Se solo non avesse lasciato il cellulare a casa, avrebbe potuto mostrargli le foto dei ragazzi e verificare se corrispondevano agli amici con cui Arcángel aveva lasciato la milonga. L'idea che il cadavere dei due trolley possa effettivamente essere quello del maestro di tango, nella sua mente si fa sempre più concreta. Deve assolutamente sentire il magistrato Capelli. Vuole capire a quali conclusioni è arrivata la Scientifica.

È talmente assorta nei suoi pensieri, e forse anche un po' brilla, che non si accorge che Ettore l'ha raggiunta. Elena sta per spiegare che cosa è successo, le informazioni che ha raccolto, le ipotesi che ha fatto. Ma Ettore la zittisce ponendole dolcemente l'indice sulle labbra. La prende per mano e la riporta a ballare.

Mentre nell'ultima ora Elena si era, suo malgrado, addentrata nella biografia di Enrico e aveva scoperto le virtù del moscow mule, Ettore aveva sorpreso sé stesso per coraggio, audacia e per la perseveranza con cui aveva assediato le tanguere sotto il palco. Era evidente che lì sedeva solo il gotha della milonga. Pur non essendoci alcuna esplicita restrizione o segnale, era tangibile una sorta di linea Maginot che separava quei tavolini dal resto della sala.

Ettore ne era consapevole, ma il tango lo aveva colpito più di quanto avesse potuto mai prevedere e lo aveva preso una sorta di febbre, il desiderio di sperimentare che cosa volesse dire ballarlo sul serio. Per farlo aveva bisogno di una ballerina esperta. Aveva provato e riprovato con la *mirada*, ma nessuna delle *tanguere* sembrava vederlo. Allora aveva deciso di fare a modo suo e si era avvicinato al tavolino di quella che sembrava essere l'ape regina della milonga. Era certo che se lei avesse accettato, nessun'altra ballerina presente si sarebbe sottratta al suo invito. Forse non è vero, ma Ettore è convinto che nel momento in cui ha varcato la linea Maginot, per un attimo l'intera milonga abbia trattenuto il respiro.

«Permette?» aveva sussurrato inchinandosi davanti alla ragazza dal collo di cigno.

«Dove pensa di essere? In una balera?» aveva riso sprezzante lei.

«Certo che no. Ma lei non mi guarda e io ho bisogno di lei.»

«Di me?»

«Esatto.»

«E perché?»

«Mi resta poco da vivere.»

«Sta scherzando?»

«No.»

«È matto?»

«No.»

«...»

«Sono pieno di morfina.»

«...»

«Prima di andarmene, ho deciso di passare almeno una notte in milonga.»

«...»

«Ballando il tango.»

«Ballando?...» lo aveva interrogato sollevando il sopracciglio destro con sufficienza.

«Imparando a ballare il tango.»

«Meglio.»

«Un sogno. Che non ho mai coltivato.»

«...»

«Mi aiuta?»

Evidentemente anche le api regine hanno cuore e animo compassionevoli, perché lei ci aveva creduto. Da quel momento Ettore non aveva più perso una *tanda*. Era bastato uno sguardo della regina della milonga per far sì che le ballerine si alternassero. Così lui aveva velocemente imparato le basi del tango, lasciando senza fiato Margherita e le sorelle Giuffrida che avevano assistito incredule all'improvvisa, e per loro inspiegabile, popolarità di Ettore.

## 10.

È quasi l'alba quando escono dalla milonga.

I baci, gli abbracci, i commenti – «Che uomo», «Che coraggio», «Devi essere fiera di lui» – delle *tanguere* lasciano Elena senza parole. È vero, il ricordo di Ettore allergico alle piste da ballo sembra essere lontanissimo, ma francamente fa molta fatica a comprendere tutto quell'entusiasmo. *Che coraggio?!* Esagerate, no? In fondo si è solo buttato a ballare il tango dopo aver avuto una semplice infarinatura nel pomeriggio. Certo non si aspettava che ci prendesse così gusto e, soprattutto, che fosse così portato per quella danza argentina...

Le tre vecchiette sono su di giri. Non fanno altro che parlare di Pietro, Mario, Simone, Guglielmo e una serie infinita di cavalieri che le hanno fatte ballare tutta la notte. Vorrebbero riuscire a ottenere da Elena la promessa di tornare il giovedì successivo.

«Non credo. È stato divertente, ma non è esattamente un'attività nelle nostre corde, vero Ettore?» risponde Elena, per la quale l'esperienza della milonga potrebbe tranquillamente finire lì. Ma non per Ettore che entusiasta la smentisce.

«Be', forse Elena potremmo provare almeno un'altra milonga, no? Mi hanno detto che vicino a Brescia ce n'è una da non perdere...»

«Sììì!» esplodono le tre anziane signore sedute nel retro dell'auto.

Elena non ci può credere. Fa fatica a riconoscere Ettore. Non ha mai amato ballare e adesso sembra non voler fare altro. Da anni non supera la mezzanotte e non vive senza le sue otto ore di sonno, mentre stanotte sembra non accusare né sonno né stanchezza. Ci volevano tre ottantenni per riuscire a tirarlo fuori dal guscio?

A essere sincera fa molta fatica a riconoscere anche sé stessa. Ha ballato il tango per oltre quattro ore, si è mossa sui tacchi come se non avesse mai fatto altro nella vita e ha flirtato con un barista.

Che cosa è successo a tutti e due? Scombinare le carte, uscire dalla routine e muoversi su un terreno a loro sconosciuto li ha obbligati a dimenticare il pilota automatico, le risposte preconfezionate, i riflessi condizionati, quelli costruiti in anni di convivenza. E così hanno dovuto improvvisare, scoprendo versioni inedite di loro stessi. Inedite e più interessanti. Elena ha voglia di godersi la sensazione di benessere che la serata inaspettatamente le ha dato. Non solo Ettore è riuscito a sorprenderla e incuriosirla. L'esperienza del tango è stata anche inedita dal punto di vista del gioco di ruoli che i due conducono da anni. Lei così abituata a organizzare e poco avvezza a «contare» su di lui, ballando ha invece scoperto la possibilità e il piacere di affidarcisi. E di contro, Ettore non solo non si è sottratto, ma ha mostrato solidità e serena determinazione.

Per un attimo le torna alla mente Arcángel. Pensare a come procedere. Ma non ne ha voglia. Ci penserà domani. Sentirà il magistrato e valuterà che fare.

Lasciate le tre vecchiette in via Settembrini, Elena ed Ettore sono sfatti dalla stanchezza, ma allo stesso tempo eccitati dalla nuova intimità provata alla milonga.

«Tu l'hai mai provato il moscow mule?» chiede Elena ridacchiando.

«No, perché?»

«Dovresti...» risponde continuando a ridacchiare.

«Ma... sei brilla?»

«Un po'...»

Ettore la prende in braccio e a passo di tango la porta in camera. Forse un azzardo anche per un *tanguero* come lui che, infatti, inciampa nel tappeto e crolla sul letto assieme a Elena. Che continua a ridere.

«Ma sai che dovremo proprio rifarlo?»

«Cosa? Andare a ballare il tango?»

«Anche...» risponde Ettore spegnendo la luce.

# VENERDÌ

# 1.

«Ragazzi?!?»

«...»

«Dormite ancora?!? Papà non devi andare all'università? E tu mamma, non hai ancora letto i giornali? Perché tutti i vestiti sono per terra? Sicuri di stare bene? Insomma, mi volete spiegare che sta succedendo?»

Sono le otto del mattino e nella camera da letto di Elena ed Ettore è piombato Marco che, come al solito, ha fatto *after* ed è arrivato direttamente da Bologna per il weekend.

È entrato in casa pregustando spremuta e biscotti che avrebbe rubato alla madre seduta al tavolo della cucina, intenta a fare colazione e leggere i quotidiani. Invece no. La cucina è deserta e la casa è avvolta nel silenzio. In vent'anni di vita, Marco non ha mai visto mutare la routine dei suoi genitori. A quest'ora Ettore è in procinto di uscire ed Elena legge i giornali. Sempre stato così. Quindi deve essergli successo qualche cosa di molto grave, ha pensato il ragazzo e immediatamente le ghiandole surrenali si sono messe in moto e hanno rilasciato l'adrenalina che, una volta in circolo, ha fatto il suo dovere: ha accelerato la frequenza cardiaca, ristretto il calibro dei vasi sanguigni, dilatato le vie bronchiali e migliorato la reattività. Detto altrimenti, Marco si è risvegliato di botto, è corso verso la camera da letto dei suoi genitori, ha spalancato la porta e acceso la luce.

«Scu... scusa... ma perché urli?» bofonchia Elena coprendosi la testa con il cuscino.

«Oh cazzo, l'università...» esclama Ettore tuffandosi giù dal letto e precipitandosi in bagno.

«Mamma? Non ti alzi?» insiste Marco.

«Spegni la luce!» implora Elena da sotto il cuscino.

«Papà? E adesso cosa fai?» chiede Marco a Ettore che, ancora in pigiama, è uscito dal bagno, ha spento la luce e si è infilato a letto.

«Venerdì scorso ci sono stati gli esami. Adesso ho tre settimane di pausa. Quindi oggi non ho lezione. Buonanotte!»

«Mamma... Mi puoi spiegare che cosa vi succede?»

«Ci hai svegliati, tutto qui.»

«Appunto. Che vi succede?»

«Benarrivato caro. La lavatrice è di là e con qualche sforzo credo tu possa riuscire a metterla in moto...»

«Mamma...»

«Arrivo! Però, visto che mi hai svegliata e che ho la testa che mi scoppia, preparami un bel caffè doppio. Grazieee...» sbuffa Elena, per la quale riprendere sonno è ormai impossibile.

Marco non ci può credere: che cosa sta accadendo ai suoi genitori? Stenta a riconoscerli. Evidentemente l'assenza dei figli gli sta facendo perdere il bandolo della loro vita. Deve riuscire a parlarne con Anna. Seee... proprio lei che appare e scompare senza avvertire mai nessuno. D'altro canto non è certo un problema che può affrontare da solo. Anche Anna deve rendersi conto che mamma e papà iniziano a preoccuparlo. Non ce la fanno. Non reggono il fatto che i figli se ne vadano da casa. Lui e Anna devono riuscire a rassicurarli, a spiegare loro che nessuno dei due ha intenzione di abbandonarli. È un processo naturale. Una nuova fase. Che, se affrontata con serenità, può avere i suoi vantaggi. Insomma, Elena ed Ettore possono e devono pensare al loro futuro senza i figli. Be', non proprio senza, ma è indubbio che sia lui sia Anna non sono più dei bambini. Sono due giovani adulti che hanno la loro vita. È questo il passaggio che i due vecchi non reggono. Marco ne è convinto. La questione andrà affrontata. Con calma. Appena riesce ne parlerà con Anna e assieme decideranno cosa dire. Adesso metterà su il caffè per la madre e poi si fionderà a letto. La lavatrice? Può attendere. Magari sua madre si riprende un attimo e ci ripensa...

## 2.

«Tango? Tu che ne sai del tango? E da quando ti vengono queste idee assurde?»

Elena era arrivata in cucina ancora assonnata. Si era lavata la faccia con l'acqua gelida per tentare di darsi una parvenza di lucidità, ma era stato inutile. Il moscow mule aveva lasciato il segno e la sveglia di Marco proprio non ci voleva. Le ore di sonno sono state veramente poche, ma lei – a differenza di Ettore che può dormire a intermittenza senza alcun problema, basta che totalizzi le sue otto ore – una volta sveglia non ce la fa più a riaddormentarsi. E poi, anche se non lo vuole ammettere, quelle poche chiacchiere del venerdì mattina, fatte in solitudine con Marco, stanno diventando una piccola tradizione a cui non ha voglia di rinunciare. È vero, la maggior parte delle volte l'appuntamento si riduce a suoi monologhi ai quali lui risponde con monosillabi, oppure a duelli in punta di fioretto. Ma altre volte quelli sono stati momenti preziosi, gli unici in cui Marco ha rivelato qualche spicchio di sé e della sua vita lontana da lei.

Si era quindi messa a tavola e aveva iniziato a sbocconcellare biscotti e sorseggiare il caffè. In testa le risuonavano ancora le note e le immagini della milonga. Ed era allora che le era venuto in mente di suggerire al figlio di prendere lezioni di tango «perché secondo me ti divertiresti molto», aveva aggiunto.

Ovviamente lui l'aveva guardata come una matta.

«Tango? Tu che ne sai del tango? E da quando ti vengono queste idee assurde?»

«Fidati... Scopriresti un mondo che non conosci e che ti potrebbe dare qualche ispirazione per un video.»

«Se permetti, ne dubito fortemente.»

«E poi... Potresti pure trovare una ragazza!»

«Una ragazza?»

«Sì, visto che la tua ti ha mollato.»

A Marco cade la mascella.

«E tu, Sherlock, come faresti a saperlo?»

«L'odore...»

«L'odore?»

«Esatto. Il tuo odore, amore, che evidenzia docce ridotte...»

«Ma per favore...»

«E la dimensione striminzita della borsa che ti porti appresso...»

«Che c'entra, scusa?»

«Segnale di scarsissimi cambi di abbigliamento...»

«E allora?»

«...elemento che evidenzia rare, per non dire pressoché nulle, frequentazioni femminili.»

*Touché.* Elena ci ha visto giusto perché il volto di Marco si è fatto di gesso e si è chiuso in un piccato silenzio stampa.

«Vado a dormire.»

«Aspetta un attimo, no? Dato che mi hai svegliata, fammi un po' di compagnia...»

Ma non c'è verso di riuscire a trattenerlo. I suoi programmi sono di dormire fino al pomeriggio e poi andare dai soliti amici «perché noi dobbiamo lavorare al video, altro che tango...».

Rimasta sola, Elena ridacchia tra sé e sé e si mette a leggere i giornali. Da quando ha scoperto che grazie al sistema bibliotecario milanese può avere a disposizione tutta la stampa italiana e straniera sull'iPad, ha preso l'abitudine di leggere i giornali in digitale. E deve ammettere di averci messo pochissimo tempo a prenderci gusto. Eppure continua a considerare incredibile che quell'aggeggio poco più grande di un quaderno, realizzato dall'uomo di Cupertino possa contenere gran parte della stampa mondiale e molto altro. Anche se le costa moltissimo, le tocca confessare che il malefico Scotti forse una punta di ragione ce l'ha... Elena non è una nativa digitale. Appartiene a quella generazione che la tecnologia ha imparato a usarla superati i vent'anni. Ricorda con chiarezza il suo primo Mac, quello dalle dimensioni di un televisore a tubo catodico. Ma soprattutto serba chiara memoria del mondo prima di internet, del digitale, dei social, dei podcast, insomma prima di tutto ciò di cui i suoi figli non riescono a immaginare l'assenza. Per Elena, invece, ancora oggi un miracolo, un sogno. Nel vero senso del termine. E si aspetta, da un momento all'altro di risvegliarsi e dover nuovamente riprendere a battagliare con il vicino di casa per la linea sempre occupata del duplex... Il duplex! Elena ricorda che un giorno, chissà perché, era saltato fuori durante un discorso con i ragazzi e loro l'avevano guardata esattamente con lo stesso sguardo incredulo di quando piccoletti al museo di scienze naturali di Londra avevano visto i dinosauri.

«Non pensavamo tu fossi così vecchia», avevano detto. Al momento, Elena ci era rimasta un po' male. Poi però, aveva dovuto ammettere che, per i nativi digitali come i suoi figli, l'esistenza del telefono duplex poteva sembrare incredibile tanto quanto lei adolescente non riusciva a comprendere sua nonna quando le raccontava della paura che aveva provato la prima volta che aveva visto un'automobile.

«Paura? Perché?» le aveva chiesto.

«Pensavo fosse un mostro, guidato da forze misteriose e maligne», si era sentita rispondere. E da allora aveva temuto per la salute mentale di quella nonna adorata. Esattamente come molto probabilmente facevano i suoi figli con lei.

## 3.

Niente. I giornali Elena li ha spulciati tutti, nazionali e locali, ma non ha trovato alcuna nuova notizia sul mistero dei trolley. Tutta roba già letta, rimaneggiata per farla sembrare inedita. Fuffa. Evidentemente Andrea non è riuscito a trovare alcunché sui gruppi sanguigni. Elena freme. Ormai è certa – anzi certissima – che il corpo nei trolley sia quello del maestro Arcángel, ma le serve uno straccio di conferma prima di chiedere udienza all'orrido Scotti e sbattergli sotto il naso lo scoop. Deve parlare con Capelli e riuscire a farsi dire a che punto sono le indagini, pensa Elena mentre afferra il suo cellulare.

«Quindi? Non mi vorrai dire che non ci sono notizie? La Scientifica non è mai stata così lenta...»

«Buongiorno Elena, sì io sto bene e lei?» risponde Capelli seccato.

«Eddai... non essere così formale, eravamo passati al tu, no?» Elena si rende conto di essere entrata a gamba tesa, di essere stata molto brusca e tenta di fare marcia indietro. Ma il magistrato non ci sta.

«Evidentemente il nuovo stile del suo giornale ha contagiato anche lei.»

«...»

«Stamattina al bar un giovanotto a me totalmente sconosciuto mi ha rovinato il caffè mettendomi sotto il naso uno smartphone e iniziando a riempirmi di domande sul gruppo sanguigno del corpo nei trolley e dichiarando di essere in diretta Facebook!»

«...»

«È questo il nuovo modo di fare giornalismo?»

«Certo che no, ma...»

«E se uno poi gentilmente risponde che sta facendo colazione, partono a cascata i tweet sulla giustizia a orologeria solo per qualcuno, mentre gli assassini, quelli veri, possono andarsene a spasso perché i magistrati devono mangiare le brioche...»

Elena vorrebbe sprofondare. Ha capito benissimo che il «giovanotto» è Andrea, il giovane stagista con il quale il nuovo caporedattore ha deciso di sostituirla. Poveretto. Lui non ha colpa. Non è male, anzi, ha la stoffa del cronista. Ha solo bisogno di imparare il mestiere e le sue regole. Ma quella merda di Giorgio Scotti lo sta pressando senza pietà, imponendo alla redazione il suo stile molesto e aggressivo. Che non è quello di Elena. E mai lo sarà. Elena non vuole essere associata a quella volgarità. Ha sbagliato. Deve assolutamente recuperare.

«Okay, dottor Capelli, mi scusi. Ricominciamo da capo. Che ne dice se vengo da lei, porto due cappuccini e un paio di quelle pasterelle che abbiamo mangiato l'ultima volta?»

«Ma non eravamo passati al tu?»

Il magistrato ride. Ci sta.

## 4.

Nell'ufficio di Capelli il tavolo è ricoperto di ogni ben di dio.

«Questo si chiama tentativo di corruzione, Elena.»

«Ma no... È semplicemente un modo per iniziare bene la giornata e per chiederti scusa. Per me. E per quel ragazzino che non sa quello che fa. Ma non è colpa sua. Lui sta cercando di non essere sbattuto fuori dalla redazione prima ancora di iniziare...»

È bastato poco perché Elena e il magistrato si rappacificassero. Sanno tutti e due che il mondo sta andando in una direzione diversa dalla loro, da quella che hanno sempre conosciuto. Ma tutti e due sanno che Elena non ha alcuna intenzione di mollare. O per lo meno, non senza aver venduto cara la pelle.

«E visto che le indagini vanno a rilento, che ne dici se ti do un aiutino?» sussurra Elena sorniona.

«Proviamo...» risponde Capelli sorpreso.

«Conosco l'identità dell'uomo nei trolley.»

«Veramente?!» domanda il magistrato incuriosito.

«Il sospetto ce l'ho da un po' di giorni, ma ho voluto trovare dei riscontri prima di parlartene», prosegue Elena che adesso ha messo su un tono da saputella.

«Quindi? Cosa vuoi da me? Sai già tutto...»

«Be', visto che fin dall'inizio abbiamo collaborato, pensavo fosse giusto fartelo sapere prima di pubblicarlo.»

«Tutto qui? Solo una gentilezza?»

«In realtà no», sospira Elena che sa di non poter né scrivere né rivelare a Capelli di essersi introdotta nottetempo nell'appartamento di Arcángel. «Siccome le informazioni le ho messe assieme con metodi leggermente borderline...»

«Ho capito. Hai bisogno di conferme ufficiali.»

«Esatto.»

«Vabbè, vediamo se ci hai preso. Sputa il rospo e poi capiamo cosa si può fare. Per quel che ti conosco, i tuoi metodi poco ortodossi saranno sicuramente poca cosa. Non ti ci vedo proprio infrangere la legge...»

«Già», prova a sorridere Elena a denti stretti.

«Spara.»

«È Arcángel Blanco.»

«Chi?!?» chiede Capelli strabuzzando gli occhi.

«L'esule argentino. Il maestro di tango di mia madre e delle sorelle Giuffrida.»

«Non ci credo!» sbotta il magistrato incredulo.

«Ti ho sorpreso, vero? E non è finita qui. Perché so anche chi...» ma non riesce a concludere la frase, perché Capelli è scoppiato a ridere. Ha le lacrime agli occhi ed è in preda a vere e proprie convulsioni.

«Non ci posso credere che tu ti sia fatta condizionare dalla fantasia criminosa di quelle tre signore...» le dice appena si riesce a ricomporre.

«Anch'io l'ho pensato all'inizio, ma poi nel suo app...»

«Nel suo...?»

«No, niente...» si corregge Elena rendendosi conto di essersi spinta un po' troppo in là. «Sono passata dalla portineria del maestro Arcángel e l'Antonia...»

«L'Antonia?»

«Sì, il cappagibì.»

«Scusa, il cheghebé vorrai dire.»

«Anche tu?! Cappagibì o cheghebé, quel che ti pare...»

«Cheghebé. Ma c'entra con i trolley?»

«Scusami. Il KGB è l'Antonia, la portinaia a cui nulla sfugge. Mi ha raccontato che non vedendo il signor Arcángel da un po' di giorni, era andata a controllare il suo appartamento e l'aveva trovato un po' sottosopra...»

«Perché tu quando parti lasci sempre tutto perfettamente in ordine?»

«No, ma...»
«Allora dobbiamo pensare che il signore sia stato fatto a pezzi?»
«No vabbè, scusami...»
«Suvvia Elena, non mi deludere...»
«Va bene, ho sbagliato tutto», ammette mestamente Elena. «Devo ricominciare da capo.»
«In realtà non serve... Il caso è risolto», confessa Capelli ingoiando il settimo cannoncino alla crema chantilly.
«E me lo dici così?»
«Come?»
«Con la bocca piena!» lo prende in giro Elena.
«Hai ragione, scusa. Ma questi sono veramente irresistibili.»
«I cannoncini di Supino sono inarrivabili.»
«E inaccessibili, aggiungerei...»
«Diciamo che se prosegui il racconto, posso provare a mettere una buona parola sul tuo nome.»
«Questo è un ricatto...»
«No. È un equo scambio.»
«Scherzi, vero?»
«Certo. Lo sai che Supino non si fa condizionare! Sceglie lui con chi condividere i suoi cannoli! Dai, racconta...» lo incalza Elena curiosa.
«Devo chiudere la burocrazia e poi diamo la notizia.»
«E... se fossi io ad averla prima di tutti?»
«Così diretta?»
«Perché no?»
«Mi garantisci di darla in modo corretto e con il giusto risalto?»
«Fammi fare una telefonata...»

## 5.

Elena non esce dall'ufficio di Capelli. Vuole che lui senta la telefonata. Quando mai le capiterà ancora di poter dettare legge e mettere sull'attenti quell'idiota presuntuoso di Scotti? Vuole avere almeno uno spettatore. Quindi digita il numero di Andrea e gli dice di andare dallo squalo – «Chi?» «Sveglia, Andrea!» «Intendi Scotti?» – e attivare il vivavoce del suo cellulare. Non prima di aver detto a Giulia di entrare nell'ufficio con lui. Anche lei avrebbe dovuto sentire.

«Donati, cosa vuoi?» Dall'altra parte del cellulare tuona una voce che definire furiosa è riduttivo.

«"Buongiorno, Elena, come stai? Che piacere sentirti. Ti confesso che ci sei mancata moltissimo in redazione. La tua esperienza mi sarebbe molto preziosa"», suggerisce Elena con voce flautata.

«Ma che cazzo stai dicendo?»

«Visto che il buon giornalismo è impossibile insegnartelo, sto provando almeno con le buone maniere.»

«Donati, ti sei bevuta il cervello?»

«Scotti, vuoi un consiglio? Prova a essere gentile. Ti conviene. Dammi retta.»

«Sei pazza. Facciamo che siccome sono un…»

«Uno stronzo. Sì, Scotti come inizio non c'è male. Prosegui pure.»

«Donati?! Addio.»

«Vuoi lo scoop sulla chiusura del caso trolley?»

«Che caz…»

«No, così non va bene. Riprendi da dove ti eri interrotto: *Siccome sono uno stronzo…* Prosegui, prosegui pure.»

«La vuoi smettere?»
«Non ci siamo capiti. Vuoi il pezzo? Inizia con le scuse. Poi vediamo il resto delle condizioni.»
«Condizioni?»
«Esatto.»
«Donati, smettila.»
«Vedo che la cosa non ti interessa. Bene. Arrivederci.»
«Donati, che cosa hai in mano?»
«Tutto.»
«Cosa vuoi?»
«Te l'ho detto. Iniziamo con le scuse. Poi arriva il resto.»
«Ma che caz...»
«Vedo che fai fatica. Allora ascolta esattamente cosa mi devi dire: "Gentilissima Elena, scusami. Siccome sono un grandissimo stronzo, ti ho trattata in modo inqualificabile, utilizzando un linguaggio volgare e offensivo. Mi scuso e ti prometto che d'ora in avanti non succederà mai più".»
«...»
«Coraggio.»
«Stai scherzando?»
«No.»
«Donati, non è che...»
«Coraggio, riprova.»
«Lo sai che questa me la pagherai vero?»
«Sicuro di non volerci proprio riprovare?»
«...»
Elena interrompe bruscamente la chiamata. Ha il coltello dalla parte del manico. Lei lo sa. E anche Scotti. Elena e Capelli si guardano e non riescono più a trattenersi. Scoppiano in una risata liberatoria faticosamente trattenuta.
«Grandiosa. Avrei voluto filmarti.»
«Bella idea! Aspetta che mi richiami e registro tutto.»
«Hai brutte intenzioni?»
«Orrende.»
«Meglio che io non sappia.»
«Meglio.»
«Eccolo che ti sta chiamando.»

«Donati, non provare più a chiudere una comunicazione con me in questo modo...»
«In quale modo? Così?» domanda Elena chiudendogli nuovamente il telefono in faccia.
«Donati...»
«Pronto con le scuse?»
«Non mi provocare.»
«Scusami, ma non ho tempo da perdere. Se non t'interessa l'esclusiva del caso trolley...»
«Secondo me non hai in mano nulla.»
«Bravo. Arriveder...»
«Donati! Non chiudere la comunicazione!»
«Sei pronto con le scuse?»
«Prima voglio essere sicuro che tu abbia veramente quel che dici.»
«Sono nell'ufficio del dottor Capelli. Ti basta?»
«...»
«Non ho sentito.»
«Donati mi puoi ripetere la fottuta frase di scuse?»
«Te la invio con WhatsApp. Così te la studi a memoria. E mi richiami. A dopo.»
Terminata a fatica la sequela di scuse, prima ancora che lo Scotti riesca ad aprire bocca, Elena detta le condizioni.
«Condizioni?!»
«Te l'avevo detto. Prima le scuse, poi le condizioni. Solo allora lo scoop.»
«Spara.»
«Voglio un contratto ex articolo 2.»
«Per un anno.»
«Dieci.»
«Cinque.»
«Apertura in prima pagina, prosieguo in seconda, l'ingombro lo decido io, il mio testo non si tocca e sui social solo teaser che, ovviamente, scrivo e confeziono assieme ad Andrea.»
«Andrea chi?»
«Maestri! È lo schiavo che stai molestando da una settimana e non conosci nemmeno il suo nome? Complimenti!

Ancora un paio di condizioni: ad Andrea Maestri fai subito un contratto da praticante e...»

«Ma lo sai quanto mi costa?»

«Il giusto. Quindi adesso mi fai il piacere di fargli il contratto e d'ora in avanti Andrea Maestri risponde solo a me.»

«Finito?»

«No.»

«Cos'altro?»

«Giulia...»

«Giulia chi?»

«La signora che ti sta di fronte. Ecco, Giulia torna immediatamente a coordinare la segreteria di redazione.»

A Scotti non resta altro che accettare.

## 6.

Chiusa la telefonata, Elena prende posto nella poltroncina di fronte alla scrivania di Capelli e inizia a rovistare dentro la borsa. Smadonnando allinea sul bordo della scrivania portafoglio, portadocumenti, chiavi di casa, custodia vuota di un paio di occhiali da sole persi da anni, cavo per ricaricare un vecchio Nokia ormai dismesso, due caramelle mezze ciucciate e incrostate di briciole e avanzi di brioche – «Che schifo!» –, sei penne di colori diversi – «Speriamo che almeno una funzioni...» –, due pacchetti di fazzoletti, un mascara, il Kindle scarico, tre rossetti di cui uno aperto e inutilizzabile, la chiavetta dell'homebanking – «Ecco dove era finita...» –, un pacchetto di salvaslip – «Reperto archeologico...» –, una borraccia da mezzo litro senza tappo, due cottonfioc, pastiglie non identificate e comunque scadute tre anni prima, un taccuino per gli appunti – «Eccolo! Lo sapevo che doveva esserci» –, una lima per unghie, un tubetto di gel antisettico per le mani, un bikini taglia 38 – «Sarà di Anna...» –, un paio di collant ancora confezionati – «Per ogni evenienza» – e, *last but not least*, un piccolo registratore portatile.

«Manca solo la melanzana alla parmigiana e poi in quella borsa hai l'occorrente per partire per un weekend!»

«Ah ah ah. Molto spiritoso.»

«Devi aiutarmi a capire perché dalle borse delle donne escono più cose che dalle tasche di Eta Beta.»

«Semplice. Perché Eta Beta non l'ha creato una donna! Cosa vuoi che ne sapesse Walt Disney di quel che ci può stare in una borsetta?»

«Okay. *Touché.*»

«E comunque, è grazie alle borse delle donne se gli uomini non hanno bisogno di pensare troppo a quel che mettono in valigia quando partono...»

«Cioè?»

«Vuoi dirmi che tu hai sempre tutto? Dentifricio? Crema solare? Pettine? Tagliaunghie? Deodorante?»

«Scommettiamo?» sussurra Capelli guardandola fissa negli occhi.

Olé. Elena sente improvvisamente di avere al posto del diaframma un mattone. Di marmo. Perché diciamocelo, quello «Scommettiamo?» potrebbe tranquillamente essere tradotto con un «Vogliamo provarci?». Quindi, di avance si tratta. E neanche troppo velata. Che ansia. Possibile che a cinquant'anni più che suonati, un corteggiamento le procuri un'ipossia neanche fosse un'adolescente alla prima cotta? E adesso? Come si risponde? O meglio, lei come vuole rispondere? Ci vorrebbe Claudia. Ma di alzarsi per riconnettersi e fare una telefonata o mandare un WhatsApp non se ne parla proprio. Oltretutto Elena sa benissimo che cosa le direbbe la sua amica: buttati! E così sia.

«Perché no?»

«Cosa?»

«Come *cosa*?»

«*Perché no,* cosa?» chiede Capelli che, mentre lei si interrogava sul da farsi, si è alzato, ha smanettato al cellulare e ha risposto a un paio di e-mail. Insomma, è passato ad altro, è rientrato nel suo ruolo di magistrato che ha di fronte a sé una giornalista, lasciandosi evidentemente la questione weekend alle spalle. "Lancia il sasso e nasconde la mano?" pensa Elena che ancora non ha capito se di corteggiamento si tratta o se di pericoloso inizio di una sua psicopatologia. Non sarà mica anche questo uno degli effetti collaterali della menopausa, si domanda mentre mentalmente si appunta di chiamare al più presto il dottor Palughi.

«Dicevo: *perché non* inizi a raccontare?» recupera con finta disinvoltura Elena. «Taccuino, penna e registratore. Ho tutto. Sono pronta. Adesso tocca a te!»

E il magistrato inizia finalmente a raccontare.

«Il caso dei due trolley e quello dei due ragazzi fermati a Piacenza sono collega...»

«Lo sapevo! I due casi sono collegati, vero?» lo interrompe con irruenza Elena.

«Se mi fai proseguire...»

«Giusto, scusa.»

«L'esame del DNA ha confermato che sangue e reperti organici trovati addosso ai poveri resti nei trolley appartengono ai ragazzi di Piacenza. E i due, messi alle strette, hanno finalmente confessato.»

La vittima è Mauro Cambiago, settant'anni, ex professore di filosofia, in pensione dagli anni Novanta. Emanuele Tagliaferro e Mattia Rossi, i due ragazzi di Piacenza, l'avevano conosciuto in un ristorante di via Lepetit.

L'ex docente universitario era un uomo coltissimo e solo. Qualche amico molto caro, ma nessun familiare. Vita molto riservata. Gay non dichiarato. Tenore di vita buono, comunque non da riccone. Ma questo era bastato perché nella testa dei due ragazzi il professor Cambiago diventasse una preda.

«Volevano i suoi soldi, vero?» chiede Elena, ricordando i giusti dubbi di Andrea sullo stile di vita dei due ragazzi.

«Perché lo pensi? I due hanno alle spalle famiglie benestanti...»

«Famiglie che però non approvano la loro relazione e per questo hanno chiuso i rubinetti, o per lo meno coprono giusto l'essenziale: il master, l'affitto e poco altro. Non certo i lunghi viaggi oltreoceano e i vestiti da quadrilatero della moda.»

«Brava. Vedo che hai fatto le tue ricerche.»

«Ho un bravo assistente...»

Insomma, Emanuele Tagliaferro e Mattia Rossi avevano premeditato alla perfezione un piano diviso in due fasi precise: nella prima, il professore doveva scomparire nel nulla. Poi, dopo avergli rubato l'identità finanziaria, avrebbero avuto, chissà per quanto tempo, mano libera sui suoi conti bancari, i suoi risparmi, la sua pensione. Tutto ciò magari dopo una fuga all'estero, probabilmente in Thailandia o in Brasile, paesi di cui i due ragazzi sono appassionati.

Gli oggetti rinvenuti a Piacenza raccontano il drammatico seguito della storia. Mannaia, coltelli, seghetti di alluminio. Sono serviti per martoriare e scempiare il cadavere, renderlo non più identificabile.

Nel piano degli assassini il camion della nettezza urbana avrebbe caricato i due sacchi neri e portato in discarica i trolley con il cadavere.

*Portatemi Dio, lo voglio vedere / Portatemi Dio, gli devo parlare / Gli voglio raccontare di una vita che ho vissuto / E che non ho capito...* Le rabbiose parole del Blasco risuonano nella mente di Elena, mentre lo stomaco sembra esserle diventato di pietra. È difficile digerire il racconto di quella vita straziata in modo tanto crudele.

«Non ci fossero state le tre vecchiette, il piano avrebbe avuto successo?» chiede al magistrato.

«Molto probabilmente sì. Lo scopo dei due ragazzi era che il professore non lasciasse tracce.»

«Ma qualcuno ne avrebbe denunciato la scomparsa, non credi?»

«Forse. Ma devi ricordarti che l'ex docente non aveva famiglia. E se anche qualcuno lo avesse fatto, per le autorità Cambiago non era morto né era stato ucciso, ma era svanito, andato chissà dove, forse pure volontariamente...»

SABATO

# 1.

– È tornato!

Nel silenzio tombale della camera da letto, era squillato il cellulare di Elena. Che non si era svegliata. Ma il cellulare non s'era chetato e, stranamente, era stato Ettore a riemergere dal sonno. Imprecando aveva acceso l'abat-jour ed era sceso dal letto per cercare la maledetta fonte sonora. Che solo dopo aver molto rovistato, e ancor più smadonnato, aveva rinvenuto tra le riviste e i libri accumulati ai piedi del (e soprattutto sotto il) letto. Avrebbe voluto e forse dovuto spegnerlo immediatamente, ma aveva visto che la chiamata era di Margherita e senza rifletterci aveva risposto, mentre con tatto e delicatezza aveva tentato di svegliare la moglie.

«Amore… È tua madre…»

«…chi?»

«La rompicazzo…»

«*Uelà, vanghètt!* Non pensare che non ti abbia sentito! Questa me la paghi…»

«Mmmh… Che ore sono?»

«Le sei…»

«Le sei?! Perché hai risposto?»

«Perché il tuo cellulare stava squillando da almeno dieci minuti…»

«Ti prego, dille che non ci sono…»

«Elenaaaa! Ti ho sentita! Rispondi!»

«Margherita, forse potrebbe richiam…»

«Ettore, *va' da via ai pè* e non rompere! Passami mia figlia.»

«Ma…»

«Adesso. Subito.»

E la giornata di Elena aveva avuto inizio.

«È tornato!»

«Chi?»

«Come chi?»

«Chi, mamma, chi?»

«Cos'è? Ti si è incantato il disco?»

«Mamma, sono le sei del mattino. Ti pare l'ora di fare gli indovinelli?»

«Uhhh, ma che brutto carattere hai, Elena!»

«Io?»

«Sì, tu! Chi vuoi che sia tornato? Arcángel, no?!»

Elena si risveglia di botto.

«Blanco? Il maestro di tango?»

«Lui.»

«Quando?»

«Ieri pomeriggio è venuto per la nostra lezione.»

«...»

«L'abbiamo sgridato, sai! Non è così che ci si comporta... Sparire senza avvertire!»

«...»

«Lui, dispiaciutissimo, ci ha spiegato che era partito di fretta. Aveva la sua settimana di meditazione. Vipassala...»

«Vipassanā, mamma.»

«Ecco, quella roba lì. Pensa che uomo. Fa pure meditazione. Dice che è fondamentale per la concentrazione richiesta dal tango. Forse dovremmo iniziare anche noi...»

«Non credo che il Vipassanā sia proprio la tua cosa, mamma...»

«Perché, scusa?»

«Mi sembri lontanissima da tutto ciò che è silenzio, quiete e mondo interiore...»

«Quanto sei noiosa Elena. Vuoi che continui?»

«Sono tutta orecchie.»

«Allora non interrompermi.»

Cos'era successo è presto detto. Il giovedì precedente il

maestro Arcángel Blanco era andato al circolo ARCI Bellezza per la serata milonga e: «...Sai com'è, no?».

«No, non so com'è. Dimmelo tu, mamma.»

«Ha incontrato degli amici che non vedeva da un sacco di tempo, ha chiacchierato e bevuto, bevuto e chiacchierato e...»

«E..?»

«Non si è reso conto delle ore che passavano. Sai, non è più un giovanotto nemmeno lui e se fa le ore piccolissime poi la paga.»

«La paga?!»

«Massì, la mattina non ha sentito suonare la sveglia. E quindi ha dovuto fare tutto di fretta per non perdere il treno.»

«E il cellulare? Perché l'ha lasciato a casa?»

«E tu come fai a saperlo?»

«Non lo so», si corregge Elena. «Lo immagino... Perché altrimenti avrebbe risposto alle vostre chiamate, no?»

«Brava! In effetti ci ha detto che l'ha lasciato a casa perché, pensa un po' te, lì dove si fa Vipassala...»

« Vipassanā...»

«...insomma lì, il cellulare è tassativamente vietato!»

«Be', ha senso. È un ritiro di meditazione...»

«Ecco, io non so se questa cosa riuscirei a tollerarla.»

«Sai che invece mi farebbe bene?»

«Vuoi andare a fare meditazione?»

«No, pensavo che se tu andassi e restassi senza cellulare una settimana... Lasciamo perdere!»

«Sei sicura di stare bene?»

«Sono le sei, vuoi finire il racconto, per favore?»

«Ho finito.»

«Bene.»

«Ah no, scusa... Mi dimenticavo di dirti che gli abbiamo riferito che siamo andate alla milonga.»

«...»

«Bene, ci ha detto, d'ora in avanti basta lezione: ogni giovedì si va a ballare! Secondo te, gli agenti Russo e Cardone verrebbero? E quel musone di magistrato?»

«Scusa?»

«Massì, sarebbe bello avere qualche cavaliere, no?»

«Escludo che il magistrato Capelli abbia voglia di unirsi a voi...»

«Troppo scorbutico.»

«Riservato, mamma.»

«Selvatico.»

«L'agente Russo non vi aveva già detto di aver voglia di imparare a ballare il tango?»

«Sì, infatti... Sai, la Daria ha confessato di avere un debole per quell'altro, il Cardone. Dice che le è sembrato essere un uomo dalla mente matematica. Non è che tu potresti provare a sentire?»

«Io? Escludo proprio, mamma! Chiamali tu.»

«Sai, non mi sembrava di essere piaciuta molto a quel Cardone, mentre tu...»

«Non insistere. Chiama o fai chiamare la Daria, no? Sono certa che riuscirà a trovare la formula giusta...»

«E voi? Non volete venire? Scommetto che a Ettore farebbe molto piacere. E credo che tu dovresti assecondare questa passione, anche se, *me racumandi, fa ballaa l'oeucc*, perché credo che...»

Elena abbassa il volume del cellulare e lascia la madre parlare. Ormai è sveglia. Avrebbe dovuto dare ascolto fin dall'inizio al suo sesto senso, quello che le suggeriva che le tre vecchiette si erano fatte suggestionare dalle serie noir, dark e *crime* che consumano senza sosta. E invece si era fatta prendere dall'idea di essere un'investigatrice. La fantasia aveva fatto poi il resto. Che sciocca è stata! Deve raccontarlo a Ettore. Dovrà pure chiedergli scusa: se solo pensa a tutto quello che l'ha costretto a fare...

A ripensarci un sorriso le illumina il viso. È innegabile che negli ultimi giorni sia lui sia lei avevano fatto cose che non si sarebbero mai immaginati di poter fare. Lei ed Ettore con quelle tutine improbabili? E la serata alla milonga? E l'irruzione nell'appartamento di Arcángel? Chi l'avrebbe mai detto...

– Capo?
– Sveglia?
– Visto il pezzo?

*Gong*. Messaggi di Andrea. A ripetizione. E a una velocità che a Elena risulta incomprensibile. Per lei quella è la vera linea di demarcazione tra le generazioni. Gli zoomers, la generazione Z e la iGeneration, insomma tutti gli under 30 tra cui Andrea e i suoi figli, tengono il cellulare con due mani e digitano messaggi su quelle tastiere minuscole e touch muovendo i due pollici senza sosta. Tutti gli altri, invece, sostengono il cellulare con la sinistra e scrivono con l'indice destro, incredibilmente lenti.

Esattamente come sta facendo adesso Elena.

– Non ancora. Com'è?
– Hai vinto!
– Addirittura?
– Scotti sull'attenti
– Bene! Leggo e ti dico
– 200K visualizzazioni su Insta e siamo nelle prime dieci tendenze #breaking-news-ita
– ?
– Social media, capo...
– Ti rispedisco da Scotti
– Scusa. A dopo
– OK
– Elena...
– ?
– Grazie

«Hai visto il giornale?»

Elena non si era resa conto che mentre lei era al telefono con la madre e poi messaggiava con Andrea, Ettore si era rifugiato in cucina con il suo iPad, aveva scaricato il giornale e preparato il caffè che adesso le ha portato a letto.

«Wow! Devo dire a mia madre di chiamare tutte le mattine?»

«Non ci provare...»

«Arcángel è tornato.»

«Dov'era finito?»

«Una settimana a fare Vipassanā.»

«Meditazione. Ecco come fa a resistere a quelle tre pazze...»

«Margherita ha detto che ha promesso di portarle tutte le settimane al Bellezza.»

«Peccato. Mi sarebbe piaciuto tornarci...»

«Se proprio vuoi possiamo andare in un'altra milonga!»

«Potremmo provare quella di cui mi avevano parlato al Bellezza, quella appena fuori Brescia.»

«Va bene, ma adesso passami l'iPad che voglio vedere se lo squalo ha rispettato l'accordo.»

Il titolo in prima pagina è a caratteri cubitali. Il suo nome è ben visibile. Il pezzo è esattamente quello che lei ha consegnato prima di sprofondare a dormire. Non è stata cambiata nemmeno una virgola. Andrea aveva ragione. Scotti non ha osato infrangere il patto. Chissà quanto gli è costato.

– Guarda dove sono

Lo squillo di tromba annuncia il WhatsApp di Giulia a cui immediatamente segue una foto. È lei sorridente e seduta alla sua vecchia postazione, al tavolo della segreteria di redazione.

– Resistere resistere resistere, digita Elena ridendo.

– Mi hai presa più che alla lettera

– Ahahahahah

– Ci vediamo?

– Presto

– Elena...

– Dimmi

– Grazie

I pensieri di Elena tornano a Scotti. La soddisfazione per l'impaginazione del suo pezzo le aveva fatto scordare per un attimo che tra le condizioni che lei aveva posto c'era anche stato il suo contratto, quello di Andrea e la giusta ricollocazione di Giulia. Tanta roba da mandar giù per un arrogante come lui. Chissà quanto vorrebbe fargliela pagare. Ma in questo preciso momento lei è leggera come una farfalla e non ha proprio voglia di pensare all'orrido squalo, al quale, per un po', è riuscita a mettere la museruola. Un improvviso attacco di ridarella la colpisce. Le è tornata in mente la copertina di un vecchio album del gruppo Elio e Le Storie Tese – quello della *Terra dei cachi*, la canzone che li incoronò vincitori morali del Festival di Sanremo del 1996 – in cui troneggiava l'immagine di un feroce squalo bianco con l'apparecchio per i denti. E si è immaginata Scotti così. Con l'apparecchio. Quasi una museruola. Reso innocuo almeno per un po'. Poi si vedrà.

Elena ha bisogno di tempo per riflettere. Sono state giornate intense, piene di sorprese e cambiamenti che lei sente la necessità di rivedere con calma, possibilmente chiusa in una bolla spazio-temporale che la salvi per un po' dalle richieste del mondo.

«Preparo un brunch, che dici?» chiede Ettore.

Ma Elena è altrove. Annuisce sovrappensiero. Le è venuta un'idea alla quale sta provando a dare forma. Le si è accesa la lampadina e il cervello sta lavorando velocemente. Scarta ipotesi, vaglia possibilità, unisce i puntini, individua problemi e limiti da aggirare. Poi si fionda in doccia e sotto l'acqua il piano diventa chiarissimo. Si asciuga, si trucca e si veste di tutto punto. È pronta per uscire quando sente Ettore che la chiama dalla cucina.

«Elena, il brunch è pronto!»

Erano anni che non preparava quella meraviglia. Un vero peccato doverci rinunciare. Ma Elena non ha dubbi.

«Scusa amore, ma devo fare un salto veloce fuori...»

«E il brunch?!?»

«*Don't worry drepa*, ci sono io...» risponde Marco appena rientrato a casa.

«Ma... Rientri adesso?»

«Uhuh... sei peggio della *drema*?» risponde Marco accomodandosi a tavola di fronte all'inaspettata tavola imbandita.

Ettore fa una smorfia. Non era esattamente la colazione che avrebbe voluto. Dovrà farsene una ragione. Elena gli fa l'occhiolino, schiocca un bacio sulla guancia del figlio ed esce di corsa.

## 2.

«È tornato!»

«Papà? Sei tu? Scusami ma non sento bene... Sono alla Malpensa.»

«E che ci fai lì?»

«Sono venuta a prendere Claudia che rientra oggi dalle Maldive.»

«Sai che non ci sono mai stato?»

«Be', puoi sempre andarci...»

«Brava. Bella idea.»

«Scusa, ma adesso ti devo lasciare... Che cos'è che volevi dirmi?»

«Ho chiamato io?»

«Sì, papà, hai chiamato tu...»

«Ah, sì... È tornato!»

«Chi?»

«Arcángel! Il maestro di tango che vive nel palazzo dell'Antonia.»

«Ah, sì... certo», balbetta Elena che si era completamente scordata di aver coinvolto anche suo padre nell'avventura notturna di qualche giorno prima.

«Ho pensato di dirtelo appena l'ho saputo.»

«Ottimo lavoro, agente 007.»

«Grazie, M!»

«Scusa papà, adesso ti devo lasciare. Ho visto che l'aereo di Claudia è atterrato.»

«Elena, scusa, ma volevo chiederti un consiglio...»

«Va bene. Dimmi. Veloce.»

«Che ne dici se chiedo alla Maria di venire con me domenica a far fare un giretto sull'Alfetta?»
«Dico che sei un po' arrugginito, papà!»
«Scusa?»
«Da quanti secoli non corteggi una donna?»
«Non ho intenzione di corteggiare la Maria!»
«Non mentire.»
«...»
«Ti suggerisco di invitarla fuori a cena stasera e, se le cose vanno bene, le puoi proporre di accompagnarti domani a fare una gitarella.»
«Cena?»
«Sì. Credo che Maria sarà felice di non dover spignattare anche stasera. Se non ricordo male, da quando la mamma se n'è andata, ha sempre cucinato anche per te.»
«Hai ragione. Non ci avevo pensato.»
«Non fare questo errore, papà.»
«Potrei portarla alla trattoria dove siamo stati io e te domenica, che ne dici?»
«Perfetto!»
«Abbiamo mangiato bene, no?»
«Sì e anche la bonarda non era niente male... In bocca al lupo, papà! Ti chiamo domani.»

## 3.

Quando Claudia varca le porte scorrevoli degli arrivi internazionali, Elena capisce subito che c'è qualche cosa che non va. L'amica è abbronzata e in forma, e non c'è uomo o donna che rimanga indifferente al suo passaggio, ma Elena la conosce da troppi anni per non notare che, nonostante il sorriso smagliante, tra le sopracciglia è comparsa la «stellina dei pensieri». «Tu hai le fossette quando ridi, io una stella quando penso.» L'avevano chiamata così fin dal liceo: una serie di piccolissime rughe che, ogniqualvolta Claudia si accigliava, davano forma a una piccola stella proprio appena sopra il naso.

In realtà Elena è arrivata fin lì fremendo dalla voglia di raccontare subito all'amica tutto quel che le è successo durante la sua assenza, gli eventi nei quali si è trovata coinvolta, gran parte dei quali erano stati messi in moto proprio da quel suo misterioso messaggio inviatole da Dubai. Vorrebbe farla ridere raccontandole di come lei ed Ettore si erano introdotti nottetempo nell'appartamento di uno sconosciuto e come quella situazione, così assurda e fuori dalla legalità e dal loro quotidiano, aveva rispolverato ricordi e, «pensaunpo'chil'avrebbemaidetto», risvegliato il desiderio. Su quel punto – lei lo sa benissimo – la curiosità di Claudia si sarebbe scatenata. L'amica avrebbe reclamato a gran voce particolari e dettagli che Elena, finalmente protagonista per la prima volta negli ultimi trent'anni di una storia di sesso non convenzionale, non vede l'ora di dare. E poi vorrebbe raccontarle la scoperta del tango, o meglio della sensualità che si è sentita addosso quella sera alla milonga, ma anche dell'insospettabile talento del marito per quel ballo così elegante e osceno allo stesso tempo.

*Ed è proprio quando arrivo lì che già ritornerei / Ed è sempre quando sono qui che io ripartirei / Ed è come quello che non c'è che io rimpiangerei…* Ma quando Elena abbraccia Claudia appena sbarcata, capisce che non è il momento per risate e confidenze, che l'aria che tira è diversa da quella che si era immaginata e che i pensieri che affollano l'anima dell'amica devono essere moltissimi, perché quella che Claudia le sta canticchiando all'orecchio è *Il mondo che vorrei*, una delle canzoni più amare e malinconiche che Vasco abbia mai scritto. *Non si può / Fare quello che si vuole / Non si può spingere / Solo l'acceleratore…* Con quelle parole, più di dieci anni prima il Blasco aveva dato voce alla maturità. Che cosa era successo a Claudia che, al ritorno da quello che tutti ritengono essere la versione terrena del paradiso, sussurra quei versi?

«Sono stanchissima», le dice in un soffio.

«Be', non è esattamente un viaggetto… E poi c'è il jet lag…»

«Portami a casa, per favore.»

«Pensieri?»

«Tanti.»

Perfino la Kangoo aveva fiutato l'aria e si era messa in moto appena infilata la chiave, senza richiedere nemmeno un verso di Vasco o un semplice pat-pat. E Claudia aveva iniziato subito a parlare, sciogliendo lentamente la matassa dei pensieri che le increspavano la fronte.

Il resort senza alcun tipo di collegamento telefonico o di rete si era inizialmente rivelato una scelta sbagliata. «Una cazzata», per dirla con le parole di Claudia. Gli unici ospiti erano giovani coppie in viaggio di nozze «che non facevano altro che chiamarsi *amo*, tubare e scattarsi selfie molto *Laguna blu*… Un insostenibile e caramelloso strazio, credimi».

A parte questi «adolescenti in amore» e lo staff maldiviano di cui si intravedeva solo a tratti l'ombra, tanto era discreto e abituato a rendersi invisibile, l'unico altro essere umano presente sull'isola era l'istruttore di diving «tedesco, biondo, fisico spaziale e un'unica missione nella vita», aveva spiegato Claudia.

«Quale?»

«Trombare.»

«Bene, no? Ragnatele, pulizie...»

«Sì, certo. Ma...»

«Ma?»

«Due parole, un concetto, mezzo pensiero che non riguardi il pesce palla o lo squalo balena ci possono stare, no?»

«Be', sì...»

«E poi, diciamocelo, si scopa prima di tutto con il cervello. E nell'universo del biondo Alex, quella roba lì è decisamente *missing*.»

Insomma, passate le prime quarantotto ore, Claudia aveva iniziato ad annoiarsi e i pensieri, normalmente costretti nel sottovuoto di una vita piena, avevano avuto la possibilità di farsi avanti.

«E alla fine quell'isolamento, quella bolla spazio-temporale, ha avuto un senso.»

«...»

«Ho fatto pulizia. Dentro di me. Con una lucidità che solamente in quella solitudine e quel tempo sospeso potevano regalarmi.»

E, per la prima volta nella sua vita, Claudia si era misurata con l'assenza.

«L'assenza di un compagno, capisci?»

«Tu?»

«Sì, io.»

«Sicura?»

«Non fraintendermi, Elena. Non ho alcun desiderio di sposarmi e di dividere la casa. Ho capito di aver voglia di qualcuno con cui condividere un pezzo di vita, possibilmente con allegria e leggerezza.»

«E il pepe della seduzione e della conquista?»

«Non sto dicendo di voler qualcuno con cui mangiare la pastina in brodo, ma sono stufa di tenere il tacco dodici anche in casa...»

«E io che ho appena deciso di imparare a indossarlo?» chiede Elena.

«Era ora che tu avessi voglia di farlo!»

E come sempre, è Claudia che dà voce a quello che per l'amica è un moto interiore, un movimento sottopelle. Per Elena è sempre stato così. Ogni cambiamento per lei è lentissimo. Prima di riuscire a dare un nome alle cose, sperimenta a lungo il disagio nel corpo. Inizialmente non ci dà peso, serra i ranghi e, da vero soldatino, va avanti. Non si ascolta. Fino a quando qualche cosa, lì dentro, si rompe. Gli anticorpi si mettono in moto e il cambiamento ha inizio. È solo a quel punto, quando il processo è ormai iniziato, che lei se ne rende conto. Per Claudia è esattamente il contrario. Tutto ha inizio nella sua testa. A un certo punto dà voce al disagio e agisce. E il corpo segue, felice.

«Io e te siamo due facce della stessa medaglia. Dovevamo scavallare abbondantemente i cinquant'anni per smettere di recitare solo una parte – tu quella della madre-moglie-giornalista irreprensibile e io della professionista single rizzacazzi – e sentirci finalmente libere di dire, fare, vestirci... insomma, vivere, come vogliamo veramente?»

«Irreprensibile?»

«Be'. Sì, dai... Rigidina, precisetti, senza mai una sbavatura, una crepa. Senza mai un cedimento. No ai grassi saturi, sì alla quinoa. No allo stiletto, sì alla Birkenstock. No alle manette, sì al missionario...»

«Non me l'hai mai detto...» finge di piagnucolare Elena.

«Eri felice!»

«Ma anche tu lo sei sempre stata. Con la pole dance e le cenette sushi, il parrucchiere tutte le settimane e Tinder nei weekend!»

«Ma ultimamente non è più stato così. Per tutte e due. O sbaglio?»

# DOMENICA

# 1.

«Mamma? Papà? Cosa ci fate in piedi? Avete visto l'ora? Non state affatto bene…»

Sono le cinque del mattino. Marco ha girato la chiave cercando di fare meno rumore possibile. Si è addirittura tolto le scarpe ed è entrato in punta di piedi. Non ha nessuna intenzione di svegliare i genitori. Gli è bastata la paternale che Ettore non ha perso occasione di fargli durante il brunch del giorno precedente. «Non puoi avere una vita così sregolata… Non ti rendi conto che il riposo notturno è importante… Non sei più al liceo… Adesso lo studio te lo devi organizzare tu… Devi studiare un po' per volta, tutti i giorni, altrimenti ti ritroverai tutto il lavoro da fare a ridosso degli esami… Guarda che poi te ne pentirai… È in gioco il tuo futuro, lo capisci?…» Una pizza tremenda. Da evitare il bis. Possibile avere un padre così noioso? Tra lui e sua madre, Marco non saprebbe veramente chi scegliere. Due secchioni. Li avesse conosciuti a vent'anni, quando frequentavano l'università, li avrebbe sicuramente evitati. Chissà come hanno fatto a diventare amici di Roberto e Stefano… Loro sì che sono due giusti. Ai tempi devono essersela proprio spassata. È vero non si sono laureati, ma… non sembra se la passino male, no?

Con questi e molti altri pensieri per la testa, Marco aveva chiuso la porta, ma gli era stato subito chiaro che qualche cosa non era a posto. La luce era accesa. Strano. Marco è certo che quella paranoica di sua madre controlli luce e gas tutte le sere prima di andare a letto. Poi aveva sentito dei rumori e delle voci provenire dalla stanza dei genitori. Si era avvicinato e aveva trovato Elena ed Ettore che correvano come trottole impazzite riempiendo due valigioni che troneggiavano sul letto sfatto.

«Ma che succede?!?»

«Per fortuna sei arrivato! Volevo darti un po' di istruzioni dato che sarai tu a chiudere casa...»

«In che senso, mamma?»

«Prima di partire per Bologna dovrai occuparti di controllare la chiusura di gas, acqua, imposte... e, mi raccomando, ricordati di inserire l'allarme!»

«Perché? Voi che fate?»

«Non vedi?»

«Le valigie, lo vedo. Perché?»

«Fra cinque minuti abbiamo il taxi e dobbiamo ancora finire! Scusaci, amore, ma siamo un po' ritardo... Non possiamo perdere altro tempo... Dobbiamo proprio chiudere e andare.»

«Ma... dove?»

«Argentina...»

«Argentina?!»

«Per l'esattezza, Buenos Aires...»

«Buenos Aires?!»

«Sì.»

«Così all'improvviso? Voi?!?»

«Decisione dell'ultimo momento. Noi. Perché scusa?»

«Cosa ci andate a fare?»

«Be'... a vedere la città, no? Dicono sia bellissima.»

«Tutto qui? Cos'è che mi nascondete?»

«Quanto sei noioso... Andiamo a fare un corso intensivo di tango!»

«Cooosa?»

«Be', sì. Il posto migliore per imparare il tango, non credi?»

«Il tango?!»

«Sì, il tango. Tuo padre ha scoperto una vera passione.»

«Non ci credo.»

«E ti sbagli, avresti dovuto vederlo alla milonga...»

«Alla milonga?»

«Dai, Elena, glielo racconteremo. Adesso non c'è tempo. Dobbiamo andare.»

«Ma voi chi siete?»

«Come chi siamo?»

«Voi non siete i miei genitori. Loro non ballano il tango, anzi non ballano proprio. Non fanno le valigie alle cinque del mattino, sicuramente non tu mamma che la tua la prepari almeno una settimana prima di qualsiasi partenza. Non decidono all'ultimo un viaggio oltreoceano, lo programmano per mesi, nei minimi dettagli. Quindi voi chi siete? E loro, i miei genitori, dove li avete nascosti?»

«Amore, forse hai visto troppi film di fantascienza...»

«Scusa, Marco, ma rischiamo di perdere il taxi... Ci vediamo fra quindici giorni, non ti preoccupare.»

«Papà, ma...»

«Marco, mi raccomando quando vai a Bologna, chiudi bene tutto.»

«Mamma, ma...»

«E non ti preoccupare per noi!» gli avevano urlato all'unisono correndo a prendere il taxi.

# 2.

Elena ed Ettore sono al Terminal 1 dell'aeroporto di Malpensa. Hanno fatto il check-in e adesso stanno scendendo per il controllo dei bagagli. L'aria è quella di due ragazzini. Erano secoli che Elena non provava quella eccitazione, quel prurito sotto la pelle, quello sguardo curioso.

Quand'è che viaggiare era diventato routine, puro automatismo, semplice spostamento, un percorso a tappe lungo il quale sbuffare per le code, i ritardi, i controlli, le gimkane? Quand'è che l'odore dell'aeroporto era diventato puzza? Che i toast di gomma avevano perso il loro sapore così unico e irrimediabilmente legato alla partenza? Quand'è che il popolo dei viaggiatori aveva smesso di essere un affascinante *melting pot* di volti, idiomi e storie ed era diventato solo un insopportabile intralcio?

Elena non lo sa, ma sente che quella partenza è diversa da quelle degli ultimi anni. La fa pensare al suo primo volo. Aveva diciassette anni e ricorda esattamente l'eccitazione di imbarcarsi a Milano e arrivare a Londra nel giro di un'ora e mezzo. Tutto era stato una meravigliosa scoperta, dal duty free shop – dove si era aggirata per ore senza acquistare nulla, ma provando creme, profumi, trucchi – fino al pasto sull'aereo. Sì, proprio quello che poi negli anni ha iniziato a rifiutare, considerandolo un attentato alla salute, ma che su quel primo volo le era sembrato meraviglioso ed esotico, con la mini boccettina di olio e aceto da miscelare, il burro salato monoporzione e il dolcetto ipercalorico. Ricorda la gioia di essere lì, in mezzo a quella varietà di volti e lingue. E una volta imbarcata, per tutta la durata del volo non aveva smesso di parlare, aiutandosi con gesti e smorfie dove non arrivava con la lingua, con i suoi vicini che arrivavano da Auckland in Nuova Zelanda, un mondo agli antipodi di cui non sapeva nulla, ma che da quel momento sarebbe stato per anni il suo sogno.

La Nuova Zelanda… Come aveva potuto dimenticarselo?

Aveva passato ore sull'atlante a studiare la conformazione delle due isole e fantasticare su spiagge inesplorate, spazi e paesaggi incontaminati. Per anni si era scritta lettere con Kirsty e John, la giovane coppia di coetanei con i quali nello spazio di quel volo si era scambiata la vita, raggiungendo in breve tempo un'intimità che non aveva pensato possibile. Se li ricorda perfettamente. Lei con una nuvola di indomabili capelli biondi e due occhi azzurro trasparente, lui con un sorriso che Elena aveva sognato a lungo. Avevano girato l'Europa per sei mesi, spedendole cartoline da quasi ogni tappa. Poi erano rientrati nel loro paese e lì avevano preso strade diverse. Kirsty si era trasferita a Wellington per studiare regia, John era andato in Australia per surfare e vivere alla giornata. Per un po' Elena era riuscita a tenere i contatti con entrambi, poi lui l'aveva perso. Le lettere che arrivavano da Kirsty erano sempre una meraviglia: lunghe pagine scritte con inchiostro di colori diversi, accompagnate a volte da sabbia, piccole conchiglie, foglie o fiori che le facevano sentire vicino quel mondo così lontano. Pur vivendo agli antipodi, avevano seguito la vita dell'una e dell'altra, si erano raccontate i reciproci amori e consolate a vicenda quando ce n'era stato bisogno. Poi la vita adulta aveva avuto il sopravvento su quell'amicizia così irrazionale e profonda e si erano perse. E anche il sogno di quel viaggio era stato rimosso.

– Pa' sono preoccupata. Mamma non risponde ai messaggi. Tutto ok?

Anna. Il trillo segnala l'arrivo di un messaggio sul cellulare di Ettore che legge e poi fa vedere a Elena.

«Rispondo io?» chiede alla moglie che sta per caricare computer portatile e il resto del bagaglio a mano nella vaschetta sul rullo per lo scanner.

Elena annuisce.

– Tutto benissimo. Ha il cellulare fuori uso. Ti bacia. Vi sentite fra una decina di giorni

– Dieci giorni?! Non è possibile. Ho bisogno di aiuto per un testo sugli effetti della globalizzazione sull'economia della Thailandia

Sorridendo Ettore passa il suo cellulare a Elena che legge e poi digita.

– Stellina, sono la mamma. Se sposti il focus sull'Argentina ti posso aiutare

– Argentina? Perché? Da quanto ti interessa l'Argentina?

– Stiamo partendo per Buenos Aires

– Buenos Aires???

– Sì. Non ci siamo mai stati

– Invidia

– Ci andrai. Hai tempo

– E con la Thailandia? Come faccio senza di te?

– Fidati. Non ti servo. Non puntare al Nobel.

– Ci provo. TVB

– Bacioni a te e a... Brian!

– Ahahaha! Radioserva non è aggiornata. È entrato in scena un Michael ☺

– Sbarellato?

– Mamma! Come parli?

– Ho imparato dal nonno

– Ahahahahah! Comunque sì. Sbarellato

– Mi racconti al ritorno

– Sììììììì

– Bacioni

Poi spegne il cellulare, lo restituisce a Ettore e ridacchiando prosegue passando attraverso il metal detector.

Recuperati i bagagli a mano, Elena ed Ettore danno un occhio al monitor e vedono che il loro aereo è in perfetto orario e sta iniziando l'imbarco dei passeggeri. Quindi non è un sogno... sta accadendo davvero, si dice Elena che ancora non crede che quel viaggio deciso meno di ventiquattr'ore prima sia reale. E forse anche Ettore, che si sta pizzicando la mano, sta pensando la stessa cosa.

«Ettore, mi passi il tuo cellulare che voglio chiamare mio padre?»

«Certo, ma non pensi sia un po' troppo presto per lui?»

«Figurati... Quello va a letto e si sveglia con le galline! Sarà in piedi già da ore...»

«Io, nel frattempo, faccio un salto in libreria.»

«Cosa vuoi prendere?»

«La guida di Buenos Aires!»

«Non ti serve...»

«Come no?»

«Guarda nel tuo zainetto. C'è un pacchettino...»

«Non dirmi...»

«Lonely Planet!»

«La migliore.»

«La nostra...»

E mentre Ettore inizia a scartare il pacchettino, Elena telefona a Mario che, a differenza di quanto lei si aspettava, risponde solo dopo parecchi squilli. Sottovoce. E non ha certo il tono di un uomo in piedi da ore.

«Papà? Non dirmi che stavi ancora dormendo!? Tutto bene?»

«...»

«Puoi parlare un po' più forte che non capisco? Hai preso freddo? Ti si è abbassata la voce?» chiede Elena improvvisamente preoccupata.

«Shhh... Aspetta che mi sposto da qui.»

«Ma dove sei?»

«...»

«Papà?!»

Elena sente sussurri, passi e rumori di porte che vengono socchiuse. Poi, finalmente, la voce di Mario torna normale.

«Eccomi. Sono dalla Maria.»

«...»

«Ho dormito qui.»

«...»

«Sai, ieri dopo cena, siamo venuti da lei a bere un amaro...»

«Il bicchiere della staffa?»

«Brava. Quello.»
«E poi?»
«Poi lei ha voluto iniziare a leggermi quel libro di cui mi aveva parlato, sai, quello che aveva anche letto Ettore?»
«Kent Haruf. *Le nostre anime di notte.*»
«Quello. E poi, sai com'è, una chiacchiera tira l'altra e ci siamo addormentati.»
«...»
«Elena...»
«Papà?»
«Sei arrabbiata?»
«Sei matto? Sono solo sorpresa.»
«Sai che, da quando tua madre se n'è andata, questa è stata la prima notte che ho dormito bene?»
«...»
«Non credo di essere fatto per vivere da solo.»
«Ok, papà, ma vacci piano. Se no rischi di spaventarla!»
«Secondo me, ha fatto piacere anche a lei.»
«Sono certa di sì. Sai che un po' t'invidio?»
«Perché?»
«Situazione perfetta: case separate nello stesso palazzo!»
«Sai che ci ho pensato anch'io?»
«Senti, adesso ti devo salutare. Sono alla Malpensa...»
«Ancora lì? Ma non era atterrato l'aereo della tua amica?»
«Massì, certo! Siamo io ed Ettore a essere in partenza. Andiamo a Buenos Aires per un paio di settimane.»
«Veramente?»
«Sì, abbiamo deciso ieri.»
«Bravi!»
«Prossimo giro andiamo alle Maldive assieme?»
«Veramente... pensavo prima o poi di proporlo alla Maria.»
«...»
«Elena, sei offesa?»
«Papà, no. Sorpresa. E felice per te.»

## 3.

Elena ed Ettore sono a bordo dell'aereo. Hanno riposto i bagagli nelle cappelliere sopra di loro. Le scarpe se le sono sfilate. Non sarà un viaggio comodissimo e le loro schiene non apprezzeranno le oltre quattordici ore di volo, ma in questo momento non sembrano pensarci. Sono troppo felici di partire. Le hostess stanno iniziando a controllare che tutti abbiano le cinture allacciate, quando il cellulare di Ettore trilla. È Marco.

– Drepa, avverti drema che ha dimenticato il cellulare

– Non l'ha dimenticato. Ha deciso di non portarlo a Buenos Aires.

– E con la lavatrice che faccio?

Ettore sbuffa e inizia a digitare la risposta, ma poi si ferma. Perché togliere quel piacere a Elena? Sorridendo passa il suo cellulare a Elena che smette di giocherellare con tutti i tasti sul bracciolo della poltrona, legge il messaggio e poi ridacchiando digita.

– Cerca le istruzioni. Comunque, con trenta gradi non rischi. Esattamente la temperatura che troveremo a Buenos Aires. Baciiii.

Sta per restituire il cellulare a Ettore quando le viene in mente che non ha più chiamato Andrea. Con il giornale non ha alcun obbligo: Scotti ha mantenuto la promessa e il suo contratto le permette di fare ed essere dove le pare, ma non vuole partire senza aver avvertito Andrea. Sarà perché ha appena qualche anno più dei suoi figli, ma si sente responsabile per quel ragazzo. Non ha voglia che lo squalo lo rovini, che lo convinca che giornalismo e fiction siano la stessa cosa, che la deontologia sia solo un impiccio e che il marketing abbia sempre tutte le risposte.

– Ciao. Sono Elena. Ti scrivo dal cellulare di mio marito

*Andrea sta scrivendo…*

– Buongiorno capo.

– Già sveglio? Ma tu dormi mai?

– Mi piace leggere le notizie prima che la città si metta in moto

– Bravo

– Capo che c'è?

– Parto. Starò via un paio di settimane

– ?

– Lontanuccio

– Cellulare?

– No

– Mail?

– No

– Messenger?

– No

– Help

– Tranquillo

– ?

– Vai dalla dottoressa Dal Pozzo

– Il magistrato?

– Sì. Dille che ti mando io. Non mollarla per due settimane. Vedrai che dopo questa esperienza il tribunale e il mondo che gli gira attorno non avranno per te più alcun segreto

– Agli ordini capo

– Non fare il cretino

– Consigli?

– Evita di innamorarti di lei, non ti sopporterebbe.

– Altro?

– Stai alla larga da Scotti

– Posso sapere dove vai, capo?

– A ballare

Elena sta per allungare il cellulare a Ettore, ma ci ripensa e inizia a digitare.

– Ground control to Major Tom. In partenza per Buenos Aires... Vuoi una soffiata? Senti il magistrato Capelli. Single. Pronto per una donna come te. Baciiii

"Perché l'ho fatto?" si domanda appena ha inviato il messaggio. *Perché sono cretina? Perché a lui io non interesso? Perché amo Ettore? Perché voglio bene a Claudia?* "La prima che ho detto", si risponde. *Perché sono cretina.*

Sospirando Elena rende il cellulare a Ettore e si mette comoda.

Il capitano saluta, l'aereo inizia a muoversi lungo la pista, le hostess si posizionano per impartire le istruzioni prima del decollo. Ettore, come un bambino eccitato per la partenza, ha il naso appiccicato al finestrino. Elena ne è intenerita: non lo vedeva così felice da tanti, molti anni. Questa vacanza inaspettata è per loro un'occasione. Non sa dove li porterà il viaggio. Sa però che qualsiasi cosa accadrà, avranno il coraggio di guardarla, assieme.

Elena chiude gli occhi. Ha voglia di stare un attimo sola con sé stessa. Ha deciso.

Rintraccerà Kirsty.

Al ritorno da Buenos Aires chiederà aiuto a quel nerd di Andrea e, se sarà necessario, scenderà a patti con l'odiato mondo dei social. In fondo è a questo che dovrebbero servire, no? E poi? Poi si prenderà la Lonely Planet della Nuova Zelanda.

Elena espira profondamente, come non faceva forse da anni, e il diaframma allenta naturalmente la presa. L'aereo è decollato.

«*Domani è un altro giorno, arriverà...*» recita a mezza voce mentre incrocia lo sguardo beato di Ettore.

«La so! *Via col vento.* Rossella O'Hara.»

«Ma no, amore... *Un senso.* Vasco Rossi.»

RINGRAZIAMENTI

Angela, per la scintilla iniziale, le chiacchiere e i dubbi illuminanti. Sergio e Bruna per l'affetto e per avermi messa nelle mani di Simone e Monica, senza i quali non credo di voler più vivere. Enrico che mi ha fatto respirare il tango. Alessandra, per le sue preziose spiegazioni. Hanud, Gigio, LaGabri, Cristiana, Guia, Sus, Ale, Maurizio, Federica, Barbara e Mary che hanno letto. Adriano (lui sa perché). Marina, l'unica che riesce a farmi stare davanti all'obiettivo. Elisabetta e Adriana che mi hanno voluta e che, assieme a tutta la squadra Garzanti, mi hanno accompagnata con stoica pazienza. Claudio, mio vulcanico compagno di vita, per esserci. Sempre.

NOTA AL TESTO

A p. 267, la citazione di Leopoldo Marechal è tratta da *Tango. Quella melodia di noi due*, a cura di Leopoldo Carra e Daniela Gamba, Salani Editore, Milano 2004.

# UNA CONVERSAZIONE CON SANDRA BONZI

*Da dov'è nato il personaggio di Elena e l'idea di questi nove giorni e mezzo che le cambiano la vita?*

Sono circondata da amiche, più o meno cinquantenni come me, che devono fare i conti con gli anni che passano, il corpo che cambia, lavori che sembrano poter fare a meno di loro, figli grandi ma non autonomi che, se anche sono andati via di casa per studiare, continuano a essere molto presenti con richieste improvvise e impellenti, amici che si separano, genitori anziani, relazioni di coppia addormentate o tramortite dalle fatiche della vita. La sfida che mi sono posta è stata quella di cercare di raccontare tutto questo in modo leggero, ma senza essere banale. E ho pensato di farlo calando la protagonista e tutto il suo mondo in un'investigazione su un fatto di sangue, una situazione totalmente nuova che costringe e allo stesso tempo offre la possibilità di adottare comportamenti inediti ed elaborare pensieri originali.

*La protagonista vive il momento in cui i figli hanno abbandonato il nido, ma non del tutto, e si ritrova di nuovo sola con il marito come all'inizio della relazione. Che fase è questa per una donna?*

È un momento di passaggio. Una sospensione, una cesura, una faglia. Un momento di grande creatività perché è tutto da re-inventare, con la possibilità di riappropriarsi di tempi, spazi e relazioni. In teoria tutto molto bello e facile. Peccato che da quel che vedo non sia esattamente così. Cambia la geografia delle relazioni familiari. Ci si ritrova nuovamente coppia, e non è detto che funzioni. Serve tempo per trovare la misura, serve tempo per elaborare e dare forma a un cambiamento che è profondo e che inevitabilmente segna il passaggio – non facile – alla terza «fase» della vita...

*Leggendo il romanzo non ci si può non innamorare di Margherita e delle sorelle Giuffrida. Si è ispirata a qualcuno in particolare?*

Non mi sono ispirata a nessuno in particolare, ma in quelle tre vecchiette ci sono frammenti di tante signore che ho incontrato e amato negli anni, prima fra tutte mia nonna che, nata a inizio secolo, a novant'anni aveva scoperto la boxe e non si perdeva un incontro in TV. Ma anche mia mamma e le sue amiche che, a ottant'anni, navigano nel web, mandano WhatsApp, parlano con i loro nipoti via Skype, fanno acquagym, imparano a dipingere e divorano serie su Netflix. Margherita e le sorelle Giuffrida nascono da lì e sono fiorite a sorpresa a mano a mano che procedevo con la scrittura, conquistando uno spazio che inizialmente non avevo previsto. Mi divertono e incuriosiscono molto... forse perché quelle tre sono come vorrei essere io a ottant'anni!

*L'amica Claudia è una boccata di ossigeno nella quotidianità di Elena. Quanto è importante l'amicizia per lei?*

Fondamentale! Sono cresciuta e mi sono formata grazie all'amicizia femminile, fatta di luci e ombre, complessità e immediatezza. Non riesco proprio a immaginarmi senza le amiche che hanno segnato la mia vita. Alcune per brevi periodi, altre invece mi accompagnano da molti anni. Alcune sono amicizie profonde e intense, altre votate alla leggerezza, ma non per questo meno importanti. Ho condiviso risate e lacrime, case e studi, lavoro e battaglie politiche, festeggiato nascite e amori, cresciuto figli, affrontato paure e fatiche, discusso di libri e film, parlato di amore e sesso, viaggiato, camminato e brindato molto (e continuo a farlo!).

*Elena, come lei, è una giornalista, un lavoro che è molto cambia-*

*to negli ultimi anni. Come mai ha scelto di parlare proprio di questo settore?*

Per poter spingere la protagonista a percorrere strade fino ad allora inesplorate e adottare comportamenti molto al limite della legalità, avevo bisogno di esasperare il momento di difficoltà della sua vita. La perdita del lavoro mi è subito sembrata essere il giusto terremoto, quello che destabilizza definitivamente Elena, perché mina alle radici la sua definizione del sé. E in questo contesto, la crisi dell'editoria e la sua profonda trasformazione, mi è sembrato perfetto.

*Davanti a un probabile caso di omicidio, Elena non riesce a stare con le mani in mano. Com'è stato scrivere le parti di investigazione?*

Mi sono divertita moltissimo! Nella vita vera non saprei assolutamente condurre un'indagine... sono troppo fifona! Ma è stato molto bello poterlo fare con la fantasia e con la libertà offerta dalla commedia. Nel racconto l'investigazione è un escamotage per mettere alla prova Elena e gli altri personaggi della storia. Volevo che fosse puntuale e credibile, ma allo stesso tempo l'ho spinta al limite del verosimile, permettendo così ai personaggi di conoscere un'altra parte di loro stessi.

*Adora anche lei il moscow mule, il tango e l'Argentina?*

Come Margherita, anche io ho scoperto il moscow mule grazie a mio figlio (la versione con lo zucchero a velo e la fogliolina di menta è sua) e me ne sono innamorata.

Il tango... La prima volta che ho visto ballare una coppia di *tangueros* sono arrossita. Ho avuto l'impressione di spiare dal buco della serratura. Il tango è il trionfo della sensualità, della gioia, della seduzione. Il tango mette a nudo e io – finora – non mi sono mai sentita pronta, nonostante abbia numerosi amici che lo ballano. Ma, mai dire mai...

L'Argentina è un paese che non ho ancora visitato, ma di cui ho letto e visto molto e per il quale ho sempre nutrito una grande curiosità. Non so spiegare perché. È un viaggio che accarezzo, coccolo e immagino da tempo. Che io sappia, non ho legami con quel paese lontano, eppure penso che quando ci andrò, lì troverò qualche cosa di me... e forse imparerò finalmente a ballare il tango!

*Ha già in mente un nuovo libro?*

Sì, ho voglia di vedere come prosegue la vita di Elena! Sto pensando a un'altra avventura e mi incuriosisce scoprire che cosa s'inventerà di nuovo quel vulcano di Margherita e in quale follia trascinerà le sorelle Giuffrida.

Finito di stampare nel mese di giugno 2022
da Grafica Veneta s.p.a., Trebaseleghe (PD)

Questo libro è stampato col sole

Azienda carbon-free